U0742104

花间词

艺术的语言学阐释

汪红艳◎著

安徽师范大学出版社
ANHUI NORMAL UNIVERSITY PRESS

·芜湖·

图书在版编目(CIP)数据

花间词艺术的语言学阐释 / 汪红艳著 . —— 芜湖 :

安徽师范大学出版社, 2024. 6. —— ISBN 978-7-5676-6144-8

Ⅰ. I207.23

中国国家版本馆 CIP 数据核字第 2024EV0380 号

花间词艺术的语言学阐释　　　　　　　　汪红艳◎著

HUAJIANCI YISHU DE YUYANXUE CHANSHI

责任编辑:王　贤　　　　　　　责任校对:胡志恒

装帧设计:王晴晴　冯君君　　　责任印制:桑国磊

出版发行:安徽师范大学出版社

　　　　　芜湖市北京中路2号安徽师范大学赭山校区　　邮政编码:241000

网　　　址:http://www.ahnupress.com/

发 行 部:0553-3883578　　　5910327　　　5910310(传真)

印　　　刷:江苏凤凰数码印务有限公司

版　　　次:2024年7月第1版

印　　　次:2024年7月第1次印刷

规　　　格:700 mm × 1000 mm　　1/16

印　　　张:16.25

字　　　数:202千字

书　　　号:978-7-5676-6144-8

定　　　价:48.00元

凡发现图书有质量问题,请与我社联系(联系电话:0553-5910315)

语言学者对花间词语言的细致研究（序）

胡传志

花间词因为其开创性地位而万众瞩目，李冰若、李一氓、华锺彦、李谊、杨景龙、高峰等一代又一代学者从事《花间集》的整理、校注、注评和研究，其他学者的相关论文更是数以百计，这些丰硕的成果一方面固然说明花间词的研究已经相当充分和深入，另一方面也说明花间词像其他经典一样，具有丰富的研究空间。

相对于其他成果而言，这本《花间词艺术的语言学阐释》（以下简称本书）的显著特点是出自语言学学者之手。作者汪红艳副教授长期从事语言学的教学和研究，具有与大多数古代文学学者不一样的语言学理论修养、研究视野和知识结构，所以，当她面对花间词语言分析这个传统的选题时，总能鞭辟入里、切中肯綮，能得出一些新人耳目的见解，弥补古代文学学者研究的一些不足。

1

举个最简单的例子。一般非语言学学者关于比喻的理解，通常都是明喻、暗喻、博喻之类大众化的知识，但本书在此之外，又引出倒喻、借喻。所谓倒喻，本书借用谭永祥《汉语修辞美学》中的理论："倒喻，又称逆喻，可逆性比喻。明喻的通常形式是'本体+喻词+喻体'，而倒喻却是'喻体+喻词+本体'。"并进一步解释倒喻是要通过形式上的反常来唤起人们不一样的想象。如顾夐《荷叶杯》"花如双脸柳如腰"，喻体本身相当老套，但"颠倒次序后，首先映入眼帘的是'花''柳'，让它们鲜艳柔美的形象先入为主，然后再出现本体，这样，花是脸，脸是花；柳是腰，腰是柳，形成'花面交相映'的视觉效果"，而借喻更加隐蔽，"本体和喻词都不出现，喻体代替本体出现"，一般读者往往意识不到这也是比喻，而且更加含蓄。本书举牛希济《生查子》有"记得绿罗裙，处处怜芳草"为例，将之当作借喻，词家往往以罗裙与芳草颜色相同引发的联想视之。作为本体的美人未出现，仅以"绿罗裙"来指代，上下句之间省略喻词，仅有喻体芳草，以无处不在的芳草来比喻美人，怜芳草就是爱美人，写出了美人如影随人般的痴情相伴。借喻的介入至少为这一名句提供了新的阐释路径。类似的例子还有关于押韵的分析。人们过去多谈押韵的宽严、平仄、换韵等方面，而本书还能注意到以一韵为主交错押他韵的"交韵"、首尾押同一韵中间押他韵的"抱韵"，而这些变化方式，"在整齐中呈现出流动变化之美"，"给听众带来听觉上的享受"。本书通过统计，发现《花间集》中以仄声结篇的词作仅占17%，花间词和婉缠绵的旋律基调实与此相关。作者进一步指出，花间词人注意韵字韵腹开口度的大小，少用险韵等特点，这些都较前人的研究有所深入。

本书虽然重点聚焦花间词的语言研究，但没有局限于花间词，而是将它放在诗词史中来加以探讨其语言的渊源及影响，从而大大扩展了研究视野，提升了研究的高度。这是本书的又一特点。作者用力将花间词的语言与之前的齐梁宫体诗、敦煌曲子词、李商隐艳情诗、南唐词相比较，细致辨析其异同，常有出人意料的发现。如比较齐梁宫体诗和花间词的语言，在女性称谓词方面，前者用"妾、内人、妃、嫱、妓、娼"等词，可以折射出宫体诗中女子"地位低于男子，是男子的附属物"，"是物化的人"，后者用"谢娘、萧娘、西子、潘妃、昭君、嫦娥、瑶姬"等美称，表现了"男子对女子容貌仪态的赞赏与向往"，女性"是倾注了主观情感的独立的人"；在男女出行所用动词方面，萧纲"试将持出众"，把女性当成物来对待，而花间词常用"携手"一词，体现了两情相悦、平等交流的特点；在对偶句运用方面，宫体诗主要出于游戏自娱的目的，"在文字上倾注全力"，而花间词主要出于娱人的目的，必须考虑受众的需求，"在对偶的运用上不像宫体诗人那样倾注全力"。又如比较李商隐艳情诗与花间词的语言，都具有艳丽的特点，但对女性的容貌描写，李诗多集中在"眉"和"腰"两个部位上，而花间词则是全方位，感官性更强；色彩上，李诗偏向于冷艳，爱用"白""碧""紫"等词，花间词偏向于浓艳，更爱用"红""翠""绿"等词。这些都足以说明花间词在语言的历史长河中，既有所浸染和袭用，又有所选择和新变。本书还将花间词与北宋柳永词的语言加以比较，全面比较他们在虚字、格律体式、口语句式和典雅句式等方面的异同，往往各有所见。如比较二者"领字"的使用情况，花间词用得少，柳词用得多，本书不仅总结出使用领字的三个条件，即杂体、长调慢词、主观意识，还别具慧心地将领字分为"专职"和"兼职"两类。所谓"专职"领字，指没有实际意义的虚词，如"况、争、向、又、最、纵、叹、恁、嗟"等之类，所谓"兼职"，指有实在意义的实词，如"忆、昔、料、羡、忆、故、料、有"之类。花间词中，兼职多于专职，柳永词中，专职多于兼职，其中内涵，耐人寻味。

本书另一值得称道的特点是分析论述细致入微，这一特点贯穿始终，体现出女性学者细腻的情感、严谨的学风。书中有大量的统计，具体的语言分析，在前三章中随处可见。如将花间词疑问句分为"有疑而问，于疑中问情"和"无疑而问，于问中答情"两种，在此基础上，又将前者细分为是非问、特指问、选择问和正反问四种，将后者细分为反问和设问，并一一举例，分析其不同的声情效果。"旧学商量加邃密，新知培养转深沉"，这种细致，不仅将这些细部研究引向深入，还能在一些相对宏观的方面更进一层。譬如关于《花间集》18家词人500首词风的划分，过去最常见的是温派、韦派二分法，人们通常也不细究18位词人所属何派，而本书则将之分为四派，并一一归类：温庭筠、魏承班、阎选、顾夐、毛熙震为"纤浓密丽派"；韦庄、皇甫松、薛昭蕴、张泌、牛希济为"清新明秀派"；孙光宪、李珣、鹿虔扆为"典雅疏朗派"；欧阳炯、和凝、牛峤、尹鹗、毛文锡为介于温派与韦派之间的"艳清并存派"。前两派虽然看似承自旧说，但分析更为细致，后两派是作者新增的分类，更见用心。如孙光宪为首的"典雅疏朗派"与温、韦两派，虽然都写闺情，但向历史、边塞、风俗、乡村等题材延伸，意境更为阔大，语言兼具典雅和通俗的不同风格，因此能独立于温韦之外自成一派。如此一来，四分法就能自成一说。

红艳于2003年在职攻读中国古代文学硕士学位，我与余恕诚先生担任其指导老师，对其论文给予一致好评。这些年来，她一直承担着很繁重的语言学教学任务和其他相关工作，但百忙之中仍然没有放弃对花间词的语言研究。本书在硕士学位论文的基础上，大大拓展，内容更加丰富，水平也大为提高。本书出版在即，红艳邀我作序，实在难以推辞，故聊撰数语，予以推介。书中胜意，远不止此，还望读者诸君细加领会。

目　录

绪　论

第一节　《花间集叙》中呈现的艺术标准

《花间集叙》是《花间集》的序，也是它的总纲，欧阳炯在其中不仅介绍了《花间集》的编订情况和特点，也论述了自己的词学观点，《花间集叙》在词学史上具有重要的历史地位。

从写作思路来看，欧阳炯的《花间集叙》是在缕述并评论乐歌传统沿革的历史中指出词的创作，尤其是《花间集》编撰的特点及其意义的。

一、乐歌历史——对花间词艺术特性之传统的认定

花间词是乐歌艺术传统中的一个组成部分，这是全文的基本脉络。欧阳炯先从传说说起，提到的是古歌谣《白云谣》，随后提到的"名高白雪""响遏行云"，既是先秦文雅歌词的典型故事，也是以此来评价《白云谣》的清雅特点；接着谈到的是乐府诗，杨柳、大堤、芙蓉、曲渚等都是乐府诗歌中的曲名或句词；之后说的是南朝的宫体

1

诗；最后即是有唐以降的歌词创作，由单举李白、温庭筠，直至迩来作者，归结到赵崇祚编的《花间集》。"自远古至战国，至六朝、唐代，以至近代，作者的历史观念十分清晰"①。客观地说，欧阳炯把花间词纳入乐歌传统，是有道理的，且成为后来词家界定词体生成的常用思致。欧阳炯虽未明说，但在他缕述的乐歌传统的几个关键点上，可以看出他是有"一代有一代之乐"的历史感的：《白云谣》的名高白雪，说明它代表雅乐的歌词；乐府、宫体则代表清乐的歌词；有唐以降的歌词则活跃在燕乐的时代了。

二、乐歌美学——欧阳炯评价乐歌历史发展的标准

在缕述乐歌历史时，欧阳炯在每一个关键点上，亦介绍亦评价，甚至可以说他是以评价的态度缕述乐歌的发展史的。评价就要有标准，而这个标准就是写作者艺术精神的呈现。学者们对《花间集叙》的异议，主要反映在欧阳炯评论乐歌历史的标准上。他虽没有明确总结他的标准，但在亦史亦论的写作思路上，足见他是紧扣乐歌艺术特点及各阶段实际风貌予以评价的。概括地说，他的标准主要是这么几点：（1）首句说的"镂玉雕琼，拟化工而迥巧；裁花剪叶，夺春艳以争鲜"。乐歌是人籁，不可避免镂玉雕琼、裁花剪叶的人工修饰性，他以雕刻玉石、修剪花草为比喻，指出理想的乐歌是祈求天籁的，人工的心灵手巧以自然造化为模范，道法自然却又超越自然，体现出传统文人以自然为美的艺术态度。欧阳炯把乐歌活动看作人文活动的一个部分，由人工而企及自然的审美要求很重要，这是他针对乐歌的体制及功能提出的总体审美要求，由此直接生发出了其余标准。（2）乐歌体制上的合律可歌。"拟化工而迥巧"是乐歌创作中诗乐结合臻至

---

① 彭国忠《〈花间集序〉：一篇被深度误解的词论》，见《学术研究》2001年第7期。

自然时的匠心所在。（3）乐歌多适用于宴会场所，有鲜明的两性特色、富贵气息及娱乐功能，但"裁花剪叶，夺春艳以争鲜"，外表之艳当以内质之清新、鲜活为基础。可见，在乐歌风格上，欧阳炯仍然以洋溢鲜活的生命气息的自然美为旨归，如同春天，光彩夺目却生机盎然，艳丽却清新，暗含文质相伴、秀而有实、自然雅艳的艺术精神。

三、乐歌史观——欧阳炯对乐歌发展走向的认识

欧阳炯根据上述标准评价了不同时期的乐歌。第一是对雅乐歌词的代表《白云谣》的评价。显然，《白云谣》是欧阳炯最理想的乐歌形式之一。从行文语气上，他在总体描述自己的乐歌美学风貌观后，以"是以"承接，即是证明。通过欧阳炯的评说，传说中的《白云谣》的特点有词清、宴会歌词、令人心醉的娱乐性、合乐可歌……而且都是高标准地吻合他的艺术精神，如去外表之艳而取内在之清，去世俗宴会之俗而取天上神游之雅，去合乐之一般规范而取诗、乐结合之天籁……雅乐歌词是风格上清新的乐歌，"名高白雪""响遏行云"二词足以说明高雅之曲"词清"的艺术魅力；"自合""偏谐"二词足以说明"迥巧""争鲜"的化工之美。至此，欧阳炯似乎树立了一个具有形而上性质的参考系，成为他评价其他乐歌的潜在准则。

第二是清乐歌词的代表之一乐府诗。与词清、令人心醉的《白云谣》相比，乐府诗是"不无清绝之词，用助娇娆之态"。虽有清绝之词，但已非全部或纯粹；虽仍有艺术感染力，但已非"名高白雪"的令人心醉，而是加强了女性色彩的娱乐性。因为乐府诗是争高、竞富的享乐心理下的"豪家自制"，以及绮筵公子与绣幌佳人两性比美下的诗乐结合，所以更多体现为镂玉雕琼、裁花剪叶的人工修饰性，而

不是迥巧、争鲜的化工自然性。

第三是评价清乐歌词的代表之二南朝宫体。欧阳炯的评价虽只有"扇北里之倡风""何止言之不文,所谓秀而不实"两句,但实则隐含很多信息。他并没有谈到宫体诗的合乐可唱等问题,而是侧重于格调上的道德批评。这是他从一个极端现象指出乐歌的格调标准的重要性。词体的合律可唱与词趣的合乎道德,并非成正比例关系。欧阳炯这种潜在的逻辑,在刘熙载那里便是:"词固必期合律,然雅颂合律,'桑间''濮上'亦未尝不合律也。律和声本于诗言志,可为专讲律者进一格焉。"①在以追源词律为己任的江顺诒那里,当谈到词品时也首先列出《崇意》品,作为词体本源的"含蓄",用心便在"崇意",也即《尚识》品交代的"风雅之调,离骚之篇"②。可见,词的体制与趣味是欧阳炯论乐歌发展的双重规范。在合律可唱上,欧阳炯认为作为乐歌,体制上都达到了这个要求,但在乐歌的道德品趣上,从传说歌谣到南朝宫体,可谓一代不如一代。由雅到俗,趋势明显,"金母词清"可谓"名高白雪",乐府诗还有"清绝之词",南朝宫体则已违背了"金母词清"的良性"雅"源头,而承继了"北里倡风"的恶性"俗"源头,从根子上坏了。"言之不文"之"文",若联系《花间集叙》以《白云谣》为潜在参考系的语气,当指远离"词清""名高白雪"标准的"不文雅","不文"的进一步发展就是"秀而不实",徒有华丽形式,缺乏鲜活清新的实质内容。

那么欧阳炯对唐五代歌词的态度如何呢?《花间集叙》有一半篇幅直接论述唐五代词,但与评价早期乐歌的几个关键点不同,欧阳炯

---

① 刘熙载《词曲概》,薛正兴点校《刘熙载文集》,江苏古籍出版社,2001年,第146页。

② 江顺诒《续词品二十则》,见唐圭璋编《词话丛编》(第四册),中华书局,1986年,第3300、3301页。

并没有从他的艺术标准作直接褒贬，而是主要通过与前期乐歌比较中阐述的。若不清楚欧阳炯的艺术标准及对早期乐歌的态度，则无法理解他对唐五代尤其是花间词的态度，必然产生含糊印象。这种写作方式合乎写作者的实际情形，因为在一定意义上，早期乐歌思想及艺术特点大多已有定论，故而欧阳炯很容易从传统艺术精神的角度予以褒贬。而词体属于新生的乐歌形式，他首次予以分析，故在比较中描述，实属正常现象。通过欧阳炯对唐五代尤其是花间词的描述，至少可以看出这种乐歌形式的特点有三：一则合乐可唱。他以"诗客曲子词"定性此类歌词，他说赵崇祚请他写叙也是因为他"粗预知音"等，即是说明。不仅如此，在合乐可唱问题上，诗客曲子词可与《阳春》相比，把这五百首的集子命名为"花间集"，即是受到"昔郢人有歌《阳春》者，号为绝唱"的启发；而更可使乐府诗汗颜的，是因为新生的花间词足令"南国婵娟，休唱莲舟之引"。可见，在合乐可唱上，欧阳炯充分肯定了花间词的优势。二则富贵娱乐。在这一点上，欧阳炯主要是通过与汉乐府诗特点比较的。他认为唐五代词已由"争高门下""竞富樽前"的高门庭，走向了"家家""处处"的平民户，达到"庶使西园英哲，用资羽盖之欢"的享乐欢适效果。在娱乐性上，汉乐府已表现出公子与佳人比美的两性娱乐特点，唐五代词更是生活在嫦娥、婵娟的女性传播媒介之中。可见，在这个问题上，欧阳炯并没有把花间词捧得太高，只是汉乐府"用助娇娆之态"的进一步发展。三是香艳风貌。如果用一个字概括《花间集叙》的美学主张，那就是"艳"。这是毫无疑义的。《花间集叙》开头便以裁花剪叶比喻乐歌创作，要"夺春艳以争鲜"。"艳"的本义是丰满而有色彩的意思，呈现出自然生动的丰盈之象，欧阳炯的"夺春艳以争鲜"正是从本义上使用的。欧阳炯之前，陆机《文赋》说过"虽一唱而三叹，

5

固既雅而不艳"，在赋即是"体物而浏亮"，在诗即是"缘情而绮靡"。可见，文质相伴、雅艳相资是陆机论美文的美学标准，也是欧阳炯论词的审美标准。"艳"有清艳与浓艳之别，《白云谣》是清艳，故前文说《白云谣》是欧阳炯认可的体现其艺术精神的乐歌形式之一。乐府诗也有"艳"美，但偏向"文抽丽锦"的人工修饰。至南朝宫体诗则远离了"艳"的丰满内质，徒有华丽外表，已是无美之"俗"（"不文"以至"秀而不实"）。由欧阳炯对南朝宫体的批评，可知艳与俗并不等同，艳是美文的标准，而俗是美文所忌；同时，与南朝宫体每况愈下不同，唐五代词是一次逆转，可谓物极必反。欧阳炯主张的是"美艳"，反对的是"俗秀"。在他看来，唐五代词的香艳特征，吻合了他以艳为美的乐歌标准。"有唐已降，率土之滨，家家之香径春风，宁寻越艳；处处之红楼夜月，自锁姮娥"。整个唐五代词的生成环境，与《花间集叙》开头树立的艳美标准，在比喻用词上几乎是一致的，都是"春艳"之象，只是"香径""越艳"等词更强调了词的女性色彩，有由"春艳"自然之象到"越艳"美女之象的变化，但以艳为美的审美趣味没有改变。由此，我们便容易解释"迄来作者，无愧前人"一句了。联系此句上下行文的语气，"迄来作者"指的是温庭筠之后的晚唐五代词人，并不专指《花间集》中的词人，因为接下来欧阳炯说赵崇祚编选《花间集》正是在"迄来作者"的基础上用心选择的结果；"无愧前人"中的前人，正如彭国忠判断的，是除去南朝宫体作者之外的那些能真正以美艳为趣的乐歌创作者。

四、美艳标准——欧阳炯对赵崇祚编选《花间集》的态度的总结

"以拾翠洲边，自得羽毛之异；织绡泉底，独殊机杼之功；广会

6

众宾，时延佳论"，是说赵崇祚熟悉春风越艳、红楼歌妓的环境，又能广泛地吸纳众宾的好意见，故而可以选择其中的优秀者，编选出具有独特价值与地位的词集。正如有学者指出的，这是对编选行为的肯定，不是对唐五代尤其是花间词本身的褒扬。不过，尽管如此，从赵崇祚能"自得羽毛之异""独殊机杼之功"等，可见在欧阳炯看来，赵崇祚亦是从美艳标准编选《花间集》的。

第二节　欧阳炯的词学精神

欧阳炯为《花间集》写序，必然要了解花间词的整体风貌；作为花间词人之一，理解他的词学精神对解读整部《花间集》必有积极作用。

一、欧阳炯的词作风格与其词学精神

通过欧阳炯对花间词的描述，可以肯定地说，他基本上概括出了花间词的风貌特点。不过，在该序中，欧阳炯只提到《花间集》中的两个词人：温庭筠与他自己。温庭筠是以词人身份重点推出的，而他自己只以写叙者身份介绍的，所以不少学者认为《花间集叙》主要在概括温词的风格。其实不然，通过上文对欧阳炯潜在艺术观的分析，我们认为该序艺术精神更吻合他自己的词作特色。"艳"是温词、欧词乃至花间词的共同特点，欧词也有温词绮怨浓香型的作品，甚至况周颐在读到《浣溪沙》（相见休言有泪珠）中"兰麝细香闻喘息，绮罗纤缕见肌肤，此时还恨薄情无"时，感慨而言："自有艳词以来，殆莫艳于此矣！"当然，在况氏的观点中，此"艳"非轻艳、纤艳，而是雅艳相资的美艳。于是，况氏感慨之后，引王半塘话云："奚翅

艳而已？直是大且重。"并补充说："苟无《花间》词笔，孰敢为斯语者。"况氏所说的花间词笔，主要是艳而质、艳而有骨的艺术性，且并不易学。可见况氏对花间词艳美内涵的认识，与欧阳炯在《花间集叙》中潜在的艺术精神是一致的。进而，与温词主导风格为绮怨浓艳不同，欧词占主导的是一种清艳风貌，由此我们似乎感觉到欧阳炯何以推崇"金母词清"，肯定乐府"不无清绝之词"的原因了。对此，况周颐又说："欧阳炯词，艳而质，质而愈艳，行间句里，却有清气往来。大概词家如炯，求之晚唐五代，亦不多觏。"为此，他特别举欧阳炯的《定风波》（暖日闲窗映碧纱）词，说"此等词如淡妆西子，肌骨倾城"①。况氏以淡妆西子比喻欧词，而之前欧阳炯则以"宁寻越艳（即越过美女西施）"来说有唐以降的填词风气，并非简单的巧合，而是源于他们共有的美艳甚至是清艳的艺术精神。

从这个意义上说，况周颐确实为欧阳炯的知音。两人对花间词风的认知以及各自具有的艺术精神是十分相似的。他们都反对"俗"，对此欧阳炯说"扇北里之倡风"的南朝宫体诗是"何止言之不文，所谓秀而不实"，而况氏则说"俗者，词之贼也"。他们都推重雅艳、清艳，尽管况氏说过："词有穆之一境，静而兼厚、重、大也。淡而穆不易，浓而穆更难。至此，可以读《花间集》。"但此论重在"穆"境上，"浓而穆更难"不是褒浓艳贬淡艳的意思，而是说花间词不易学尤其是表现在浓穆上。其实对于浓艳，况氏并不是很喜欢。他曾说"唐五代词并不易学"，以此为前提，他指出唐词难学但可学，是因为"唐贤为词，往往丽而不流，与其诗不甚相远……唯其出自唐音，故能流而不靡。所谓风流高格调，其在斯乎"。而特别指出"五代词尤

---

① 本段况周颐语分别见况周颐著，屈兴国辑注：《蕙风词话辑注》，江西人民出版社，2000年，第56、70、41、53、366页。

不必学"，主要指的就是那种浓艳的作品，"何也？五代词人丁运会，迁流至极，燕酬成风，藻丽相尚。其所为词，即能沉至，只在词中。艳而有骨，只是艳骨。学之能造其域未为斯道尊重，矧徒得其似乎！"更何况他明确表明只有"自善葆吾本有之清气始"，填词才能真正有风度。尽管此"清气"主要指他的遗老情怀，但他对填词风度的描绘则是犹如"花中疏梅、文杏，亦复托根尘世，甚且断井颓垣，乃至摧残为红雨犹香"，又是典型的清新香艳型的词风了。一句话，"以松秀之笔，达清劲之气，倚声家精诣也"。明乎此，便知况氏为何用"大概词家如炯，求之晚唐五代，亦不多靓"评价清艳的欧阳炯词了。而当他碰到"熏香掬艳，眩目醉心，尤能运密入疏，寓浓于淡"的韦庄词时，褒语则更深一层："《花间》群贤，殆鲜其匹！"①所以，此处重点介绍况周颐，目的是把欧阳炯潜在的意图明朗化。

二、欧阳炯潜在的艺术精神及其意义

欧阳炯直接对早期几种乐歌价值下理性断语，而对唐五代词的描述尽管篇幅占了《花间集叙》一半，却主要是感性的叙说。虽然在"夺春艳以争鲜"上，"金母词清"只是一个方面，但从《花间集叙》行文思路上看，"词清"显然是一个终极标准，与其相对的另一个极端即是"秀而不实"的不文雅。在理性态度上，欧阳炯坚持清雅的艺术精神；在感性赏阅上，唐五代词的香艳风貌也让他感到审美的愉悦。尽管他自己的词作有清雅特点，但唐五代词毕竟以香艳为主导。对此，我们看不出他对唐五代词香艳风貌的否定，反而能看到这个香艳是对南朝宫体诗"非艳"性的逆转，是对乐歌艳美的正面延续。但

---

① 本段况周颐语分别见况周颐著，屈兴国辑注：《蕙风词话辑注》，江西人民出版社，2000年，第8、53、54、41、25、123、363页。

是，唐五代词的香艳与他的清雅艺术的理性基点之间的关系，仍然是无法回避的话题。对此，他也没有正面回答，我们只能从他对《花间集》的命名中粗略地揣测。所以命名为"花间"除受到《阳春》命名合乐可唱的启示，还有就是在吻合"香径春风，宁寻越艳"的香艳性。即，与《阳春》绝唱的清艳文雅不同，阅读这五百首诗客曲子词，则如游赏在春花间，浓浓的香艳柔美之气扑面而来。如果说，在欧阳炯这里，清雅精神与香艳色泽间还处在理性与感性的冲突上，那么随后宋词艺术精神的清雅走向，直至张炎对清空雅正词学理论的总结，则说明唐宋词论已完成了清雅精神由潜至显的全过程。

唐宋词艺术精神的清雅走向，是必然的。清雅是中国传统艺术精神的一个重要层面。词的清雅走向的规律，既是中国传统艺术精神的自然选择，也是尊词观念的一种独特性反映。清雅或指先秦古乐，如《诗三百》中的大、小雅；或指合乎规范的为人之道，如充实礼教精神的雅正；或指与粗俗相对的高雅品位等。于是，清雅成了传统文人的一种理想人格，清雅也成了古代艺术精神的一种理想品级。王国维撰写《古雅之在美学上之位置》一文，拈出"古雅"一词，绝非虚设。他在中西比较中，确实看出了中国艺术理念有重雅的特点。只是我们现在反而缺少了王国维那冷静客观的治学态度，以致陷入一种盲目接受西方艺术观念的误区。如常用一个"美"字涵盖甚至取代中国艺术理念的众多品级和标准。这不仅混淆了"美"与"审美"的界限，而且也抹杀了中国传统艺术精神的个性。简单地说，中国传统艺术精神呈现着"滋味—清雅—境界"的审美层次结构。这里，"滋味"以美为内质，指因对象形式唤起的以生理、心理愉悦为主要内容的精神享受；"清雅"以善为内涵，指因主体人格力量带来的以内在观照为形式的心理体验；"境界"以真为内容，指因主客体交融滋生的以超越时空为特征的艺术形象。因此，中国古代艺术并不是以"美"而是以"境"（含神、韵、远、浑等）为最高标准。在由"味"至"境"，创造艺术极境时，"清雅"是实现腾越的中介和桥梁。"清雅"成为古代文人骚客的一种当然意识，有着独特的审美意义。"清雅"的内在观照性，使艺术主体的心神有了由有限跃入无限的可能，凝结着艺术主体的情思品位、生命意味，是艺术精神求之于主体道德的生命之泉，清澈宁静而又沁人心脾。

词体清雅走向有一种必然规律，其演变过程基本上就是传统艺术精神内在逻辑的一个缩影。唐五代时期，词的创作以"伶工之词"为主，词作者"代人言"的风气盛行。词人往往轻视自我意识的抒发，故而十分注重词作的形式美，以悦耳悦目为审美旨归。此种美趣较多地停在"味"的层面，还缺乏自我内在观照的普遍自觉，故而不曾有意识地以"清雅"填词，更不用说有目的地去追逐那象外之象的境界了。然而，当伶工之词过渡到士大夫之词，情况便发生了变化。"代人言"的填词方式成了士大夫们抒情言志的障碍，"悦耳悦目"的形式愉悦感也不能满足他们的审美欲求。"不具诗人旨趣，吐属不雅"①，在中国传统艺术精神的熏染和潜在召唤下，词的清雅化便成为一种切实可行的路径。从而，词人开始超越词体外在形式的束缚，探觅自我的心灵时空。从中国传统艺术精神角度说，词的清雅化有词人张扬主体意识（当然是传统意义上的）的内在需要，也是对传统艺术精神的一次认同和回归。

---

① 沈祥龙《论词随笔》，见唐圭璋编《词话丛编》（第五册），中华书局，1986年，第4059页。

第 一 章

语言分析与花间词的审美旨趣

第一节　视听共享下的花间词语言的总体特征

诗词语言不仅是诗词风貌的外在表现形式，而且也是诗词内容、艺术价值的唯一直接载体。钱锺书说："诗者，艺之取资于文字者也。文字有声，诗得之为调为律；文字有义，诗得之以侔色揣称者，为象为藻，以写心宣志者，为意为情。及夫调有弦外之遗音，语有言表之馀味，则神韵盎然出焉。"①如果离开载体而谈意，则容易产生虚空之感，"若诗自是文字之妙，非言无以寓言外之意；水月镜花，固可见而不可捉，然必有此水而后月可印潭，有此镜而后花能映影"②。所以，分析文学作品，由"此水"而至"月"、由"此镜"而至"花"当是不可忽视的重要内容和有效思路。

《花间集》是我国最早的文人词集，五代后蜀赵崇祚编成于广政三年，收18家诗客曲子词77调500首，编为10卷。这部词集所收词作

---

① 钱锺书《谈艺录》，中华书局，1984年，第42页。
② 钱锺书《谈艺录》，中华书局，1984年，第100页。

创作时间前后跨度达百年之久，词人之间联系松散，词集中词作的总体风格大致相同，但具体词作风格与个性又呈现出明显的差别和对立。正是这样一部词集，在语言上不仅凝聚了花间词的词体体性特征，而且蕴涵了丰富的文学艺术、时代地域、性别心理等方面的信息。《花间集》作为我国古典文学的一部重要作品，它的语言不可避免地打上前代文学的印记，同时又对后世文学产生深远的影响。

一、音乐文学的语言特色

中国古典诗歌从一开始就与音乐结下了不解之缘，"先秦的'歌诗''笙诗''弦诗''舞诗'，汉以来的'相和歌辞''清商曲辞'，隋以来的'近代曲辞''曲子辞'，以及历代谣歌辞、琴歌辞、讲唱歌辞，皆属歌辞"[①]。这些歌辞的共同特征是具备了诗歌的形式，同时又能歌唱，是音乐和文学相结合的产物。"中国文学史上每一个新的诗歌品种，大抵都是一定音乐形式的产物"[②]，隋唐时期，因为燕乐的发展兴盛，并且与近体诗歌相融合，产生了一种新的音乐文学样式——曲子词。作为燕乐与近体诗初期结合的产物——"诗客曲子辞"《花间集》，在语言中表现出了丰富的音乐特征。

首先，音乐与诗歌结合有两种形式，一是依词作乐，一是倚声填词。《花间集》主要采用依调填词的方式创作，这主要表现在以下几个方面。

第一，词牌名中体现的音乐特色。《花间集》所用的77个词牌，不少见于唐《教坊记》，如《南歌子》《南乡子》《菩萨蛮》《八拍蛮》《渔歌子》《浣溪沙》《河满子》等。词牌《八拍蛮》中的"拍"，指的

[①] 王昆吾《隋唐五代燕乐杂言歌辞研究》，中华书局，1996年，第4页。

[②] 王昆吾《隋唐五代燕乐杂言歌辞研究》，中华书局，1996年，第16页。

是拍板。拍板是当时最流行的乐器之一。"拍"在唐人诗中大量出现，如白居易诗中的"趁拍、舞拍、入拍"、花蕊夫人《宫词》中的"按拍"等。花间词中有一些词牌与词作主题一致，如《杨柳枝》咏柳、《女冠子》咏女冠、《天仙子》咏天仙或娼妓事、《更漏子》写夜半思人、《喜迁莺》写中举、《巫山一段云》写巫山神女等，但更多的与主题无关，这说明曲与辞相对独立但又很好地统一为一体，有的词牌名更是仅体现音乐性，如《八拍蛮》《三字令》等。

第二，同调词中体现的音乐特色。花间词77个词牌500首词，其中有大量的同调词，这些同调词在内部的句式、用韵、节奏甚至修辞手法的运用上都呈现出很强的一致性。这是因为隋唐以来，曲子已基本规范化，"曲子的句拍，有一定制度，它所配合的歌辞，均须接受曲拍的规范"[①]。花间词依调填词，在句式格律上必须受到已经规范化了的曲子的制约，因此，花间词中尽管有一些同调异体词，但多是大同小异，如《贺明朝》《酒泉子》《河传》等；同调创作最多的《浣溪沙》，诸首之间表现出了很强的一致性；其他的还有《菩萨蛮》《杨柳枝》《临江仙》等。同调异体词的存在也表明花间词鲜明的音乐性，依调填词，因所选同名曲调曲式的细微差别或是依调的方式不同都有可能产生同调异体词。宋以后，辞与曲的关系日渐疏远，有的辞已失去曲谱仅剩下文学样式的辞，从而变为徒诗，后人根据词谱填词，同调词的体式就很少变化了。

其次，合乐歌唱。和齐言近体诗相比，花间词多了分片、起结、换头等体式要求，这些都是由其合乐歌唱的性质决定的，这一性质也产生了花间词以下的语言特征。

第一，虚字的运用。在近体诗中，虚字出现的概率是不大的，到

---

① 王昆吾《隋唐五代燕乐杂言歌辞研究》，中华书局，1996年，第58页。

了词中，因为音乐节拍的需要，在齐言基础上加一个虚字以凑足音乐节拍，于是，虚字在词中的使用频率大大增强。花间词就运用了"怎、恁、无、生、更、最"等虚字。

第二，杂言句式。曲调已先于辞而存在，歌词的创作要配合音乐，乐句长短不一，当辞与曲不能很好配合时，"就不免增减诗的字句来合乐"[①]，近体诗的齐言就变为杂言形式，称为长短句。花间词中有二字句"莺语，花舞"（温庭筠《诉衷情》）、三字句"云髻坠，凤钗垂"（韦庄《思帝乡》其一）、四字句"渺莽云水，惆怅暮帆，去程迢递"（张泌《河传》其一）、五字句"雨霁巫山上，云轻映碧天"（毛文锡《巫山一段云》）、六字句"小殿沉沉清夜，银灯飘落香灺"（孙光宪《河渎神》其一）、七字句"莺啼燕语芳菲节"（毛熙震《后庭花》其一）。虽然花间词人对齐言词表现出极大的兴趣，如《浣溪沙》《杨柳枝》《玉楼春》《柳枝》等词调多次用到，但不可否认，《花间集》中杂言词多于齐言词。

第三，音步节奏向散文化发展。花间词多处打破齐言诗中五言上二下三、七言上四下三的节奏规律，呈现出丰富多彩的变化模式。如：

四言	上三下一	凤凰诏下　红蕉叶里　罗浮山下
五言	上二下三	泪痕满宫衣　罗幌暗尘生　画船听雨眠
	上四下一	似带如丝柳　绣鸳鸯帐暖　画孔雀屏欹
七言	上三下四	香风拂绣户金扉　二三月爱随飘絮
		伴落花来拂衣襟
	一三三	印沙鸥迹自成行
	一四二	见雪萼红跗相映

[①] 游国恩主编《中国文学史》（第二册），人民文学出版社，1989年，第254页。

二三二 　　　惆怅更无人共醉

三一三 　　　碧梧桐映纱窗晚　后园里看百花发

　　　　　　焦红衫映绿罗裙

　　虽然这一特色在花间词中只是初露端倪，但已经显示出词这一文学样式的发展趋势，为词体的发展定下了规范。

二、女性文学的语言特色

　　花间词人虽是清一色的男性，但花间词却以其柔婉绮艳的风格唤起了人们对于女性阴柔的审美体验。男性词人创作出典型的女性文学作品，一方面，因为花间词中大多数词作是男子代女子言，男词人揣摩女性心理而作势必带有女性文学的特色；另一方面，人们的心理态势呈现出女性化的柔静，"他们不勇敢，也不喜欢粗线条的东西"，他们"有过多的智慧，表现为超脱、老滑、避世洁身、和平主义等"①。封建时代的文人士大夫们在写诗作文的时候，受到"诗言志""文以载道"的束缚，表现的并非真实的自我，曲子词与新兴的宴乐相配合，声音悦耳动听，而且不受"言志""载道"的束缚，完全可以表现真实的心理。于是士大夫们"久蕴于内心的某种幽微浪漫的感情，得到了一个宣泄的机会"②，士大夫内心的女性化的心理得以淋漓尽致地展露。

　　首先，女性在形象思维上优于男性，对外界和内心有着敏锐的感受；女性性格含蓄内敛、柔和安静、不对立不好斗，讲究局部细节的精致与雕琢，这种女性性别特点在语言上的表现为：

　　第一，在词作语言上选用表现纤巧艳丽意象的词语，尤其是对闺

---

① 高锋《花间词研究》，江苏古籍出版社，2001年，第44页。

② 叶嘉莹《迦陵论词丛稿》，河北教育出版社，1997年，第220页。

中人和花鸟虫鱼的描写，花间词中大量出现"柳、花、燕、莺、帘、镜、帷、钗、靥"等；善于运用颜色词直接表现艳丽的色彩，如"红、绿、碧、青、白"等颜色词把花间建成了一个五彩缤纷的世界。这些都表现了女子特有的观照视角。

第二，花间词中运用了多种修辞手法，如比喻、拟人、借代、夸张等，这些修辞大多表现的是女性内心深处的细腻情感，这些情感不直接抒发而借外物来表现，且大多怨而不怒，这正是中华民族特有的情感表露方式。讲究细部的精雕细刻，修饰成分不厌其多其繁，也是花间词女性特色的一个表现，在雕琢与修饰上泼墨如土，从而形成花间词"镂玉雕琼"的风格特色。

其次，在封建时代占统治地位的儒家思想，教育人们要以"修身齐家治国平天下"为追求，尤其是"治国平天下"，就成了有志之士的毕生追求。在诗与文中，体现这种"崇高"理想就成了古代诗文创作的当然要求。古代的男女社会地位极其不平等，"治国平天下"就成了男子的专利，女子根本没有这样的机会和条件，她们的生活范围仅限于闺阁。词专门写内心自我，不与治国平天下挂钩。这样，在文学领域也就有了男性文学——诗文和女性文学——词的对立。这一特点在花间词语言上的表现为：

第一，花间词中不正面反映政治、时代的内容，不专门写入仕"上进"的心态，而多是写人们普遍的情感如爱情、闺怨等，同时这也带来类型化的特点。花间词中虽然也有登科中举如《喜迁莺》、女冠生活如《女冠子》、出世归隐如《渔歌子》、边塞生活如《甘州遍》、反映某些生活哲理如皇甫松的词等，似乎与艳情题材不相吻合的词作，但这些词一方面在《花间集》中所占比例不多，另一方面与女性有着千丝万缕的联系，中举有"家家楼上簇神仙，争看鹤冲天"（韦庄《喜迁莺》其二）；女冠"玉趾回娇步"与情郎"约佳期"（牛峤《女冠子》其一）；边塞生活则是思妇恨远怀人时所想（毛文锡《甘州遍》其二）（温庭筠《番女怨》其二），特别是后者，虽有"碛""沙""箭"等粗大、阳刚之语，最后却仍归于"画楼、锦屏、杏花"等细小、阴柔的词语上来。

第二，花间词语言在内部多表现为一种跳跃，叶嘉莹在《论词学中之困惑与花间词之女性叙写及其影响》一文中说"诗之语言乃是一种更为有秩序的明晰的，属于男性的语言，而词则是比较混乱和破碎的一种属于女性的语言"[①]。"花间鼻祖"温庭筠的词这方面的特点尤为明显，句与句之间缺乏联系，形成了叶嘉莹所说的"破碎混乱不连贯"的女性语言特色。

三、文人文学的语言特色

"词随燕乐起，选词配乐，依调填词，都为了歌唱。它最初来自民间，俗曲歌舞、酒令著辞，用于日常宴饮、歌楼伎馆。中唐以后，城市经济发展，词也得以迅速兴起，文人加入词作的行列。"[②]《花间集》作为一部文人词集，具有鲜明的文人词的语言特色。

首先，用语趋向文雅。我们比较敦煌曲子词和花间词可发现，敦煌词中当时的口语、佛家语随处可见，如"早晚、归却还、多生、缘业、狂夫、过与、叵耐、比拟、今世、因缘"，动词词尾"将"，词中还有唐人谚语，如"心专石也穿"（《送征衣》）、"销戈铸戟"（《宫怨春》）；敦煌词用方言叶韵，如《鹊踏枝》（叵耐灵鹊多瞒语）用西北方言叶韵。花间词虽然也用口语、俚语，但是从数量上看明显少于

---

① 叶嘉莹《迦陵论词丛稿》，河北教育出版社，1997年，第231页。
② 袁行霈主编《中国文学史》（第二卷），高等教育出版社，1999年，第212页。

书面语词，而且词人创作时并不着力于口语的运用，花间词中多是"征棹""回眸""珠幢"等文雅的书面语词。敦煌词几乎不用典，花间词已经注意用典。在语言风格上，敦煌词显得拙朴，花间词显得雕琢。

其次，在词的体式上，花间词多用描写，敦煌词则多用诉说体和对话体，如敦煌词中《倾杯乐》（忆昔笄年），女主人公自诉身世，悔嫁"狂夫"，《鹊踏枝》（叵耐灵鹊多瞒语）通篇用人与灵鹊的对话。其他如"当初姊姊分明道，莫把真心过与他"（《抛球乐》）、"今世共你如鱼水，是前世因缘"（《送征衣》）等，不事雕饰，仿佛直录口中语。而花间词则是经过了润色加工、精心描绘的一幅幅图景，如"蓼岸风多橘柚香，江边一望楚天长，片帆烟际闪孤光"（孙光宪《浣溪沙》其一）。

再次，在修辞手法的运用上。敦煌词呈现出想象丰富大胆以及清新的生活气息，如"泪珠若得似珍珠，拈不散，知何限，串向红丝应百万"（《天仙子》），有比喻有夸张，想象新奇；"枕前发尽千般愿，要休且待青山烂。水面上秤锤浮，直待黄河彻底枯。白日参辰现，北斗回南面。休即未能休，且待三更见日头。"（《菩萨蛮》）用六件不可能发生的事为喻，表达忠贞不渝的爱情。"天上月，遥望似一团银"（《望江南》），喻体选用新颖。而花间词中的修辞则似乎带有规范化、定型化、格式化的特色，如喻女子用"花"，用"征棹"代船，用水咽花愁指人忧愁，用鸟成双反衬人孤单。因此，在花间词中，同一词人或不同词人的词作在喻体、拟体、代体的选择上常有重复。

从这里我们可以看出，当词这一文学样式还在民间时，它是自然质朴的，是一块没有雕琢的玉，虽然粗糙，但显示出其朴素自然的美。当文人进入词创作领域后，将这块玉石进行精雕细刻，使其美轮美奂，光彩夺目，但是因雕琢而被套上了一定的规范，因雕琢淡化了朴素的自然之美。

四、时代文学、地域文学的语言特色

时代和地域也在花间词语言中留下了鲜明的烙印。中晚唐以来，国力衰微，如夕阳已无可挽回，满怀理想抱负的有志之士，面对严酷的现实，不得已转向内心自我，创作出反映内心情感而不带鲜明社会政治内容的词。这时，北方战乱频仍，南方相对稳定，国家经济重心南移。南方城乡经济的发展繁荣促进了城市工商业的发展，促成了追求享乐的时代风尚。从花间词中我们可以看到从晚唐到五代延续不衰的富贵奢华气息。

《花间集》18位词人除了温庭筠、皇甫松、和凝、孙光宪等少数词人外，大多是五代蜀人或流寓入蜀的，都与蜀地有着密切的联系。地域文化在《花间集》中刻下了深深的烙印。蜀地是五代最为繁华的地区之一，"蜀道之难难于上青天"（李白《蜀道难》）的封闭性造成了蜀地经济的相对自足，这种地域特色反映在人们的心理上就是求稳、易于满足、不求进取、自我陶醉等性格特征。这又正好与时代心理不谋而合，于是在时代与地域的共同影响下，花间词具有了以下的语言特色：

首先，词作中的主人公多为富贵女子，她们住在有"金铺"的"深闺、画堂"，闺房中有"绣帘、锦衾、玻璃枕、香炉、菱花镜"，她们穿着"绣罗襦、香画袴、绿罗裙"，画"娥眉"、添"额黄"、簪"翠钗"，乘"香车"。其中的男子形象也多是宴饮、骑马、狎妓冶游。词中色彩富贵明艳，"红、绿、金、玉"频繁闪现，这是温柔富贵乡的典型语汇。

其次，对艳情的描写不避露骨。这是《花间集》被诟病的重要原因。花间词对女性的描写可以说是全方位的，从头发、脸、手、足、腰身到穿着、举止无不细致入微；男女追求爱情大胆，有轻狂少年"伴醉""逐香车"（张泌《浣溪沙》其九），有多情少女春情暗许"拟将身嫁与"（韦庄《思帝乡》其二），女冠则是身在曹营心在汉；男女之间的思念刻骨铭心，特别是一些描写男女欢会的词作，更让人觉得是涉嫌庸俗低级的色情描写。

再次，从男子生活的角度看，花间词中士人狎妓冶游，访"仙居"、会"神仙"、遇"嫦娥"，在宽松的社会氛围中，男子更是逍遥自得，或是经常"游冶""去无踪"，或耽于酒杯"须沉醉""长酩酊"。在舒适的环境中觉得时光如梭"光影促"（顾夐《渔歌子》），"长道人生能几何"（韦庄《天仙子》其二），越是觉得时光短促，越是要及时行乐。

可以说，浓郁的娱乐氛围满足了人们的社会心理需求，花间词是为满足这种社会心理需求而产生的精神产物，同时，花间词的产生又为这样的社会氛围推波助澜。欧阳炯在《花间集叙》中明白地写道：以"清绝之辞"，"助娇娆之态"。

另外，蜀地民歌也对花间词的创作产生了重要的影响。蜀地历来是民歌兴盛的地方，民间歌谣的节奏韵律、用词、风格、题材等都对花间词产生了影响，其中尤以《竹枝》影响最大，如孙光宪两首《竹枝》就直接借鉴民歌，其中有领唱有和声。再如李珣《南乡子》10首，带有民歌的清新，李冰若《栩庄漫记》说："均以浅语写景，而极生动可爱，不下刘禹锡巴渝竹枝，亦《花间集》中之新境也。"[1]

尽管花间词创作时凸显的是人们较为普遍的心态情感，显示出一

---

[1] 李冰若《花间集评注》，河北教育出版社，1999年，第219页。

定的超越时空的唯美倾向，但是文学作品产生于特定时代、特定地域、特定社会心态氛围下，这些因素必定在文学作品中烙上鲜明的印记，这些印记最明显最直接的体现便是语言，它吸收齐梁宫体的香艳柔婉，加上鲜明的词体特质，再赋予应歌适俗的特性，形成了《花间集》特有的语言范式。这一范式成为新兴诗歌体裁——词所共同遵守的标准。因此，《花间集》被尊为"近代倚声填词之祖"，为后代词的发展设定了"本色当行"的词体规范。

第二节　花间词的视觉语言

语言能绘形、摹状。所谓绘形、摹状，就是指把眼睛看到的形状如实地描绘出来，把人感觉到的情状如实地摹画出来。所谓视觉语言，是指表达常作用于视觉的形象和情状的语言。这种语言能使人调动以往的视觉经验，将被描写的形象、情状在脑中重现，也就是说这种使人产生了视觉感知的语言叫做视觉语言。花间词运用白描、渲染、异化、错觉等手法来摹形绘态，使用了大量的视觉语言，在人们面前展现了一幅幅形态逼真的工笔画，既有事物图景的描绘，又有动作情状的摹画，还有颜色的涂抹……这些，都给读者以强烈的视觉冲击。

一、在词语中灌注形象

"语言文字并不仅仅是由语词构成的，构成它的主要东西不是语词，而是语词的意义。"一个词语"当它单独以听觉、动觉和视觉对象出现时，都不能构成一种语言事实。只有它的这些知觉对象和它的其他一些有关经验自动地同（某一）意象联系起来时，才具有一种符号的性质，成为语言中的一个词或一个成分"①。也就是说，当我们看见语言中的一个语词时，不仅想到它的理性意义，而且以往沉淀在这个"字眼"中的经验都会显现出来，在大脑中浮现的是与之相关的图景，"某一意象的特定呈现已通过某一字眼固定下来"②，这个"字眼"也就获得了形象的意义。花间词中就有很多这样的"字眼"。

（一）名物词

根据《国学宝典》电子版的数据统计，《花间集》中出现次数最多的事物名词如下：

花290次　春224次　风166次　月138次　烟115次　梦114次

雨107次　柳105次　帘99次　屏94次　楼75次　莺75次

泪73次　眉65次

这些词并不是在花间词中才开始使用的，在花间词前，这些词已经作为常用诗歌语汇频繁出现在诗歌中，它们不断地被历代文人骚客作为视觉对象进行观照，在这些"字眼"中已积淀了大量的"经验"。一看到它们，积淀在其中的经验便会显现出来。如"花"，《现代汉语词典》解释"种子植物的有性繁殖器官。花由花瓣、花萼、花托、花蕊组成，有各种颜色，有的长得很艳丽，有香味"③。因为"花"的形状、颜色，能使人产生愉悦优美的审美感受，于是，"花"以美的化身走进了文学殿堂："朱雀桥边野草花"（刘禹锡《乌衣巷》）、"黄

---

① [美]鲁道夫·阿恩海姆《视觉思维》，滕守尧译，光明日报出版社，1986年，第369页。

② [美]鲁道夫·阿恩海姆《视觉思维》，滕守尧译，光明日报出版社，1986年，第358页。

③ 中国社会科学院语言研究所词典编辑室《现代汉语词典》第7版，商务印书馆，2016年，第555页。

四娘家花满蹊"（杜甫《江畔独步寻花》）、"风吹柳花满店香"（李白《金陵酒肆留别》）。花美而柔，如女子，故而又将花喻女子。花间词中有杏花、牡丹花、梅花、蕉花、杨花、藕花、芍药花、梨花、芦花、豆蔻花、蓼花、木兰花、石榴花、槿花、桂花、榆花、海棠花，也有花落、花谢、花烂漫、花满枝，还有花靥、花钿、花骢、花冠、花鬓、人似花、似花人。这些"花"展现了一个百花烂漫、人面花面交相辉映，充满女性温馨氛围的花间世界。其他的"春、风、月"等词语也同"花"一样，具有鲜明的视觉感知。除了上面所列花间词中频繁出现的具有柔美视觉形象的词语外，我们还可以对花间词中的名物词作以下分类：

表示女性容貌名词：鬟、鬓、眉、眼、腮、面、靥、唇、额、领、胸、腕、臂、手、指、肌、腰。

表示女性衣装名词：冠、钗、带、裙、袴、襦、衫、鞋。

表示女性居室名词：扉、井、楼、殿、堂、梁、户、閤、闺阁、阶、栏、墙、房、窗。

表示闺阁器物名词：炉、盏、盘、帷、衾、枕、屏、帐、被、帘、杯、扇、筝、簟、镜。

表示植物名词：草、荷、竹、柳及上述各类花。

表示动物名词：莺、燕、鸳鸯、凤、锦鸡、黄鹂、子规、鹤、蝉、鹧鸪、杜鹃、马、猩猩、蛩、猿。

表示天候名词：夜、月、露、风、云、雾。

这些都不是抽象名词，每一个词语中都有丰富的形象存在。同时，这些词语大多指向力量弱、体积小、形状巧、质地软的事物，女性容貌、女性衣装名词自不必说，居室建筑名词纵使有"墙、房"等名词代表体积较大之物，那也是"绣墙、兰房"，动物则多为禽类、纵使有"马、猩猩、猿"等体积较大的兽类，那也只和"嘶、啼、语"相连，而不取"吼、叫"。总之，花间词的名物词都灌注了柔美香软的视觉形象感受。

（二）颜色词

刘勰《文心雕龙·原道》曾说："云霞雕色，有逾画工之妙；草木贲华，无待锦匠之奇。"颜色词的使用使花间词充满了镂金错彩、镶金砌玉的色彩形象。花间词对色彩的描绘，一是直接使用颜色词。翻开花间词，真是五彩缤纷，色彩艳丽，红："双鬓隔香红"（温庭筠《菩萨蛮》其二）、"满地落花红带雨"（韦庄《归国遥》其一）、"红藕花香到槛频"（李珣《浣溪沙》其四）；翠："翠钗金作股"（温庭筠《菩萨蛮》其三）、"愁眉翠敛山横"（毛熙震《河满子》其二）；绿、碧、青："绿窗残梦迷"（温庭筠《菩萨蛮》其六）、"皎洁碧纱窗外"（李珣《酒泉子》其四）、"天含残碧融春色"（毛熙震《菩萨蛮》其三）、"楚山青，湘水绿"（李珣《渔歌子》其一）；白："月高霜白水连天"（薛昭蕴《浣溪沙》其六）、"白马嘶春色"（牛峤《菩萨蛮》其五）。据《国学宝典》电子版数据统计，花间词中出现"红"165次、"翠"114次、"绿"70次、"碧"68次、"白"33次、"青"31次。颜色词的视觉形象比较直观，如此大量的颜色词的使用，使花间词犹如一幅浓墨重彩的图画。

"色彩词并非文学作品中渲染色彩美的唯一材料。那些表示具有鲜明色泽的事物的名词，如'金''玉'等也同样显示色彩美。"[1]"金"和"玉"在花间词中出现的比例也是相当高的，分别是181次和149次。我们来看花间词的开篇之作——温庭筠的《菩萨蛮》：

---

[1] 张鹄《文学语言艺术》，南方出版社，1999年，第51页。

小山重叠金明灭，鬓云欲度香腮雪。懒起画蛾眉，弄妆梳洗迟。照花前后镜，花面交相映。新帖绣罗襦，双双金鹧鸪。

词作开头便用一"金"字，为全词定下了一个色彩基调——金光闪闪。紧接着，"鬓"——黑，"腮"——"雪"（白），用黑白分明侧面写出美人之美。下片前两句各用一"花"字，花有多种颜色。如果说上片侧重于黑白素色的描写，那么，下片便展开了一个彩色的世界。最后又着一"金"字，收束全篇，与词首呼应。词人将一幅光彩绮丽的美人晨妆图展现在读者眼前。

花间词大量使用色彩词以及有色彩效果的事物名词，而且在同一首词中往往设置两种或两种以上的色彩，并且注意了色彩的和谐搭配，有的词用色疏而淡，有的词用色密而浓，形成淡妆与浓抹两种不同的色彩风格。如韦庄《菩萨蛮》（人人尽说江南好），词中的颜色词"碧、皓"，带色彩形象的名词"春水、月、霜雪"，全词用两种颜色"绿"和"白"，将江南水乡的淡雅展示无遗。上面分析的温庭筠的同调词则用了"金、黑、白、彩"等颜色，温庭筠的另一首《菩萨蛮》（翠翘金缕双鹨鶒）设色更加绚丽，其中有颜色词"翠、红、青"，带色彩形象的名词"金、春池、海棠梨、绣衫、飞蝶、芳菲"，真是斑斓眩目，令人目不暇接。韦庄词设色清新淡雅，如一淡妆少女。温庭筠词着色明艳繁丽，如一浓妆美人。这已成公论。但花间词也不乏"淡妆浓抹总相宜"（苏轼《饮湖上初晴后雨》）的词作，如欧阳炯《南乡子》其六：

路入南中，枕槟叶暗蓼花红。两岸人家微雨后，收红豆，树底纤纤抬素手。

词中有绿有红有白，但绿是暗绿——"枕槟叶暗"，是南国雨后茂密的浓绿，在这绿的背景下衬托的是"蓼花""红豆"明丽鲜艳的"红"，更引人注目的是"素手"之"白"。短短五句，却将颜色搭配得如此和谐，有暗有明、有浓有淡。

二、在词语的超常组合上展示形象

如果说选择一些蕴涵意象的名词展示的是静态形象，那么，在词语的组合上展示的就是动态形象了。词语的正常组合虽然符合语法规则和人们的语言表达习惯，但在艺术创作中却显得平淡无奇。如果改变常规，使词语之间进行超常组合，在其中往往显示独特的视觉形象。刘勰《文心雕龙·定势》就说过："文反正为乏，辞反正为奇。效奇之法，必颠倒文句，上字而抑下，中辞而出外，回互不常，则新色耳。"

（一）谓词的超常组合

超常就是违背常规，在作品中，因常式的词语组合被打破而使人觉得耳目一新。词语所代表的形象以更醒目的形式刺激人的视觉。花间词中，动词的超常组合，一是在"名词+动词+名词"的组合中，也就是主谓宾结构中，因为其中的动词超乎常规，使整个组合获得新人耳目的效果。如：

烟草粘飞蝶。　　　　　　　　　（温庭筠《菩萨蛮》其四）
池塘暖碧浸晴晖。　　　　　　　（牛希济《中兴乐》）
苹风轻剪浪花时。　　　　　　　（和凝《渔父》）

"粘"本是带有黏性的事物的性质，"烟草"本无黏性，却与"粘"组合，主谓组合超常。"粘飞蝶"是正常的组合，但能粘住飞蝶，要有很大的黏性，本无黏性的"烟草"却能粘住"飞蝶"，这又是一处超常组合。"烟草粘飞蝶"，通过词语的超常组合，传神地写出飞蝶停在草上久久不飞走、好像被粘住了一样的情态。本来飞蝶停在草上是静态的，词人用一个"粘"字将蝶由主动——不飞变成了被动——不能飞，画面也就由静变动。"池塘"与"浸"的组合按常理是能够成立的，不过"浸"的对象应是有形的具体事物，但词人却将无形之"晴晖"与之搭配，构成了组合上的超常。春天回暖、万物复苏、池塘水满、晴晖铺洒的春景在此句中表现得淋漓尽致。在这里，词人颠倒主客体，晴晖洒池塘——池塘浸晴晖，但在主客颠倒与词语的超常组合中，人们感受到的是春景的"润"与"暖"。"剪"既不能与"风"搭配，亦不能与"浪花"搭配，而词人偏偏用一"剪"字将"风"与"浪花"以陌生化的方式组合起来，风吹水面起浪花，好像是风用剪子剪开水面，形成一朵朵浪花。"剪"字将"风"拟人化，同时又把风吹水面起浪花的情景以更鲜明的视觉效果展现出来。在花间词中，这样的超常组合还有："时时微雨洗风光"（和凝《小重山》其一）、"绿嫩擎新雨"（鹿虔扆《虞美人》）、"片帆烟际闪孤光"（孙光宪《浣溪沙》其一）、"露沾红藕咽清香"（顾敻《虞美人》其三）、"鸳鸯排宝帐，豆蔻绣连枝"（牛峤《女冠子》其四）等。

　　花间词中，谓词的超常组合，还表现在"动词+动词（形容词）"的组合中，也就是在述补结构中，如"惊破鸳鸯暖"（毛文锡《喜迁莺》）、"黛眉偎破未重描"（和凝《柳枝》其二）、"晓莺啼破相思梦"（顾敻《虞美人》其一）。"偎破""啼破""惊破"，这三个词组中都有"破"。"破"是指"完整的东西受到损伤变得不完整"或"使损坏、使分裂"。显然，造成"破"的结果必须有一个动作性动词才行。上面三个词组中，"偎"和"啼"是动作性动词，"偎"是"靠着"，

"偎"而至于黛眉"破损"，可见"偎"亲密的程度，一个"破"似乎出于意料之外，但又在情理之中，男女主人公亲密依偎的情景如现目前。"啼破"如果和"嗓子"组合就没有什么奇怪的了，但词人却让"啼破"与"相思梦"进行超常组合，这里的"破"按常规应改为"醒"，但却没有了鲜明的视觉形象，用"破"则表现莺啼之响而至于梦不能圆满的懊恼，无形的"梦"因"破"的使用而变得有形。"惊"是一个心理动词，按常规是不能与"破"组合，与"啼破"一样，以"破"代"醒"，"鸳鸯暖"意思是"在温暖的鸳鸯被中的美梦"，梦破，使梦由无形变有形，增强了形象感。

（二）词语省略而形成的超常组合

词语省略是语言表达中常见的现象，或承前省，或蒙后省，或依语境省等，但在诗词中，因篇幅、文体所限，无法将省略一一交代，于是就因某些词语的省略造成了词语的超常组合。在花间词中，这样的组合也不少，如："香灯半卷流苏帐"（韦庄《菩萨蛮》其一），从句法上看，这是一个完整的主谓宾结构，但从语义上看却不合事理，"香灯"不能发出"卷"的动作，"灯卷帐"更是说不通。究其原因，词人在这里采用了省略的手法，用一个超常的组合来展示更多的形象："香灯"后省略了"照"，动词"卷"在这里不做谓语，而是作为"流苏帐"的修饰语，这样，此句就该理解成：香灯照着半卷着的流苏帐。词人选择其中的关键词进行组合，在其中包含尽可能多的形象。再如"惊塞雁，起城乌，画屏金鹧鸪"（温庭筠《更漏子》其一），第三句"画屏金鹧鸪"没有动词，在句式上与前两句好像也没有直接关系，对这三句的理解人们就有了不同的看法，张惠言评：

"三句言欢戚不同"①。陈廷焯云："此言苦者自苦，乐者自乐。"②李冰若《栩庄漫记》以为"'画屏金鹧鸪'一句强植其间，文理均因而扞格矣"。如果知道这里省略了动词（承前省），意义就不会那么难解了。叶嘉莹对此有一段分析：

> "惊塞雁，起城乌"者，是此词中之主人公于春宵细雨、夜阑人静之际，偶尔曾闻得一二声遥天雁唳、城上乌啼。曰"惊"曰"起"者，则故未尝真个便见其"惊"其"起"也，只是自此雁唳、乌啼声中所生想象之辞，而其所生此想象者，则系因花外点滴之雨声，既入乎耳，乃动乎心，此心既已动，遂于雁唳、乌啼亦生惊起之想，自是此人之心惊念起，乃有此言也。至若画屏上之鹧鸪，则固不能鸣叫，亦不能惊起者也，然自此心惊念起、面对画屏，耳闻雁唳乌啼之人观之，则屏上之鹧鸪亦有惊起、鸣叫之感，遂并此惊起之塞雁城乌连言而并举之矣。③

三句之中蕴涵如此丰富的含义，与省略有关，也与省略而引起人的丰富联想有关，在联想中也就融入了丰富的视觉形象。

（三）语序倒装而形成的超常组合

词语是语言的建筑材料，它必须依照一定的顺序排列起来，才能起到传情达意的作用。如果词语的排列毫无规则可言，那就无法起到交际工具的作用；但如果艺术创作和日常表达的正常语序毫无二致，那就会显得平淡，不能显示出艺术的力量。有规律地打乱正常语序，

①《张惠言论词》，见唐圭璋编《词话丛编》（第二册），中华书局，1986年，第1611页。

② 陈廷焯《白雨斋词话》，见唐圭璋编《词话丛编》（第四册），中华书局，1986年，第3778页。

③ 叶嘉莹《迦陵论词丛稿》，河北教育出版社，1997年，第29页。

能取得意想不到的效果。杜夫海纳也说："词摆脱了常用规则，互相组合起来，组成最意想不到的形式。同时，意义也变了，它不再是通过词让人理解的东西，而是在词上形成的东西……这是一种不确定的而又急迫的意义。人们不能掌握它，但可以感受到它的丰富性。"[①]花间词是合乐娱情的作品，词人在创作中以语言"合乐"为第一要义，在语序排列上遵从于一要合韵、二要表情，不去死扣语法规则。正是因为这一点，语序倒装在花间词中经常出现，这样的倒装为读者带来了丰富的视觉形象，这一点也许词人创作时自己并没有意识到。

画堂照帘残烛。 （温庭筠《归国遥》其一）
往来云过五，去住岛经三。 （薛昭蕴《女冠子》其二）
纤手轻拈红豆弄。 （和凝《天仙子》其一）

"画堂照帘残烛"的正常语序应是"画堂残烛照帘"，主语后置，处于突出和强调的位置，"残烛"与主人公的"心曲"是一致的。不仅如此，此句还给人以鲜明的形象感受：画堂中一支残烛摇摆不定，昏暗的烛光照着绣帘。在这幅画面中，残烛处于中心的位置，"画堂""帘"则以背景和衬托物的身份出现。"云过五""岛经三"应是"过五云""经三岛"，将作宾语的名词性词组中心语"云""岛"提前，形成一种反常规的组合形式，在这种形式里，不仅突出了"云""岛"，也突出了修饰性成分"五""三"，将仙人在五色彩云间来往、在三仙岛间穿梭的神异景象呈现在读者眼前。和凝把"弄红豆"倒装成"红豆弄"，动词"弄"成了全句的"主角"，一个"弄"将女子把玩红豆又心不在焉的神态强调了出来，为下文的"一片春愁谁与共"

① [法]杜夫海纳《美学与哲学》，转引自张鹄《文学语言艺术》，南方出版社，1999年，第239—240页。

作好了铺垫。

　　花间词中这样的倒装还有："魂梦欲教何处觅"（韦庄《木兰花》）、"雾卷黄罗帔，云雕白玉冠"（薛昭蕴《女冠子》其一）、"春思翻教阿母疑"（和凝《采桑子》）、"古树噪寒鸦"（张泌《河渎神》）、"飞起浅沙翘雪鹭"（毛文锡《应天长》）、"画堂鹦鹉语雕笼"（顾夐《玉楼春》其二）、"嫩玉抬香臂"（孙光宪《菩萨蛮》其四）等。

　　以上分别分析了省略和倒装带来的视觉效果，其实，花间词的一些句子中，省略与倒装是融为一体的。如韦庄《菩萨蛮》其一"残月出门时，美人和泪辞"。"残月出门"从字面上看是主谓结构，但从语义上看不合常理，这里采用了状语后置同时省略谓语的手法，意思可理解成"出门时残月在天"，把"残月"提前，取得"先声夺人"的效果，突出与"美人"告别时残月西沉的形象。再如孙光宪《浣溪沙》其二"绣阁数行题了壁，晓屏一枕酒醒山"，这两句将复杂的意思用代表性的语词以反常规的组合形式表达出来，语短意深，形象丰富："（在）绣阁壁（上）题了数行（诗），清晨，屏风遮掩，（在）山枕（上）酒（后）醒来。"其他还有"芙蓉凋嫩脸，杨柳堕新眉"（温庭筠《玉蝴蝶》）、"金烬暗挑残烛"（牛峤《更漏子》其二）、"暗湿啼猿树"（毛文锡《巫山一段云》）等。

三、在比喻里描绘形象

　　"比喻，被称为'语言艺术之花'，是古今中外最常用的一种修辞手法。"[①]花间词也不例外，它善于运用各种比喻来描绘优美动人的形象。

---

① 王希杰《修辞学新论》，北京语言学院出版社，1993年，第108页。

（一）喻体的选择

喻体有三个特征：第一，比本体具体、形象、生动。"通常情况下，本体比较抽象、深奥，是交际对象感到陌生的；而喻体则比较具体浅显，是交际对象所熟悉的。"①第二，喻体是与本体在本质上完全不同的事物。刘勰《文心雕龙·比兴》说："夫'比'之为义，取类不常。"又说"若刻鹄类鹜，则无所取焉"。第三，喻体与本体应有相似点。刘勰说："比类虽繁，以切至为贵。"其中的"切至"便指出了二者要有相似性。《花间集》是一部以"香艳"为基调的词集，在喻体的选择上注重那些艳丽、香软、细巧的事物，且这些事物一般都是人们熟悉的，在形状、色泽等方面具有鲜明的视觉形象。

1. 以色艳形美的事物作喻体。花间词中常用的喻体有"花、月、玉、雪、云、霞"等。

花	相见牡丹时。	（温庭筠《菩萨蛮》其三）
	双鬓翠霞金缕，一枝春艳浓。	（温庭筠《定西番》其二）
	绿窗人似花。	（韦庄《菩萨蛮》其一）
	钗重髻盘珊，一枝红牡丹。	（牛峤《菩萨蛮》其五）
	嫩红双脸似花明。	（顾夐《遐方怨》）
	强整娇姿临宝镜，小池一朵芙蓉。	（李珣《临江仙》其二）
月	炉边人似月。	（韦庄《菩萨蛮》其二）
	月如眉。	（牛峤《女冠子》其一）
	月蛾星眼笑微嚬。	（阎选《虞美人》其二）
玉	人似玉。	（温庭筠《定西番》其三）
	有个娇娆如玉。	（韦庄《谒金门》其一）

① 王希杰《汉语修辞学》，北京出版社，1983年，第282页。

	金似衣裳玉似身。	（韦庄《天仙子》其五）
	嫩玉抬香臂。	（孙光宪《菩萨蛮》其四）
雪	万枝香雪开已遍。	（温庭筠《番女怨》其一）
	镜水夜来秋月，如雪。	（温庭筠《荷叶杯》其二）
	又是玉楼花似雪。	（韦庄《应天长》其二）
	飞遍江城雪不寒。	（孙光宪《杨柳枝》其一）
云、霞	满枝红似霞。	（温庭筠《思帝乡》）
	云雕白玉冠。	（薛昭蕴《女冠子》其一）
	黄藕冠浓云。	（孙光宪《女冠子》其二）
	云似发。	（魏承班《渔歌子》）

2.以柔软薄细的事物作喻体。我们以温庭筠词为例：

江上柳如烟。	（《菩萨蛮》其二）
杨柳又如丝。	（《菩萨蛮》其十）
眉浅淡烟如柳。	（《更漏子》其四）
柳如眉。	（《定西番》其三）
春来幸自长如线。	（《杨柳枝》其六）
御柳如丝映九重。	（《杨柳枝》其七）
似带如丝柳。	（《南歌子》其二）
鬓如蝉。	（《女冠子》其一）
杨柳堕新眉。	（《玉蝴蝶》）

此外，两种喻体在一个句子中或表达一个连贯意思的两三个句子中同时出现，如"玉柔花醉只思眠"（欧阳炯《浣溪沙》其一）、"花如双脸柳如腰"（顾敻《荷叶杯》其八）、"眼如秋水鬓如云"（韦庄《天仙子》其五）、"暗想玉容何所似？一枝春雪冻梅花，满身香雾簇

朝霞"（韦庄《浣溪沙》其三）。

以上两类喻体多为蕴涵了生动的形象，以它们作比，本体是人也好、是物也好，无不以鲜明生动的形象展现在人们面前。"人似花""人似月""人似玉"，从不同的角度刻画"人"。"人似花"突出人的娇艳美丽，"人似月"突出人的清纯，"人似玉"突出人的温润光泽。抽象的"人"有了具体的风姿神态。同样，"柳如烟""柳如丝""柳如线"，都是写春柳，但是，一远观，一近看，人们在不同的喻体中有了不同的视觉感受。

（二）比喻手法的灵活运用

明喻、暗喻、借喻是比喻的三种基本类型，在具体的使用中，每一种类型又生发出一些形式上的变异，造成比喻辞格使用上的千姿百态。《花间集》灵活运用各种比喻手法，充分显示了比喻描绘形象的功能。

1.明喻。明喻是指本体、喻体、喻词三个成分都出现，喻词用"似、如、若、于、犹似"等。花间词中的明喻有：

江上柳如烟。	杨柳又如丝。
城上月，白如雪。	人似玉，柳如眉。
御柳如丝映九重。	艳红开尽如雪。
鬓如蝉。	满身兰麝醉如泥。
钿镜仙容似雪。	花花，满枝红似霞。
咫尺画堂深似海。	绿窗人似花。
炉边人似月。	又是玉楼花似雪。
春水碧于天。	藕花珠缀，犹似汗凝妆。

在这些明喻中，本体和喻体同时出现，本体借助喻体使自身形象特征更鲜明，喻体又因本体的出现而更浅显易懂。对明喻的表现形式加以变动，就构成了明喻的变体。

第一，倒喻。"倒喻，又称逆喻，可逆性比喻。明喻的通常形式是'本体＋喻词＋喻体'，而倒喻却是'喻体＋喻词＋本体'"①。倒喻以形式上的反常唤起人们的想象。如：

金似衣裳玉似身。　　　　　　　　　　　（韦庄《天仙子》其五）

花如双脸柳如腰。　　　　　　　　　　　（顾敻《荷叶杯》其八）

"金"和"玉"都是光彩照人之物，也是给人以强烈视觉刺激之物，为了突出它们而摆在显眼的位置，主体"衣裳""身"却退居其次，这样，一个衣着华丽、身体光洁柔润的女子形象不再是抽象的概念，而是一个金环玉绕、光彩照人的活生生的个体。"花如双脸柳如腰"，以"花"喻"脸"、以"柳"喻"腰"，这个比喻本没有什么独特之处，但颠倒次序后，首先映入眼帘的是"花""柳"，让它们鲜艳柔美的形象先入为主，然后再出现本体，这样，花是脸，脸是花；柳是腰，腰是柳，形成"花面交相映"（温庭筠《菩萨蛮》其一）的视觉效果，犹如电影蒙太奇中两种影像相叠。其他还有："柳如眉"（温庭筠《定西番》其三、魏承班《渔歌子》），"月如眉"（牛峤《女冠子》其一），"云似发"（魏承班《渔歌子》）等，也都产生了这样的视觉效果。

第二，博喻。所谓博喻，陈骙《文则》云"取之为喻，不一而足"。指用多个喻体来说明一个本体。这种比喻形式可以多个侧面、多个角度对本体进行说明，能够使本体的形象更加鲜明生动。韦庄

---

① 谭永祥《汉语修辞美学》，北京语言学院出版社，1992年，第288页。

《浣溪沙》其三写道："暗想玉容何所似？一枝春雪冻梅花，满身香雾簇朝霞"，女子的容貌如何呢？词人以设问引起读者的注意，紧接着用比喻：好像那冰天雪地中的一枝梅花，多么引人注目，多么娇艳美好。但这还不够，还不足以写出女子的美丽，词人又从另一个角度设喻，全身香味扑鼻，好像香雾簇拥着的朝霞一样光艳美丽。这三句用"梅花""朝霞"两个美好事物为喻体，从形、色、香三个方面对女子容貌进行描绘，展现在读者面前的该是怎样的一个美丽女子啊！温庭筠《南歌子》其二"似带如丝柳"，用"带"指柳长，以"丝"喻柳细，又长又细的柳枝因此句的描写而好像在眼前飘拂。

2.暗喻。暗喻是本体和喻体都出现、喻词是"是、成了、成为"等词的比喻。这里说的暗喻是指本体喻体都出现，但不用任何喻词，本体和喻体是通过一定的语言规则发生联系的，这是暗喻的一种变体。没有喻词，本体和喻体的关系就显得含蓄；没有喻词，本体和喻体之间既可以是并列关系，也可以是修饰关系。

双鬟翠霞金缕，一枝春艳浓。 （温庭筠《定西番》其二）
芙蓉凋嫩脸，杨柳堕新眉。 （温庭筠《玉蝴蝶》）
依旧桃花面，频低柳叶眉。 （韦庄《女冠子》其二）

《定西番》中"双鬟翠霞金缕"是本体，"一枝春艳浓"是喻体，二者之间没喻词，"双鬟翠霞金缕"代"女子"，"春艳"代"春花"，本体喻体都用借代，它们是并列关系，虽然本体喻体都出现，但却如雾里看花，含蓄朦胧，盛装女子如春花般艳丽的形象因表达的含蓄而产生一种朦胧美，虽在目前又似相隔千里，虽朦胧模糊又切实感受到那种清新艳丽之美。与此同类的还有："钗重髻盘姗，一枝红牡丹"（牛峤《菩萨蛮》其五）、"凝情不语一枝芳"（毛熙震《南歌子》其二）、"强整娇姿临宝镜，小池一朵芙蓉"（李珣《临江仙》其二）。《玉蝴蝶》中"芙蓉"喻"嫩脸"，"杨柳"喻"新眉"，《女冠子》中"桃花"喻"面"，"柳叶"喻"眉"，以上二例中本体和喻体之间构成修饰关系，同时，"芙蓉凋嫩脸，杨柳堕新眉"又是"芙蓉嫩脸凋，杨柳新眉堕"的倒装，这样"芙蓉脸""杨柳眉""桃花面""柳叶眉"，以喻体修饰本体，本体和喻体成为不可分割的整体，女子脸面、眉毛的艳丽娇美如见目前。类似的还有："镜中蝉鬓轻"（温庭筠《菩萨蛮》其五），以"蝉"喻"鬓"；"嫩玉抬香臂"（孙光宪《菩萨蛮》其四），以"嫩玉"喻"香臂"；"霞帔云发"（温庭筠《女冠子》其二），以"霞"喻"帔"，以"云"喻"发"；"花鬘月鬓绿云重"（张泌《临江仙》），如"花"的"鬘"，像"月"的"鬓"。

3.借喻。本体和喻词都不出现，喻体代替本体出现，这种表达方式更加含蓄。牛希济的《生查子》有一名句："记得绿罗裙，处处怜芳草"。唐圭璋评这首词说："以处处芳草之绿，而联想人罗裙之绿，设想似痴，而情则极挚。"①这是从联想角度谈的，因颜色相似由"芳草"想到"绿罗裙"，这还不是目的，最终要落在穿绿罗裙的"人"上。引起人联想的是"芳草"，这是喻体。本体不出现，而是用"绿罗裙"代，喻体又是曲里拐弯地"喻"本体，意义的含蓄模糊自不必说，但意义的模糊并不影响形象的鲜明：那一望无际的茵茵芳草，还有同样色彩的罗裙都深深地印在了读者的脑海中。再如温庭筠《女冠子》其一："琪树凤楼前"，"琪树"喻人，指女道士，这女道士身姿窈窕，装扮入时，站在楼前如一棵美丽的树一般。仅五个字就涵盖了许多文字的描述，读之让人产生一种"玉树临风"的俊美视觉形象。在《花间集》中，这样的借喻还有："镜中花一枝"（温庭筠《定西

---

① 唐圭璋《唐宋词简释》，上海古籍出版社，1999年，第22页。

番》其三）、"雪飘香"（牛峤《酒泉子》）、"笙歌未尽起横流"（毛文锡《柳含烟》其一）、"玉柔花醉只思眠"（欧阳炯《浣溪沙》其一）、"飞遍江城雪不寒"（孙光宪《杨柳枝》其一）、"雨翻荷芰真珠散"（毛熙震《菩萨蛮》其二）。值得注意的是，韦庄《喜迁莺》其二，整首全用借喻手法：

> 街鼓动，禁城开，天上探人回。凤衔金榜出云来，平地一声雷。
> 莺已迁，龙已化，一夜满城车马。家家楼上簇神仙，争看鹤冲天。

"凤、莺、龙、鹤"都是吉祥动物，这里借喻为张榜之人和中举之人，"天上、云"喻指朝廷，"神仙"指美人。词人将一首中举及第词写得如同一首咏神仙的道词，将及第后的轻快兴奋之情以具体可感的形象表现出来，词义含蓄委婉，而形象生动传神。

第三节　花间词的听觉语言

摹声，是文学作品常用的方法之一。自然界的声音各种各样，要在作品中再现声音，就要让读者见语而感音，这就涉及运用各种语言手段模拟、再现自然声响。另外，汉语是极富音乐美的语言，容易在诵读中形成鲜明的节奏和动人的旋律。我们这里所说的听觉语言就包括以上两个方面。《花间集》不是案头文学，它需要通过有声语言来演绎，那么就格外注重听觉语言的使用了。

一、自然声响的描摹

描摹自然声响，一般有两种方法：描写法和叙述法。所谓描写法，主要是指用象声词直接描摹自然声响。在花间词中，用象声词直接摹写莺啼、鸡鸣、笑声、鼓声、桨声，见之如闻其声。如：

遇酒且呵呵。	（韦庄《菩萨蛮》其四）
惊睡觉，笑呵呵。	（韦庄《天仙子》其二）
人汹汹，鼓冬冬。	（韦庄《喜迁莺》其一）
传枝偎叶语关关。	（毛文锡《喜迁莺》）
娇莺独语关关。	（牛希济《临江仙》其四）
墙外晓鸡咿喔。	（孙光宪《更漏子》其二）
轧轧鸣梭穿屋。	（孙光宪《风流子》其一）
桨声伊轧知何向。	（孙光宪《渔歌子》其一）

　　用象声词拟声，尽管与原声不完全一样，但由于它生动的表现力，从《诗经》的"关关雎鸠"一直延续到今天，并形成一些相对稳定的词与声的搭配，如鸟鸣关关、鸡鸣喔喔，笑声呵呵或哈哈等。以上八例既有人或动物主动发出的声音，也有物因外力作用而发出的声音，无一不让人产生鲜明的听觉感受。另一种描写法，虽不直接摹声，但用形容词来描写人感受到的声音是什么样的。如果说上一种描写是纯客观的，是直接描写。那么，这种描写则多少带有一些主人公的主观感受，是间接描写。如"管弦分响亮"（和凝《小重山》其二）、"管弦清越"（毛熙震《后庭花》其一）、"何处管弦声断续"（顾夐《玉楼春》其一）等。形容词也具有描写的功能，只不过这里的"响亮""清越""断续"表现在听感上到底是什么样的，就要求读者动用生活经验，在脑中形成"响亮""清越""断续"的听觉体验。

　　所谓叙述法，就是"用极为简洁的语言直接记录某种声音"①。花间词中用叙述法表现声音的有以下几种方式：

---

① 张鹄《文学语言艺术》，南方出版社，1999年，第43页。

1.用与感知声音有关的动词，主要是"闻"和"听"。"闻、听"所带的宾语所代表的事物都是能发出声音的，至于发出怎样的声音，读者不同，便有了不同的听觉感受。在花间词中，"闻"和"听"的用法有以下几种：第一，闻、听+能发出声响的事物名，如"觉来闻晓莺"（温庭筠《菩萨蛮》其五）、"惆怅闻晓莺"（温庭筠《遐方怨》其二）、"画船听雨眠"（韦庄《菩萨蛮》其二）、"坐听晨钟"（毛文锡《赞成功》）、"听弦管"（毛文锡《西溪子》）、"听寒更，闻远雁"（孙光宪《更漏子》其一）、"听瑶琴"（顾夐《甘州子》其四）。第二，闻、听+……声，如"天外鸿声枕上闻"（韦庄《天仙子》其三）、"更愁闻着品弦声"（孙光宪《浣溪沙》其五）、"翠幨愁听乳禽声"（孙光宪《虞美人》其二）；有的把发声事物省略，如"碧纱窗晓怕闻声"（毛文锡《喜迁莺》）、"忽闻声滴井边桐"（毛文锡《赞成功》）。第三，闻、听+事物+发声动作，如"送君闻马嘶"（温庭筠《菩萨蛮》其六）、"遥听钧天九奏"（毛文锡《月宫春》）、"幽闺欲曙闻莺啭"（毛熙震《临江仙》其二）、"愁听猩猩啼瘴雨"（李珣《南乡子》其八）。第四，闻、听+话语内容，这种情况在花间词中很少，如"依稀闻道太狂生"（张泌《浣溪沙》其九），"太狂生"是男子听到女子说的话。这几类由"闻"和"听"反映出来的声音，比描写法来得间接、含蓄，也更容易引发人的想象。同一个"闻晓莺"，可能听到的是"关关"，也可能是"啾啾"；弦管、瑶琴、品弦发出的声音可能是响亮激越的，也可能是低沉缓慢的。"太狂生"的话从一个美若天仙的女子口里发出，这声音又是怎样的呢？是如莺声燕语那般娇啭，还是如管弦琴声那般清脆？所有这些声音的想象都因一个"闻"或"听"而产生。

2.用"声"字叙述声音。如"画楼残点声"（温庭筠《菩萨蛮》其

41

十四)、"离别橹声空萧索"(温庭筠《河渎神》其三)、"何处按歌声"(韦庄《诉衷情》其一)、"杜鹃声咽隔帘栊"(韦庄《天仙子》其四)等,其中用"声"字直接点明声响。我们看温庭筠《更漏子》其五:

> 背江楼,临海月,城上角声呜咽。堤柳动,岛烟昏,两行征雁分。　　京口路,归帆渡,正是芳菲欲度。银烛尽,玉绳低,一声村落鸡。

上片写思妇望远人,时间是夜晚到黎明;下片写远人欲归,时间也是夜晚到黎明。上下片各有一处声音描写:"城上角声呜咽""一声村落鸡"。"角声"在夜晚万籁俱寂的城上传来,如泣如诉,正抒发了思妇望远人的幽怨心理;"村落鸡"的一声啼叫,打破了黎明的寂静,迎来了热闹的一天,正代表了远人欲归的激动与兴奋。这两处"声"的叙述,不仅使画面在静的背景下有了声响,而且前后形成呼应,在读者脑中留下了鲜明生动的听觉感受。除了上述各"声"之外,花间词中还有紫箫声、辘轳声、雁声、晓莺声、边声、弦声、早莺声、乳禽声、宿雁声、蛩声、落花声、歌声、管弦声、隔江声、蝉声、雨声、猿声等,这些"声"共同构成了花间词多姿多彩的声响世界。

3.用表示动物叫声或人演奏乐器、演唱、说话等的特定动词叙述声音。关于动物叫声的动词,在汉语里已经形成了一套习惯,花间词中就运用了大量这样的动词,如:马嘶、子规啼、燕语、杜鹃啼、莺语、莺叫、莺啼、莺啭、锦鸡鸣、黄鹂啭、鸦噪、猩猩语、猩猩啼、黄鹄叫、鹤唳、猿啼、蛩鸣、蛩吟、鹦鹉语、蝉吟、蝉噪、鹧鸪啼、鸟啼等。动物的叫声多种多样,人们用不同的动词来表现它们,有的动词专用于某一种动物,如"嘶、唳",有的则属于"广谱"动词,可以用于多种动物,如"啼、叫、鸣、吟、语"等。这些表示动物叫声的动词将有声寓于无声中，激发了人们无穷的想象，词中莺声燕语，热闹非凡。表示人演奏、演唱、说话的动词如：闲语、相唤、吹笛、吹笙、鸣琴、空叹息、吹箫、唱小词、弹弦、美人唱、私语、吹凤竹、相对语、引笙簧、唱渔歌、唱棹歌、发歌声。其中的"语、吹、唱"等动词写出了能发出声音的动作，与上面关于动物叫声的动词一样，用动作间接叙述声音，这包蕴丰富声音的动词能让人充分感受到千姿百态的声响。

二、汉字音韵的表现

花间词中的听觉语言不仅反映在用语词描摹自然声响上，还反映在充分运用汉字音韵的音乐美特征上，在语句的节奏和旋律上产生音乐般优美的听觉感受。这种感受在吟咏、吟唱时表现得尤为明显。

（一）节奏

"节奏是一个时间概念，……如果我们在语音流的生成过程中有意识地安排一些听觉上的突出点，使它们相隔一定的时段重复出现，就会造成语言接受者随时间的流动而在心理上产生对这些突出点的期待。"[1]在诗词语言中，尤其注重这种节奏的形成。《花间集》是一部音乐文学，它的篇章是可以合乐而歌的，在音韵的选择上，节奏自然是很重要的一个方面。

首先，双声叠韵连绵词的大量使用。连绵词是两个字连缀成义，其中任何一个字都没有独立意义的词语，它包括双声连绵词、叠韵连绵词、双声兼叠韵连绵词、非双声叠韵连绵词。从节奏方面看，我们在这里讨论前三种。

---

① 邵敬敏主编《现代汉语通论》，上海教育出版社，2001年，第299页。

　　双声，是指两个音节声母相同。叠韵，是指两个音节韵相同。李重华《贞一斋诗话》说："叠韵如两玉相加，取其铿锵；双声如贯珠相联，取其婉转。"双声叠韵是节奏感的一种体现，相同的声母或相同的韵成为听觉上的突出点，它们相隔一定的时段重复出现，就造成了某种节奏感。花间词中双声叠韵连绵词不下百处，如：参差、芳菲、玲珑、惆怅、踯躅、鸂鶒、叮当、零落、袅娜、琵琶、枇杷、鸳鸯、潇湘、摇曳、流连、秋千、徘徊、娉婷、霏微、懊恼、豆蔻、翠微、菡萏、娇娆、芍药、翡翠、盘跚、依稀、珑璁、蜻蜓、潋滟、阑干、婵娟等。正是双声叠韵连绵词造成或"婉转"或"铿锵"的语音效果，为花间词易诵易唱提供了有利的条件，于是，词人不仅利用现成的双声叠韵连绵词，还有意识地选择同声母或同韵声的音节来构成富有节奏感的双声词或叠韵词，如："帘栊、真珠、古国、锦衾、眼前、飞回、天仙、天边、翠被"，这些虽不是连绵词，但在诵读吟唱时能取得和双声叠韵连绵词同样的"婉转""铿锵"的音乐效果。

　　双声兼叠韵连绵词，就是连绵词的两个音节声母相同、韵相同。叠音词，可以说是双声兼叠韵的一种特殊形式。刘勰《文心雕龙·物色》说："诗人感物，联类不穷；流连万象之际，沉吟视听之区；写气图貌，既随物以宛转；属采附声，亦与心而徘徊。故'灼灼'状桃花之鲜，'依依'尽杨柳之貌，'杲杲'为出日之容，'瀌瀌'拟雨雪之状，'喈喈'逐黄鸟之声，'喓喓'学草虫之韵。……并以少总多，情貌无遗矣。虽复思经千载，将何易夺。"其中的"灼灼、依依、杲杲、瀌瀌、喈喈、喓喓"从意义上说，有的是绘形，有的是摹声，但从词语的发音看，都属于叠音词，这些词语的使用不仅能使人获得视觉形象、听觉感受，更能在词语的读音上获得悦耳动听的声音效果。我们来看韦庄的《喜迁莺》其一：

人汹汹，鼓冬冬，襟袖五更风。大罗天上月朦胧，骑马上虚空。香满衣，云满路，鸾凤绕身飞舞。霓旌绛节一群群，引见玉华君。

一首47字的小令中，有三处用了叠词，不仅写出了人潮汹涌、鼓乐震天的热闹的张榜场面，更写出了自己榜上有名的喜悦与兴奋。"汹汹""冬冬""群群"，读起来声音节奏急促，与词人的心情是一致的。从语言学角度来说，"汹汹"是叠音词，"冬冬"是拟声词，"群群"是量词重叠，三者性质不同，但都取得了相同的声音效果，因此放在一起讨论。再如孙光宪《浣溪沙》其一下片："目送征鸿飞杳杳，思随流水去茫茫，兰红波碧忆潇湘。"其中"杳杳""茫茫"分别写出了征鸿远飞，渐渐在视线中消失；流水茫茫，流向天边的情状。"杳杳"两个上声字相叠，写出了远飞的艰难，"茫茫"两个后鼻音相叠，写出了思念如流水汪洋一片，去而不返。这两句对偶，对应工整，两个叠音词铿锵悦耳，真正做到了"以少总多，情貌无遗"。

在花间词中，这样的叠音词还有很多，如："细雨霏霏梨花白"（韦庄《清平乐》其一）、"慢回娇眼笑盈盈"（张泌《浣溪沙》其九）、"萧萧飒飒，边声四起"（毛文锡《甘州遍》其二）、"团荷闪闪，珠倾露点"（孙光宪《河传》其四）、"烟漠漠，雨凄凄，岸花零落鹧鸪啼"（李珣《南乡子》其一）等，不一一列举。

其次，音步节奏的多样化。音步是形成诗词节奏的一个很重要的因素，诗歌，尤其是近体诗，在音步节奏上要求很严，五言一般为上二下三，七言一般为上四下三，即或有一些变化，也只是五言的下三变成二一、七言的上四变成二二。古体诗的音步节奏比近体诗要相对自由一些。词，因为句式的参差错落，在音步节奏上比齐言的诗歌显得灵活多变；又因为词一开始就是合乐而填的，它可以不受诗歌格律的限制，在音步节奏上适应音乐节奏的需要而显得比较自由。花间词七十余调，除了少数如"浣溪沙""杨柳枝""玉楼春"等是齐言体外，多数是杂言体。在杂言体词中，句子的字数从二言到七言不等，音步节奏也来得复杂丰富。

三言　上一下二　倚兰桡　垂玉佩　裊纤腰　暗沾衣　负春情

　　　　上二下一　珍重意　没人知　花露重　柳烟轻　不胜悲

四言　上一下三　戴玉珑璁　如西子镜　如啼恨脸

　　　　上二下二　记得去年　渺莽云水　去程迢递

　　　　上三下一　凤凰诏下　红蕉叶里　罗浮山下

五言　上一下四　想昔年欢笑　恨今日分离

　　　　上二下三　泪痕满宫衣　罗幌暗尘生　画船听雨眠

　　　　上四下一　似带如丝柳　绣鸳鸯帐暖　画孔雀屏欹

六言　上二下四　不是人间风景　怎奈长安路远　满袖桂香风细
　　　　　　　　　　还似去年惆怅

　　　　上三下三　乡中望中天阔

　　　　上四下二　蝉鬓美人愁绝　锦帐绣帷斜掩　千里玉关春雪

　　　　二二二　细草平沙番马　百花芳草佳节

七言　上三下四　香风拂绣户金扉　二三月爱随飘絮
　　　　　　　　　　伴落花来拂衣襟

　　　　上四下三　小山重叠金明灭　春入行宫映翠微
　　　　　　　　　　秋夜香闺思寂寥

　　　　一三三　印沙鸥迹自成行

　　　　一四二　见雪萼红跗相映

　　　　二三二　惆怅更无人共醉

　　　　三一三　碧梧桐映纱窗晚　后园里看百花发
　　　　　　　　　焦红衫映绿罗裙

双数句，双数音步，乐感显得比较和缓；单数音步，不论在单数句还是在双数句中均造成顿挫急迫的乐感。这样丰富复杂的音步节奏，既有整齐之美，又有错落之美，共同营造了花间词错落流宕的音乐美。

再次，押韵形式丰富。"押韵却是加强节奏的一种手段，有如鼓点，它可以使诗的音调更加响亮，增加读者听觉上的美感。在比较长的诗里没有韵的话，容易引起一种疲劳感，读者心里得不到预期的一个落脚处。同一韵脚的诗句，可以比较紧密地结合在一起，从形式到内容可以得到统一与和谐，……押韵是为了使诗句更完美、更响亮、更动人。"[1]《花间集》里押韵的形式多种多样，有的一韵到底，如：

粉上依稀有泪痕，郡庭花落欲黄昏，远情深恨与谁论？　　记得去年寒食日，延秋门外卓金轮，日斜人散暗消魂。

（薛昭蕴《浣溪沙》其三）

芳草灞陵春岸。柳烟深，满楼弦管。一曲离声肠寸断。　　今日送君千万，红楼玉盘金镂盏。须劝珍重意，莫辞满。

（韦庄《上行杯》其一）

古庙依青嶂，行宫枕碧流。水声山色锁妆楼，往事思悠悠。　　云雨朝还暮，烟花春复秋。啼猿何必近孤舟，行客自多愁。

（李珣《巫山一段云》其二）

薛昭蕴《浣溪沙》除换头一句不押韵外，其他均押韵。韦庄《上行杯》除上片第二句、下片第三句外，其他均押韵。李珣《巫山一段云》除上下片第一句外，其他均押韵。全词押同一韵，相同的韵相隔不同时段反复出现，满足读者的心理期待，造成一种鲜明整齐的节奏

---

① 臧克家《精炼大体整齐·押韵》，转引自祁光禄《词艺术研究》，湖南教育出版社，2003年，第52页。

感，使全词浑然一体。

有的中间换韵，在花间词中，换韵的情况有以下几种：

第一，整首词用两个韵，有的上片用一个韵，下片用一个韵。如：

> 何处游女？蜀国多云雨。云解有情花解语，窣地绣罗金缕。　　妆成不整金钿，含羞待月秋千。住在绿槐阴里，门临春水桥边。

（韦庄《清平乐》其三）

> 愁肠欲断，正是青春半。连理分枝鸾失伴，又是一场离散！　　掩镜无语眉低，思随芳草萋萋，凭仗东风吹梦，与郎终日东西。

（孙光宪《清平乐》其一）

以上两首换片即转韵，有的转韵不在换片处，如温庭筠《河传》其一：

> 江畔，相唤，晓妆鲜。仙景个女采莲，请君莫向那岸边。少年，好花新满船。　　红袖摇曳逐风暖，垂玉腕，肠向柳丝断。浦南归，浦北归？莫知。晚来人已稀。

转韵处在下片的第四句，整个上片和下片的前三句押一个韵，下片的后四句押一个韵。

第二，几句一换韵。如：

> 柳丝长，春雨细，花外漏声迢递。惊塞雁，起城乌，画屏金鹧鸪。　　香雾薄，透帘幕，惆怅谢家池阁。红烛背，绣帘垂，梦长君不知。

（温庭筠《更漏子》其一）

> 深闺春色劳思想，恨共春芜长。黄鹂娇啭呢芳妍，杏枝如画倚轻烟，锁窗前。　　凭栏愁立双蛾细，柳影斜摇砌。玉郎还是不还家，教

人魂梦逐杨花，绕天涯。 　　　　　　　（顾敻《虞美人》其五）

这两首每个意思押一个韵，上下片各押两韵。

第三，交韵。以一个韵为主，交错相押别的韵，如温庭筠《河传》其三：

同伴，相唤，杏花稀。梦里每愁依违，仙客一去燕已飞。不归，泪痕空满衣。　　天际云鸟引晴远，春已晚，烟霭度南苑。雪梅香，柳带长，小娘，转令人意伤。

上片一二句和下片前三句押同一个韵，上片后五句和下片后四句分别押不同的韵，这样，整首词就有了一个主旋律，这个主旋律隔一个时间段后再次出现，形成了节奏中的节奏。

第四，抱韵。头尾押同一个韵，中间换押别的韵，犹如文章前后呼应，如温庭筠《菩萨蛮》其十四：

竹风轻动庭除冷，珠帘月上玲珑影。山枕隐浓妆，绿檀金凤凰。两蛾愁黛浅，故国吴宫远。春恨正关情，画楼残点声。

上片前两句和下片后两句用同一韵，上片后两句换押唐阳韵，下片前两句换押先元韵，首尾用韵相同，形成环抱之势。

这些不同形式的押韵形成了不同的音响效果，因押韵形成整齐之美，同时又因不同形式的换韵，在整齐中呈现出流动变化之美。押韵形成了音乐节奏上的美感，给听众带来听觉上的享受。

（二）旋律

自晚唐以来，词经"花间鼻祖"温庭筠的亲身实践与大力倡导，绮艳、香软已成为词的艺术风格特征之一，这一风格特征体现为词的旋律纤细、柔婉。从音韵上看，花间词纤细、柔婉的旋律特征主要表现为以下几个方面：

1.四声的选择。所谓"四声"，就是指古汉语的平上去入四声，合理利用平、上、去、入四声，造成声音的高低升降变化，这就为词具有音乐性特征创造了有利的条件。古人对四声已有相当深入的研究，真空《玉钥匙歌诀》云："平声平道莫高昂，上声高呼猛烈强，去声分明哀远道，入声短促急收藏。"这是要求四声的读音：平声要平直，上声要上举，去声要清远，入声要急促。《花间集》奉温庭筠为鼻祖，词风自然与"能逐弦歌之音为侧艳之词"的温庭筠一脉相承。一般来说，词句多用仄声或以仄声结尾，词的基调就显得激越拗怒；多用平声或以平声结尾，词的基调就显得舒缓缠绵。我们考察《花间集》500首词，除了温庭筠《归国遥》、皇甫松《天仙子》、韦庄《归国遥》、《应天长》、《荷叶杯》等80余首外，词的结尾多用平声，不用平声的大多是词牌本身的韵律要求，如《玉楼春》《生查子》《木兰花》《应天长》《南乡子》等。词人选择仄声结尾的词牌词作仅占总数的17%左右，这样，整个花间词就形成了和婉缠绵的旋律基调。

花间词对四声的选择还体现在去声字的运用上。词家历来重视去声字。沈义父云，"腔律岂必人人皆能按箫填谱，但看句中用去声字最为紧要。然后更将古知音人曲，一腔三两只参订，如都用去声，亦必用去声"①。万树《词律·发凡》亦云，"名词转折跌宕处，多用去声。何也？三声之中，上、入二者，可以作平，去则独异。故余尝窃谓论声难以一平对三仄，论歌则当以去对平、上、入也。当用去者，

---

① 沈义父《乐府指迷》，见唐圭璋编《词话丛编》（第一册），中华书局，1986年，第280页。

非去则激不起"①。这些论述都强调了词中去声的重要性。《花间集》在词体上更多地具有音乐性的特征，"按乐填词"，在去声字的选择运用上可能没有宋词那么严格，但我们"参订"不同词人几首同词牌的词，可以发现花间词人对去声字的重视。如欧阳炯《献衷心》：

> 见好花颜色，争笑东风，双脸上，晚妆同。闭小楼深阁，春景重重。三五夜，偏有恨，月明中。　　情未已，信曾通，满衣犹自染檀红。恨不如双燕，飞舞帘栊。春欲暮，残絮尽，柳条空。

其中转折处的字"见、闭、恨"皆用去声，另外"色、笑、上、夜、恨、暮、尽"等去声字都显示了抑扬激荡的旋律。《花间集》收张泌、毛文锡、牛希济、和凝、顾夐、孙光宪、鹿虔扆、阎选、尹鹗、毛熙震、李珣《临江仙》词共26首，其中上片第四句第四字、第五句第二字，下片第四句第四字、第五句第二字声调情况如下：

四声	上片第四句第四字	上片第五句第二字③	下片第四句第四字	下片第五句第二字
去声	17首	19首	18首	15首
非去声	9首	5首	8首	9首

以上位置的非去声字，大多用的是上声，如孙光宪《临江仙》（霜拍井梧乾叶堕），上下片第四句各是"含情无语""镜奁长掩"。尹鹗《临江仙》（一番荷芰生池沼）上下片第五句各是"牵惹叙衷肠""金锁小兰房"。这些位置上的字用半声和入声的很少。

去声激越，以上26首《临江仙》词，因这些去声字的串联，使词

---

① 万树《词律·发凡》，见龙榆生著《龙榆生词学论文集》，上海古籍出版社，1997年，第159页。

② 所统计的词作中，和凝两首《临江仙》：（海棠香老春江晚）、（披袍窣地红宫锦），将上下两片第四句、第五句的四言、五言合并成七言一句，对这两首词仅分析第四句第四字，没有分析第五句第二字。

作读起来跌宕有致，形成了此词牌的用字特色。万树《词律·发凡》云，"盖上声舒徐和软，其腔低；去声激励劲远，其腔高，相配用之，方能抑扬有致"①。万树在这里指出，去声字与其他声调字的配合，能造成抑扬有致的和谐旋律。如温庭筠《梦江南》其二：

> 梳洗罢，独倚望江楼。过尽千帆皆不是，斜晖脉脉水悠悠，肠断白蘋洲。

其中"罢、望、过、尽、是、脉、断"都是去声，这些字与其他声调字配合，"罢"前用"洗"，上去；"望"后用"江"，去平；"尽"前用"过"，去去；"是"前用"不"，入去；"脉"前用"晖"，平去；"断"前用"肠"，平去。万树《词律》卷十二说"此种乃词中抑扬发调之处"。这些去声字犹如音乐节拍中的重音，舒缓之后激起，使全词旋律腾挪跌宕，抑扬顿挫，和谐婉转。

2.韵的选择。用什么韵对全词的风格有着极为重要的影响，除了韵字所表示的意义外，在韵字的声音上可以体现出轻缓与激越、明亮与晦暗的音乐特色来。花间词面对的是"绮筵公子""绣幌佳人""西园英哲""南国婵娟"，花间词适合在轻歌曼舞的环境中，由朱唇皓齿的十七八岁女郎娇语颤声唱出。花间词在韵的选择上表现出以下特点：

第一，注意韵字韵腹开口度的大小。韵腹开口度大的字发音响亮，韵腹开口度小的字发音暗弱。花间词中支韵、脂韵、之韵、微韵、齐韵、至韵、昔韵，或独用或合用共有139首词②，微韵独用、脂

---

① 万树《词律·发凡》，见龙榆生著《龙榆生词学论文集》，上海古籍出版社，1997年，第159页。

② 此处及以下关于花间词用韵情况的分析，皆按储泰松编制的《花间集韵谱》进行统计。

之合用、支脂之合用各有25首、25首、22首。花间词中韵腹开口度小的韵还有鱼、虞、模、侵、清、青、职、齐、祭等韵。有的韵字的韵腹开口度大，如阳韵、宵韵、肴韵、盐韵、咸韵、先韵、仙韵、元韵等，但在韵腹前有高元音作韵头，或在韵腹后加上韵尾，使得字音由响亮变得轻柔。如孙光宪《后庭花》（景阳钟动宫莺啭），仙韵和先韵合用，韵字"啭、殿、旋、剪、卷、片、辇、宴"，薛昭蕴《小重山》（秋到长门秋草黄），唐韵和阳韵合用，韵字"黄、墙、裳、妆、阳、鸯、香、长"，这些读音的韵腹是开口度最大的音 ɑ，因为韵头和韵尾的作用，音变得婉转柔和。

第二，少用险韵。所谓险韵，是指韵字少的韵。王力《汉语诗律学·近体诗》对平水韵106韵进行划分："依宽窄程度而论，诗韵大约可分为四类，如下（举平韵以包括仄韵）：（1）宽韵：支先阳庚尤东真虞。（2）中韵：元寒鱼萧侵冬灰齐歌麻豪。（3）窄韵：微文删清蒸覃盐。（4）险韵：江佳肴咸。"我们对《花间集》500首词的用韵情况进行统计，在上述韵中，除了"真"韵外，其他的韵或独用或合用，都在花间词中使用过，但使用比例上却有很大差别，宽韵使用最多，尤其是"支"韵，其次中韵，再次窄韵。险韵中的"江"独用两首，分别是温庭筠《酒泉子》其二和张泌《酒泉子》其一；"佳"和"皆"合用一首：毛熙震《浣溪沙》其六；"肴"和"宵"合用一首：张泌《柳枝》；"咸"和"盐"合用三首：温庭筠《菩萨蛮》其八、温庭筠《菩萨蛮》其十一、顾敻《虞美人》其一；"咸"和"添"合用一首：毛熙震《女冠子》其二；"咸"和"盐添"合用两首：温庭筠《归国遥》其二、孙光宪《河传》其四。

这些用韵特点充分体现出花间词婉约柔和、合乐易唱的音乐特色。将这些词披之管弦，给人的是一种词曲和谐优美的听觉感受。花间词在当时并非以案头文学传世，在这个意义上，它的听觉语言较之视觉语言能更快地被感知。

第四节　花间词的嗅觉、触觉语言

在花间词所使用的感觉语言中，视觉语言和听觉语言是比较丰富而明显的。嗅觉语言和触觉语言虽然在类型数量上不是很多，但也是构成花间雕花镂叶、香软迷人的绮艳风格的重要组成部分。

一、嗅觉语言

"嗅"的动作得出的结果有两种：香、臭。"臭"，人常避之惟恐不及，虽然在文学作品中也能见到它的身影，但并不多。有唯美主义倾向的花间词，不仅没有给"臭"立足之地，而且将"香"渲染到了极致；不仅香的香了，而且臭的也香了，甚至无所谓香臭的也香了。这部分我们就着重探讨花间词中的"香"。据《国学宝典》电子版的数据统计，花间词中共出现"香"205次，出现频率仅次于"花"和"春"。如此高的出现频率，在运用上有哪些特点呢？

（一）嗅觉感知的"香"

这里的"香"是因嗅觉作用而感觉到的实在结果，又有两种情况，一种是香之"香"，用"香"这个词来描写实际有香味的事物，多为花香，"香"与花木名词的组合是我们常见的形式，如"杏花香、早梅香、雪梅香、雪（指落花）飘香、木兰香、百花香、香蕊、香莲、兰麝飘香、橘柚香、藕花香、菊香、香檀"等，真是花间词中百花香！除了花香，还有一些其他的香，如"酒香、香粉、香满衣、口脂香"等。这些"香"字的使用，使人产生真实的嗅觉感受。第二种是非香之"香"，这种事物有味，作用于人的嗅觉，但并非香味，如"香汗"，这是文学上美化的写法，专用于女子。

（二）非嗅觉感知的"香"

不是通过嗅觉感知的事物也用嗅觉表现出来，这种感觉上连通、转移的手法在修辞学上称为"通感"或"移觉"，花间词善于将其他感官感知的事物用嗅觉语言表现出来，其中大多数用于女子的衣饰、用具和住所，如："香闺、香车、香灯、香茵、香袖、香阁、香画、香鞯、香殿、香睡、香交、帘幕香、香画袴、香钿、香泪、香阁、香帷、香砌、香阶"等。闺、阁、殿、阁、砌、阶作为建筑物或建筑物的附属部分的名称，本无所谓香臭，只因为是美人所住而染上脂粉香；同样，车、灯、茵、画、交、帘幕、钿也因是美人所用而香气扑鼻。那么，美人的贴身之物"袖""画袴"或是美人身体的一部分"腮、臂、肌、肩、泪"，甚至是"睡"，自然是无一不香了。"香"与这些名词的组合从日常生活逻辑来说是不正确的，但是从文学表达来说却又是合理的，因为它们与美人有如此密切的关系。其中有些名词与"香"组合已成为常用的语言单位，如"香闺、香车"等。在花间词中，还有一些表示自然天候的名词也用"香"来修饰，如"香雾、香尘、香风、香天"，"香风"似不难理解，可能风中带有百花香或女子脂粉香，其他的都不常用，这是为什么呢？在花间词人看来，凡是有女子出现，其背景之物都应是"香"的，从天、地、房屋到室内用品、衣物、饰物无一例外。

（三）介于以上二者之间的"香"

"香烛、香一烛、玉炉香、香残、御炉香、旧炉香、香烬"，这些词中的"香"有的是名物词，如"香一烛、香残"，其他的既可作名物词理解，也可作"香气"理解。名物词"香"虽为事物名，但因焚而有香气，见其名仍能使人产生"香"的嗅觉感受。

不管是实写之"香"、通感移觉之"香"，还是似香非香之"香"，既然通过嗅觉语言表达出来，那么，这些"香"字就都成了读者心目中可用嗅觉感知的"香味、香气"。这些"香"也营造了花间那香雾缭绕、香气扑鼻的氛围。"香"如此频繁地使用，使花间词带上了浓浓的脂粉气，为花间词成为女性文学打上了鲜明的印记。

二、触觉语言

表达"触""摸"的动作以及通过这一动作感觉的结果的语言，就是触觉语言。人的触觉感知到的结果有：软硬程度、形状大小、温度高低等。花间词偏向香软细巧一路，在触觉语言的使用上，一是用"软"不用"硬"，在花间词中共出现"软"12次："泥软、蜻蜓软、金毛软、丁香软、舞腰纤软、红玉软（2次）、苹叶软、软碧摇烟、绿杨丝软、烟草软、金燕软"，其中有写实也有通感，"硬"没有出现。二是用小不用大，这一点我们在前面已论述，花间词多用表示体积小的词，如"纤、细"等，这里不赘述。三是在温度上的触觉感知，按前面分析推断，花间世界，艳红香翠，雕金镂玉，应是一个温暖的所在。但是，根据数据统计，花间词中用"暖"35次、"寒"46次、"冷"42次，"寒、冷"的触觉感受却占了上风。我们先对花间词中"寒、冷、暖"的使用情况进行统计分析：

	寒	冷	暖
自 然	寒梅 寒潮 寒浪 寒沙 夜寒 露华寒 寒树 雾寒 烟月寒 寒鸦 寒雨 晓寒 寒枝	冷烟 露珠凝冷 露冷 冷雾 秋色冷 溪洞冷 冷莎 菊冷 月冷 水冷 霜灰冷 烟雾冷 香雾冷	暖风 暖波 烟暖 银塘暖 暖日 芳树暖 春风暖 暖晴烟 池塘暖 鲜飙暖
建 筑	钟鼓寒 石桥寒 戍楼寒 寒阶 窗寒	庭除冷 香闺冷	
室内物品	锦衾寒 衾枕寒 玉炉寒 寒玉 烛寒 香寒	簟冷 炉冷 残麝冷 霜幄冷 冷绣茵 帘冷 香冷 枕冷 香烬冷	屏暖 枕暖 衾暖 炉暖 纱窗暖 香暖 暖香
身 体 与衣饰		襟袖冷 铁衣冷 金带冷 金甲冷	纤手暖
其 他	笙寒 寒笛 寒影 寒漏 寒更		暖梦 鸳鸯暖

　　除了上述"寒、冷、暖"之外，"凉"在花间词中出现也比较频繁，如"水风凉、远风凉、簟凉、画屏凉、露凉、夜凉、凉月、碧窗凉、凉簟"。这些触觉语言，有的表达的是真实的触觉感受，如"玉炉寒、簟冷、暖日、露凉"，有的则不是，从表中可以看出，表示自然物给人的冷暖感受的词语最多，在自然物中，"风、雨、日、水"因能直接接触人体而使人获得实在的触觉感受，"烟、月、树、莎"等却无所谓冷暖。"衾、枕、被"应是给人带来温暖的室内用品，但在花间词里，却有暖的："枕暖、衾暖"，也有寒冷的："锦衾寒、衾枕寒、枕冷"。如果说花间词中的嗅觉语言多是描写真实的嗅觉感知，那么其中的触觉语言则大多描写人物心理的真实感受。"烟、屏、树、钟鼓、石桥、窗、笙、影、更、漏、庭除、帘、茵、梦"等本无所谓冷暖，而词人却加上"冷、暖"等词进行修饰，在不合逻辑的词语组合中将人物心里冷暖的情感体验外化在物上，以物表人心，将不可捉摸的人物心理变得真实可感。这种通感手法的运用，增加了感觉的真

实性。

　　花间世界，香则香矣，却并不很温暖，其中的触觉语言为我们营造的是一个凄冷的境界。《花间集》是一部"流行歌曲"歌词集，其所抒写的题材，或相思离别、或怨恨谴责、或男女爱情、或狎妓宴游、或宫女命运、或历史感慨、或登科中举，反映的都是社会的"时尚"主题，美满幸福的生活人人向往，但如果写入诗词歌咏，却难以让读者获得满足，毕竟"幸福的生活是相似的"。为了迎合人们的普遍心理，使花间词具有流行歌曲"娱情"的作用，除了少数登科中举词和男女爱情词，绝大多数反映的都是有缺失的生活，或丈夫远行、或情郎薄幸、或恋人咫尺天涯、或求偶不得、或命运悲惨、或历史遗憾，以此获得社会心理的认同。以"寒、冷、凉"占主要地位的触觉语言正反映出这一心理。当代流行歌曲歌词与此同一原理，多数流行歌曲营造的也是怨恨凄冷的氛围。

第五节　花间词的词语传情

　　词语是语言的建筑材料，语言又是文学作品的外部表现形式，词语的选择和使用对作品思想表达、艺术成就有着至关重要的作用。经过精心选择、反复锤炼的词语，才能将人、物的形貌表现出来，才能将人物丰富细腻的内心世界展现出来。这些词语也就不再是无生命的语言建筑材料，而是浸染了人物的主观情思，成了鲜活有生命的个体。花间词人用词轻巧柔媚，语语含情。韩愈在《荆潭唱和诗序》里说："欢愉之辞难工，而穷苦之言易好也"[1]，这反映了文学创作上"以悲为美"的规律。花间词人在向人们展现女子形象的娇美、室内

----

① 袁行霈主编《中国文学史》(第二卷)，高等教育出版社，1999年，第310页。

陈设的华丽、室外景致的优美的同时，又给了主人公一个感伤幽怨的内心，美人颦眉更能够引起人们的怜爱与共鸣。

一、行为动词含情

动词，可以说是一句之"眼"，一句中，如果动词用得好，可以取得化腐朽为神奇的效果。如果是描写景物，则使景物形象逼真；如果是写人物，则使人物心灵纤毫毕现；在那些情景相融的句子中，动词则使物态人情真具现。花间词人善于用动词来展现人物的心灵。

首先，在描写人物动作、行为的动词中表达情感。动作、行为是人的心灵情感的外部表现，人的情感欢娱奔放，动作就表现为轻快、外向和热烈；人的情感忧伤怨恨，动作则是内敛、沉重的。这些情感又会外化于物象上，"以我观物，物皆著我之色彩"[①]。抓住了动作，就能把握住人物的情感。如韦庄《女冠子》其一"忍泪佯低面，含羞半敛眉"，一"低"一"敛"两个动作动词反映出女子羞怯而又怨恨的心理。薛昭蕴《相见欢》"卷罗幕，凭妆阁"，一"卷"一"凭"写出女主人公卷起罗幕、凭阁远望的两个动作，也写出了女主人公因怀人而肝肠欲断、无限愁怨的心理。在花间词里，用得较多而具有典型意义的动词有以下几个：

1.掩。"掩"是关闭、遮盖的意思，在花间词中共用"掩"45次。在这些"掩"中，少数表"遮盖"意思的不是人的动作，如"锦帐绣帷斜掩"（温庭筠《归国遥》其二）、"香阁掩芙蓉"（牛峤《菩萨蛮》其六）等，其他的"掩"基本上是人发出的动作，如：

寂寞香闺掩。　　　　　　　　　　　（温庭筠《菩萨蛮》其八）

---

① 王国维《人间词话》，见唐圭璋编《词话丛编》（第五册），中华书局，1986年，第4239页。

香阁掩。	（牛峤《更漏子》其一）
深掩房栊。	（欧阳炯《凤楼春》）
寂寞掩朱门。	（孙光宪《生查子》其一）
金铺斜掩绣帘低。	（毛熙震《浣溪沙》其二）
鸾镜掩休妆。	（薛昭蕴《小重山》其二）
菱花掩却翠鬟欹。	（顾夐《河传》其一）
掩镜无语低眉。	（孙光宪《清平乐》其一）
掩银屏。	（温庭筠《酒泉子》其一）
闲掩翠屏金凤。	（韦庄《荷叶杯》其一）
独掩画屏愁不语。	（欧阳炯《浣溪沙》其一）

这里，"掩"的对象一是门，"香闺、香阁、房栊、朱门、金铺"等，都指房屋的门扇，关门闭户，不与人交往，不愿见如画的景色，怕勾起自己的愁绪。女主人公将自己深锁闺中，独自忍受寂寞孤独，独自咀嚼那绵长无尽的思念忧愁。一个"掩"字，将人物深埋心曲、不愿人知的心理活动淋漓尽致地表达了出来。"掩"的对象还有镜子，"鸾镜、菱花、镜"。镜子是闺中女子所爱之物，尤其是美丽的女子。而她们却遮盖镜子"休妆"（薛昭蕴《小重山》其二），致使"翠鬟欹"（顾夐《河传》其一），连"云鬟半坠"也"懒重簪"（顾夐《酒泉子》其五）。她们懒得梳妆、无心打扮的原因何在？"岂无膏沐，谁适为容"（《诗经·卫风·硕人》）。一个"掩"镜子的动作，将女主人公因所爱之人不在身边而慵懒无绪、思深恨重的心理细致地刻画了出来。"掩"还有一个对象是屏，"银屏、画屏、翠屏、云屏"。"屏"是女子室内屏风一类的用品，"掩屏"相当于打开屏风，把人遮掩住的意思，它与"掩门"的意思相近，女子将自己藏在深闺幽阁中，还要用屏风遮掩自己，苦度春宵。女主人公的寂寞空虚、惆怅怨恨之情

通过"掩"的动作生动地表现了出来。

与"掩"相近的词还有"卷、垂、锁、闭"等，如顾夐《更漏子》"帘半卷，屏斜掩"、温庭筠《酒泉子》其一"掩银屏，垂翠箔"、顾夐《酒泉子》其五"锁香奁，恨厌厌"、魏承班《木兰花》"闭宝匣，掩金铺"。这些"卷、垂、锁、闭"都表示一种收缩的动作，不是轻盈的而是沉重的，是一种忧愁内敛心理的外化表现。

2.隔。"隔"表示不通，两人、两物、两地之间有阻碍。"隔"不是很典型的动作行为动词，但与人的动作行为又有着很密切的联系，故我们放在此处讨论。花间词中共出现"隔"45次。其中有的"隔"是对客观事物的描写，没有什么主观感情的浸润，如"昼灯当午隔轻纱"（张泌《河渎神》），写寺庙祈祀的情景；"丝雨隔，荔枝阴"（毛文锡《中兴乐》），写在南方荔枝树下避雨的情景；"隔花相唤南溪去"（孙光宪《菩萨蛮》其四），写溪上船姑相召唤的情景。这些"隔"虽不带明显的主观情感，却将客观物态描写得生动传神。词集中多数的"隔"则与主观情感有着密切的联系，多表达因"不通"而怨恨的情感，有乡愁："故乡春，烟霭隔"（温庭筠《酒泉子》其二）、"故国音书隔"（韦庄《清平乐》其一）；有宫怨："歌吹隔重阁"（韦庄《小重山》）。

在花间词中，"隔"表达最多的是男女相隔的幽怨惆怅，有不能相见之"隔"，其中的阻隔物大而远，是"关山""仙乡""天河""层城""魂梦"等，这些表示遥远不可逾越的名词，拉大了两者之间的地理距离，想见而遥不可见，从中反映人物忧愁怨恨的心理，如："故人万里关山隔"（温庭筠《菩萨蛮》其九）、"相别，从此隔音尘"（韦庄《荷叶杯》其二）、"如今情事隔仙乡"（薛昭蕴《浣溪沙》其五）、"遥思桃叶吴江碧，便是天河隔"（毛文锡《虞美人》其一）、

"绮罗心，魂梦隔，上高楼"（孙光宪《酒泉子》其一）、"思君无计睡还醒，隔层城"（魏承班《诉衷情》其一），这些"隔"写出了一方对另一方心向往而隔千里的惆怅。还有的实际距离并不遥远，或者知道心上人在何处，但却不能相见，其中的阻隔物小而薄，但仍不能相通，从而产生"咫尺天涯"的相隔之感，这种惆怅比前一种来得更让人不能忍受，如："残花微雨，隔青楼，思悠悠"（顾夐《酒泉子》其七）、"银汉是红墙，一带遥相隔"（毛文锡《醉花间》其二）、"终朝咫尺窥香阁，迢遥似隔层城"（尹鹗（《杏园芳》）。在这些小而薄的阻隔物中，"帘、帘栊"的使用比较多。如：

萱草绿，杏花红，隔帘栊。	（温庭筠《定西番》其二）
杜鹃声咽隔帘栊。	（韦庄《天仙子》其四）
燕飞莺语隔帘栊。	（张泌《浣溪沙》其五）
隔帘零落杏花阴。	（张泌《浣溪沙》其八）
隔帘微雨双飞燕。	（李珣《菩萨蛮》其三）

"帘、帘栊"隔开的是两个截然不同的世界，帘外：草绿花红、杜鹃啼叫、燕飞莺语、杏花零落、微雨轻洒，一派充满生机的春天景象；帘内：女子寂寞、孤独。薄薄的帘栊阻挡了欢乐，春天来了，花有意鸟多情，但那是别人的，我却只有一份忧愁在心头。帘外欢景反衬帘内愁情，"虽然绮艳但少欢娱，尽管华美而终显落寞"[①]。

男女相隔还表现在心灵的不能相通，如李珣《菩萨蛮》其一"征帆何处客？相见还相隔"，女子尽管与"征帆客"相见，但是心灵并未相通，不知对方情意如何，这使女子感到愁怨，"不语欲魂消"。

---

① 高锋《花间词研究》，江苏古籍出版社，2001年，第125页。

二、情绪词表情

这里说的情绪词有两种，一指心理动词，二指情绪名词。用一般动词写情，采用的是曲折间接的方式；用情绪词表情却是直接外露的，直接将主体的情感用明确的语词表达出来。

花间词不着意描写个人具体的情绪，而是将个体的情感消融在类型化的女性形象中，通过这些形象，表达出女性共有的"闺怨"情愫，而"闺怨"的情绪和心理用最具代表性的语词来表达，那就是"愁、思、恨、忆、惆怅、想"等。据《国学宝典》电子版的数据统计，花间词中出现"愁"111次、"思"81次、"恨"78次、"忆"37次、"惆怅"30次、"想"25次。"遥想"当年，"忆昔""旧欢"，"思君"无限，爱恨情愁涌上心头，闺愁、情愁、乡愁、离愁在字里行间突显而出，真是让人"恨重重""恨悠悠""惆怅恨难平"（毛文锡《诉衷情》其一）。那么，词人又是如何运用这些直接反映人物心理的词语来表达人物细腻幽微的思想感情的呢？

首先，正面直接写人物心理。如：

> 池塘烟暖草萋萋，惆怅闲宵，含恨愁坐，思堪迷。遥想玉人情事远，音容浑似隔桃溪。　偏记同欢秋月低，帘外论心，花畔和醉，暗相携。何事春来君不见？梦魂长在锦江西。　　　　（魏承班《黄钟乐》）

> 霜拍井梧乾叶堕，翠帷雕槛初寒。薄铅残黛称花冠。含情无语，延伫倚栏杆。　杳杳征轮何处去，离愁别恨千般。不堪心绪正多端。镜奁长掩，无意对孤鸾。　　　　（孙光宪《临江仙》其一）

《黄钟乐》写男子思念情人。在池塘烟暖、芳草萋萋的春宵，男子触景生情，在词作的开头，就将"惆怅、恨、愁、想"一股脑儿摆出来，下片，"秋月同欢""论心帘外""和醉花畔"这些往昔欢聚的情景已随"玉人""不见"而"隔桃溪"，往昔欢情、眼前佳景，只能更加增添男主人公的忧愁怨恨。《临江仙》上片先写秋末冬初的景象，再写美丽女子凭栏远望，"含情"而未直接写何情，上片如一幅秋景图。下片直接写人物内心：含千般"离愁别恨"，"心绪多端"，可见女子愁恨多、伤痛切。最后以行动来表明心绪：掩镜，不愿照孤独的自己。全词凄切委婉，情景交融，直呈人物内心，把思妇的内心痛苦表现得淋漓尽致。

另外还有"倚槛无言愁思远"（顾敻《玉楼春》其二）、"愁见绣屏孤枕"（魏承班《满宫花》）、"恨郎何处纵疏狂"（顾敻《玉楼春》其二）、"恨郎抛掷"（牛希济《中兴乐》）、"教人相忆几时休？不堪怅触别离愁，泪还流"（孙光宪《虞美人》其一）、"思君无计睡还醒"（魏承班《诉衷情》其一）等都直接写出了人物的心理情绪。花间词不仅写出人物心理情绪，还写出情绪活动的程度，如孙光宪《酒泉子》其二：

曲槛小楼，正是莺花二月。思无聊，愁欲绝，郁离襟。　　展屏空对潇湘水，眼前千万里。泪掩红，眉敛翠，恨沉沉。

上片写出莺花二月的小楼风光，在这样的风光下，却"思、愁、郁"，为什么呢？与所爱之人千山万水阻隔，心中"愁欲绝"，"恨沉沉"。再如顾敻《酒泉子》七首，多处出现这样直接写人情绪程度的词语，如"银屏寂寞思无穷"（其一）、"画屏敧，云鬓乱，恨难任"（其二）、"隔年书，千点泪，恨难任"（其四）、"金虫玉燕，锁香奁，恨厌厌"（其五）、"谢娘敛翠，恨无涯，小屏斜"（其六）、"残花微雨，隔青楼，思悠悠""画罗襦，香粉污，不胜愁"（其七）等。

其次，侧面间接写人物心理活动。花间词中，"愁""恨"等情绪心理词已直接表露人物的心理活动，如果再将人物心理活动的内容直接写出，这固然是一种表现手法，但却有悖含蓄蕴藉的诗词美学传统。因此，在花间词中更多的是侧面间接写人物心理活动的内容。

红蓼渡头秋正雨，印沙鸥迹自成行，整鬟飘袖野风香。　　不语含颦深浦里，几回愁煞棹船郎，燕归帆尽水茫茫。

（薛昭蕴《浣溪沙》其一）

古庙依青嶂，行宫枕碧流。水声山色锁妆楼，往事思悠悠。　　云雨朝还暮，烟花春复秋。啼猿何必近孤舟，行客自多愁。

（李珣《巫山一段云》其二）

《浣溪沙》上片写渡头秋景：秋雨绵绵，红蓼花开，沙滩上有一行行沙鸥足迹，一位"整鬟飘袖"的女子出现在渡头上。下片写女子"不语含颦"等人，女子情绪如何，有何心理活动，词中没有交代，只有一个"含颦"略微透露了一点消息。词中唯一的一个情绪词却出人意料地用在了"棹船郎"身上。这就是用侧面手法，以无关人的"愁"来突出当事人的"愁"。可谓美人皱眉，摇船的也好像在为她发愁。在花间词中，情绪主体发生偏移的还有："马萧萧，人去去，陇云愁"（孙光宪《酒泉子》其一）、"杏花凝恨倚东风"（张泌《浣溪沙》其五）等。《巫山一段云》从眼前实景写起，神女庙、细腰宫在青山碧水的环抱中，美丽如画，令人不禁想起当年楚王事，真是往事悠悠不堪回首啊。云雨烟花依然在，但人事已改，真使人愁绪万端，何况猿啼凄切，更让人平添几许愁绪。这里以"愁"作结，"思"往事而"愁"，"往事"似乎是楚王事，"行客""愁"什么呢？并未明确写出，为物是人非而愁，还是为时世变幻、古今沧桑而忧？这些都好像巫山上的烟雾一般，令人捉摸不透。人物细腻丰富的心理活动以一"思"一"愁"露其端倪。类似的句子还有欧阳炯《献衷心》"三五夜，偏有恨，月明中"、孙光宪《菩萨蛮》其五"极浦几回头，烟波无限愁"等。

以情绪词间接写人物心理，还有一种情况，就是情绪指向外界自然物，借以表达人物的内心活动，如：

> 转盼如波眼，娉婷似柳腰。花里暗相招，忆君肠欲断，恨春宵。
>
> （温庭筠《南歌子》其六）
>
> 春欲暮，满地落花红带雨。惆怅玉笼鹦鹉，单栖无伴侣。　　南望去程何许？问花花不语。早晚得同归去，恨无双翠羽。
>
> （韦庄《归国遥》其一）

《南歌子》前两句追忆女子的美丽形象，回想当时相会的地方，"忆君"句直接写出男子对女子的思念之深——"肠欲断"，以致将自己的一腔愁恨转嫁到了"春宵"上，"恨春宵"良辰美景，勾起了"忆君"的无限愁绪；"恨春宵"漫长，"忆君"情深，春宵难挨。男主人公的满腔愁怨找到了突破口，这不择对象的"恨"看似无理，却包含了深厚绵长的情意。《归国遥》前两句交代暮春时节，落花满地，细雨飘洒。"惆怅"两句，为鹦鹉孤单而惆怅，其实更为自己独处而惆怅，丈夫远行，路程迢迢，杳无音信，女主人公不择对象"问"："问花"，结果"花不语"；不择对象"恨"："恨无双翠羽"，"恨"自己没有长出翅膀，去见心爱之人，"恨"没有青鸟为自己传递丈夫的消息。这些不择对象的情绪和心理活动都无理有情，不仅写出了人物的情绪心理，将情绪心理的内容也都一一表露无遗，这比直接叙述显得情更深、意更真。类似的还有毛文锡《何满子》"恨对百花时节"、孙光宪《清平乐》其二"长恨朱门薄暮"、韦庄《荷叶杯》其二"惆怅晓莺残月"、顾夐《虞美人》其五"深闺春色劳思想"、温庭筠《定西番》其一"羌笛一声愁绝"等。这些词句将对人的情绪转移到无生命或无情感的自然物上，以它们作为人物情绪活动的外化载体，以人对物的情感态度来曲折反映人物的内心活动。

三、虚词唤情

虚词，顾名思义，是指意义比较虚化的词，它们没有什么具体实在的含义，只起到类化的作用。虚词，古人称为"虚字"，马建忠说："凡字，有事理可解者，曰实字。无解而惟以助实字之情态者，曰虚字。"[①]"虚化的字辞只是作品漂亮的外表，并没有积淀主体生命的情感和意绪，它的拟声形态标明了它只能是对实义性之字词的陪衬和辅助，而别无他用。故在韵文学形式典型化的诗歌中，绝少或没有虚字词的闪出，而是艺术化的实义词的一串串工巧的排列与组合，诗歌艺术才有言尽而意无穷的高妙境界。"[②]但是在词中，因为杂言体形式比诗的齐言少了一些束缚，多了一些自由，人物情感的表达又多了一条途径——"合用虚字呼唤"[③]。

从语言上看，在中国诗歌史上，花间词正处于从近体诗到白话诗这第二次大变局中，它的句法还未完全脱离诗歌的印记，虚字的运用还不像宋词那么多，且运用还不够成熟。但中国早期的文人词已开始注意到了虚字的运用。沈祥龙在《论词随笔》中说："词中虚字，犹曲中衬字，前呼后应，仰承俯注，全赖虚字灵活，其词始妥溜而不板

---

① 马建忠《马氏文通》，转引自祖保泉《文心雕龙解说》，安徽教育出版社，1993年，第675页。

② 祁光禄《词艺术研究》，湖南教育出版社，2003年，第316页。

③ 张炎《词源》，见唐圭璋编《词话丛编》（第一册），中华书局，1986年，第259页。

实。不特句首虚字宜讲，句中虚字亦当留意。"①花间词中的虚字大致可以分成以下几种类型：一是表示时间、频率、范围、情状的虚字，它们出现的位置一般在句中，这些词大致相当于现代汉语中的副词；二是词义虚化了的领字，领字可以是表时间、频率、范围、情状的虚词，也可以是意义虚化了的动词，领字一般出现在句子开头；三是句末语气词和助词，出现在句子末尾。

（一）表示时间、频率、范围、情状的虚字

这些虚字多与人的主观情思有关，也是花间词中用得最多的一类虚字，具体地说，有"相、暂、还、正、才、更、已、又、却、纵、重"等。我们着重来探讨一下"相"：

"相"在古代汉语中有两种意思，一种是互相，一种是一方对另一方，在花间词中共使用"相"134次，其中更多的是"一方对另一方"意，这也印证了花间词多表现相思闺怨主题的情况。

在"互相"义的"相"中有些是描写客观物象的，其中主观情感的表现不明显，如"花面交相映"（温庭筠《菩萨蛮》其一）、"江畔，相唤"（温庭筠《河传》其一）、"红杏，交枝相映"（张泌《河传》其二）、"绿荷相倚满池塘"（顾夐《虞美人》其二）、"相呼归去背斜阳"（孙光宪《八拍蛮》）等。在"互相"义的"相"中呼唤情感的，在花间词中多见于"相见"一语中。如"花里暂时相见"（温庭筠《更漏子》其三）、"相见更无因"（韦庄《荷叶杯》其二）、"相见何处是"（张泌《河传》其一）、"忆昔花间相见后"（欧阳炯《贺明朝》其二）、"记得那时相见"（顾夐《荷叶杯》其四）等，"相见"并非都是现实

---

① 沈祥龙《论词随笔》，见唐圭璋编《词话丛编》（第五册），中华书局，1986年，第4052页。

情景，而是或在过去、或在梦中、或是感慨"相见"之少之难之短。就算是表示现实相见的，也不都是喜悦，"相见休言有泪珠"（欧阳炯《浣溪沙》其三）、"相见无言还有恨"（李珣《浣溪沙》其一）、"相见还相隔"（李珣《菩萨蛮》其一）等。我们看张泌《生查子》：

> 相见稀，喜相见，相见还相远。檀画荔枝红，金蔓蜻蜓软。　　鱼雁疏，芳信断。花落庭阴晚。可惜玉肌肤，消瘦成慵懒。

词的开头一口气吐出四个"相"，其中"相见"重复三次，四个"相"俱是"互相"义。三个"相见"表明女主人公对"相见"的渴望，但一个"相远"将三个"相见"一笔收住，中间再加一个虚字"还"，道出了离别多见面少的怨恨。下片写不能相见带来的后果。以上这些"相"尽管表示互相，但却多数不能实现，"相见"只能留在记忆深处或梦中，一股怨恨愁情由字间渗出。

最能在"相"中呼唤人物情感的，莫过于"一方对另一方"义了。花间词中的"相思""相望""相寻""相忆"等是出现频率很高的词语。我们看毛文锡《醉花间》其二：

> 深相忆，莫相忆，相忆情难极。银汉是红墙，一带遥相隔。　　金盘珠泪滴，两岸榆花白。风摇玉佩清，今夕为何夕？

上片开头连用三个"相忆"，"深"和"莫"似乎有矛盾，"情难极"解决了这一矛盾。"一带遥相隔"，"红墙"和"银汉"，虽仅"一带"却"遥"不可及，主人公对心上人的思念，因红墙阻隔而相互不通，这种思念只能化作梦境，以欢景衬悲情，四个"相"为全词定下了基调，主人公的思想情感呼之欲出。其他如"玉楼明月长相忆"（温庭筠《菩萨蛮》其六）、"空相忆"（韦庄《谒金门》其二）、"始知相忆深"(顾夐《诉衷情》其二)、"画楼相望久"(温庭筠《菩萨蛮》其七)、"玉楼相望久"(温庭筠《女冠子》其二)、"尽日相望王孙"(韦庄《清平乐》其一)、"相思空有梦相寻"(毛文锡《虞美人》其一)、"何处许相寻"(牛希济《临江仙》其二)、"教人何处相寻"(孙光宪《思越人》其一)等。一个"相"字表现了一方对另一方深深的思念,但"忆"而不见,"望"而不归,"思"而成空,"寻"却不知何处,只因这些情感的表达不是双方互相的,仅仅是一方对另一方,情感的付出是否有回报,不得而知,主人公内心的悲戚怨恨就可想而知了。

花间词中表达这样的怨恨心理,常用虚字还有"又、还、犹"等。这三个虚字在花间词中的使用数量分别是30次、37次、27次。它们在词义上有一个共同的特点,就是有一个过去时间的参照物,且与参照物相同相类,没有变化。如:

燕飞春又残。	(温庭筠《菩萨蛮》其八)
又是玉楼花似雪。	(韦庄《应天长》其二)
海燕兰堂春又去。	(顾夐《酒泉子》其四)
还似去年惆怅。	(温庭筠《更漏子》其二)
玉郎还是不还家。	(顾夐《虞美人》其五)
还是不知消息。	(顾夐《酒泉子》其一)
相见无言还有恨。	(李珣《浣溪沙》其一)
日高犹自凭朱栏。	(韦庄《浣溪沙》其一)
同心犹结旧裙腰。	(李珣《望远行》其一)

这里,"春残""玉楼花似雪""春去""花落"都不是第一次,春来春去,花开花落,年复一年,人也同这些自然物和自然规律一样,

一别经年不归，年年如此，怎不叫人肝肠寸断！"去年"因人未归而"惆怅"，今年惆怅依旧，"还"字道出相别之久、思念之深，"还是不还家""还是不知消息"，"玉郎薄幸"，女子有情，怨恨、焦躁、责怪都在这"还"中蕴藏了。"相见无言还有恨"，久别重逢，千言万语无从说起，喜恨交加的矛盾心理用"还"刻画得细致入微。"犹"有"似"的意思，如"犹似汗凝妆"（阎选《临江仙》其一），但在花间词中用得比较多的是"还""还是"义，"日高犹自凭朱栏"，"凭朱栏"的目的是望远人，主人公可能一大早就"凭朱栏"了，现在太阳已经很高了，她还在凭栏远望，"犹"写出时间之长、主人公思之深望之切。"同心犹结旧裙腰"，表示爱情的同心结，还挂在旧裙腰上，这是女子的心灵表白："我对你的爱情与往日一样。"但远行之人却"忍辜风月度良宵"，迟迟不归，辜负了女子的一片痴情。

（二）领字

"领字"指用在词句的开头起领起作用的字词。花间词处在词的开启阶段，又以令词居多，散文化的趋势还不是很明显，领字的使用还不是很常见，但已显示出这种倾向。领字一般用虚化的字词领起句子，"受词句子及词境的制约，有些表动作的字辞如'看、待、问、想'等作为领字也兼有虚化之字辞的功能，起到圆转句意、拓宽词境、接拢前后句子的作用"[1]。

> 石城依旧空江国，故宫春色。七尺青丝芳草碧，绝世难得。　　玉英凋落尽，更何人识？野棠如织，只是叫人添怨忆，怅望无极。
>
> （孙光宪《石庭花》其二）
>
> 忆昔花间初识面，红袖半遮，妆脸轻转。石榴裙带，故将纤纤玉指

---

[1] 祁光禄《词艺术研究》，湖南教育出版社，2003年，第322页。

偷捻，双凤金线。　　碧梧桐锁深深院，谁料得两情，何日教缱绻？羡春来双燕，飞到玉楼，朝暮相见。　　　　　（欧阳炯《贺明朝》其一）

《后庭花》词用了两个领字，"更""只是"，美人如玉英般凋落，再也没有人欣赏她了。野棠花繁盛似锦，但却只能是让人平添怨叹。"更""只是"领起词句，定下基调，将词人深沉的历史感喟包蕴其中，词中洋溢着一股凄怨之情。《贺明朝》开头追忆当年初次见面的情景：红袖半遮妆脸、玉指偷捻金线，一正一侧，表现了女子娇羞柔媚的情态，"故将"领起女子娇羞的动作。下片写现实，"谁料得"三字领，没想到佳人深闺难出，不知何日才能两情缱绻。双燕朝暮双飞，而有情人却不能相见。"羡"字将人慕禽、人不如禽的感叹和盘托出。三处领字在情事的叙述中唱出了主人公的心声。

花间词中的领字有"一字领"，用得较多的是"更"，如："更引流莺妒"（张泌《河传》其二）、"更剪轻罗片"（毛文锡《纱窗恨》其二）、"更何人识"（孙光宪《后庭花》其二）。其他的一字领有："恨"，如"恨今日分离"（顾夐《献衷心》）、"恨不如双燕"（欧阳炯《献衷心》），"最"，如"最关人"（皇甫松《摘得新》其二）、"最怜京兆画蛾眉"（毛文锡《柳含烟》其三）。二字领，如"还是"："还是去年时节"（温庭筠《酒泉子》其四）、"还是不知消息"（牛峤《更漏子》其二），"又是"："又是一场离散"（孙光宪《清平乐》其一），"更堪"："更堪回顾"（李珣《临江仙》其二），"正是"："正是玉人肠绝处"（温庭筠《杨柳枝》其一），"犹自"："犹自至今传"（毛熙震《临江仙》其一）等。花间词中以三字作领字的较少，如上面提到的"谁料得"。这些领字的运用，使一首词中"只用数虚字盘旋唱叹，而情事毕现"[1]。

虽然领字的三种形式在花间词中都已出现，但总体来看，其数量少而且内容不够丰富，有不少领字并不是"专职"，而是"兼职"的，也就是说虽有领字的功能和作用，但本身并不是虚字，而是表达意义不可缺少的成分，如上列欧阳炯《贺明朝》词，有三处领字："故将""谁料得""羡"，其中意义实在的字有"故""料""羡"，只有"将"和"得"才是真正意义虚化了的字。前者是用表动作的字辞兼作领字，它们和所领句子的意义联系很紧密，如果去掉这些字，句子的意义就不完整了。而如果去掉后者，对句子意义的理解障碍不大；有了它们，就使词中前后句子的连接更加紧密连贯，情感的表达更加细腻丰富。花间词中"兼职"的领字还有"恨"："恨不如双燕"（欧阳炯《献衷心》）、"恨今日分离"（顾敻《献衷心》），"想"："想韶颜非久"（欧阳炯《贺明朝》其二）、"想佳人花下"（李珣《河传》其一）等。

（三）语尾虚字

语尾虚字一般有语气词和语尾助词两种。这两类词和前面所谈的虚字比起来更缺乏实在的意义，但它们附着在句尾，在表现人物的情感语气方面却起着重要的作用。如欧阳炯《浣溪沙》其三：

> 相见休言有泪珠，酒阑重得叙欢娱，凤屏鸳枕宿金铺。　　兰麝细香闻喘息，绮罗纤缕见肌肤，此时还恨薄情无？

词的最后一句用了一个疑问语气词"无"，全句构成反问。别久

---

① 陈廷焯《白雨斋词话》，见唐圭璋编《词话丛编》（第四册），中华书局，1986年，第3786页。

生恨，此时欢会，不会再恨薄情了吧。此词的思想内容格调不高，但艺术表现手法却有可取之处，一个疑问语气词"无"反映了男子为自己解脱的真实内心活动。常用来表示判断语气的"也"在花间词中出现了4次：

> 不知征马几时归，海棠花谢也，雨霏霏。（温庭筠《遐方怨》其一）
> 求仙去也，翠钿金篦尽舍，入崖峦。　　（薛昭蕴《女冠子》其一）
> 欢罢，归也，犹在九衢深夜。　　（孙光宪《风流子》其三）
> 水为乡，篷作舍，鱼羹稻饭常餐也。　　（李珣《渔歌子》其二）

这些句中的"也"表示的语气并不是判断，相互之间也不完全相同。暮春时节，细雨蒙蒙，女子春日凭栏怀人，看见雁归而人不归，"海棠花谢"，花开花谢中蕴含着时间的规律，一个"也"字犹如一声长叹："我等到花儿也谢了"[①]，为什么还不见征人归来，"也"道出了主人公的无奈，无尽的思念与怨恨都包含其中了。"求仙去也"，一种"入崖"求仙的决绝、抛弃尘世的解脱都通过一个"也"字畅快淋漓地表现了出来。为求仙，尽舍"翠钿金篦"，在崖峦间过着"野烟溪洞冷，林月石桥寒"（薛昭蕴《女冠子》其一）的"仙家"孤寂生活，这是需要勇气的，这里的"也"字中也包含了女道士这样的勇气。男子冶游是封建士大夫常有的生活，《风流子》就选取了这样一个片段：男子骑马来此，入室入帘尽欢，兴尽而归。全词以客观含蓄的笔法写男子狎游，"归也"，"也"字反映了男子的心情：一种尽兴的痛快。虽为艳词，却毫无猥亵之感，客观情事与主观情感毕现无遗。"水为乡，篷作舍"以及"鱼羹稻饭"，这本表现的是贫苦漂泊的生活，但词中又写了在秋夜如画的橘子洲，主人公驾着小艇在明月碧

---

① 当代流行歌曲歌词。

烟下垂钓，这种生活真是"此乐何及"①啊。无名利牵挂，这是词人向往的生活，他愿意过着"水为乡，篷作舍"，常餐"鱼羹稻饭"的简朴生活，主人公的一声"也"也正反映了词人的心声，这里没有愁苦，体现的是一种自豪、欣喜、无拘无束的隐逸情怀。

语尾助词在花间词中使用得不是很多，如张泌《浣溪沙》其九，最后一句"依稀闻道太狂生"，"生"是唐宋时期的语尾助词，全词以女子说的话结尾，尤其是语尾助词的使用，使词的生活气息浓厚，女子的神态和少年的狂态活灵活现。李冰若《栩庄漫记》评道："子澄笔下无难达之情，无不尽之境，信手描写，情状如生。所谓冰雪聪明者也。如此词活画出一个狂少年举动来。"②可谓十分精当。

杜甫曾说"语不惊人死不休"（《江上值水如海势，聊短述》），卢延让也是"吟安一个字，捻断数茎须"（《苦吟》），可见古人做诗时对词语锤炼的极端认真的态度。而词更是一首"不过十数句，一句一字闲不得"③。花间词以小令为主，在短短的篇章中，于形象描写之外，还向人们展示了主人公细腻的内心情感，这与花间词人善于"选言""炼言"表心声是分不开的。

第六节　花间词的疑问传情

疑问，分为有疑而问、无疑而问，这些疑问都通过问句的形式予以表现。早在战国时期，问句就在韵文中大量运用，如屈原《天问》，就是用一系列的问句来表达诗人对社会、历史、自然的求索与探询。在诗歌里，尤其在近体诗里，由于受到声律、对仗等因素的影响，问

① 范仲淹《岳阳楼记》。
② 李冰若《花间集评注》，河北教育出版社，1999年，第98页。
③ 张炎《词源》，见唐圭璋编《词话丛编》（第一册），中华书局，1986年，第265页。

句的使用不像在散文中那样自由，但历代诗歌仍留下了许多脍炙人口的问句，如"怜君何事到天涯"（刘长卿《长沙过贾谊宅》），"红豆生南国，春来发几枝"（王维《相思》），"问渠哪得清如许？为有源头活水来"（朱熹《观书有感》）。韵文发展到词，因其体制的变化，由诗的齐言变成长短不齐的杂言，这种接近散文化的句子为问句的灵活运用提供了条件。

问句，并不仅仅是一种句类，一种语言表现形式，在问句这一语言形式的背后，蕴涵着深刻的思想感情。因此，为什么问，怎样问，都不是任意的、随意的，因为它们都发自心灵，带有强烈而鲜明的主体情感。《花间集》共用问句130多句，下面就从有疑而问、无疑而问两个方面来探讨花间词中的问句。

一、有疑而问，于疑中问情

有疑而问，分为是非问、特指问、选择问和正反问四种。花间词中，特指问用得最多，通过对人、时、地、事的询问，表达主人公或期盼或思念或怨恨或感叹的种种感情。

问人：独掩画屏愁不语，斜倚瑶枕髻鬟偏，此时心在阿谁边？

（欧阳炯《浣溪沙》其一）

谁家绣毂动香尘？隐映神仙客。　（孙光宪《生查子》其二）

问时：咫尺画堂深似海，忆来唯把旧书看，几时携手入长安？

（韦庄《浣溪沙》其五）

啼粉污罗衣，问郎何日归？　（牛峤《菩萨蛮》其六）

问地：天上嫦娥人不识，寄书何处觅？　（韦庄《谒金门》其二）

杳杳征轮何处去？离愁别恨千般。（孙光宪《临江仙》其一）

何处有相知？羡他初画眉。　（牛峤《菩萨蛮》其三）

永夜抛人何处去，绝来音。　　　　　（顾夐《诉衷情》其二）

问事：何事刘郎去？信沉沉。　　　　　　（张泌《女冠子》）

何事狂夫音信断？不如梁燕犹归。　　（顾夐《临江仙》其二）

　　问人用疑问词"谁""阿谁"，"阿"是名词词头。欧阳炯《浣溪沙》前两句写女子午睡后的慵懒困倦神态，仿佛心不在焉，那么心在谁那里呢？女子午睡初醒茫然若失的心思神态通过一个特指问句表达了出来。孙光宪《生查子》问：谁家的车扬起香尘？车里隐约坐着一个美丽的女子。疑问信息指向"谁"，写出男子迫切想知道车中的"神仙客"到底是谁家的，活现出男子焦躁急切的心情。"几时携手入长安"，虽近在咫尺，却似相隔天涯，想念你时只好翻看旧书信，"几时"，这是男子真情的流露，期盼与女子相见同游。"啼粉污罗衣"，不知哭过多少次，不知流过多少相思泪，致使弄脏了衣服，可是郎归仍遥遥无期。这两处问时都表现了主人公急切期盼的心理，他们希望能获得一个准确的消息。"何处"既是问对方，更是问自己，又有谁知道心上人在什么地方呢？古代交通不发达，通讯不发达，一别数月经年是常有的事，不知何处而无法通音讯。因此，在主人公的心目中，所爱之人在"何处"是他们最关心的。在花间词中，以"何处"作为提问点的问句占了特指问的大多数，共有43句。其中有男对女的思念，如"天上嫦娥人不识，寄书何处觅"；有女对男的期盼，如"杳杳征轮何处去？离愁别恨千般"；有女子对未来生活的向往，如"何处有相知？羡他初画眉"；有女子对男子的抱怨，如"永夜抛人何处去？绝来音"。"何事"是"什么事"义，在问句中可理解为"为什么"的意思，为什么刘郎　去杳无音信，为什么"狂夫"不能像"梁燕"那样按时回来，这"为什么"的发问比"问郎何日归"要大胆直率得多，在"为什么"的质问中包含着对"刘郎""狂夫"的怨恨。

有疑而问的其他问句在花间词中用得不太多，现列举如下：

是非问：倚云低首望，可知心？ （鹿虔扆《女冠子》其一）

选择问：浦南归，浦北归？ （温庭筠《河传》其一）

正反问：夜夜绿窗风雨，断肠君信否？ （韦庄《应天长》其一）

我忆君诗最苦，知否？ （顾夐《荷叶杯》其六）

顾夐《荷叶杯》九首每首的结尾均用正反问重叠的形式，"知么知，知么知？"（其一）、"愁么愁，愁么愁？"（其二）、"狂么狂，狂么狂？"（其三）、"羞么羞，羞么羞？"（其四）、"归么归，归么归？"（其五）、"吟么吟，吟么吟？"（其六）、"怜么怜，怜么怜？"（其七）、"娇么娇，娇么娇？"（其八）、"来么来，来么来？"（其九）。正反问其实是一种特殊的选择问。

"可知心"，你能知道我的心意吗？这是女道士对意中人的询问。女道士虽人在山崖洞里，却心系"刘郎"，身在云间，心在人间，一句"可知心"将女道士的真实心理表露无遗。"浦南归，浦北归"有两种解释：从浦南回家还是从浦北回家？采莲女已拿不定主意；少年从浦南回去的还是从浦北回去的？不知道。这两种解释都说得通。不管哪一种解释，都表现了采莲女为"少年"痴迷而心神不宁的神态。《应天长》写女子怀人，夜夜绿窗听风雨，深夜难眠，为你肝肠寸断，你相信不相信呢？这是女子发自心底的呼唤，感人肺腑。叶嘉莹评道："恳挚深厚，真乃直入人心，无所抗拒，且不仅直入人心，更且盘旋郁结，久久而不能去。"①顾夐九首《荷叶杯》以正反问的重叠形式结尾，强调内心的情感。其一，因盼望相会的佳期已将成心病，"知么知，知么知？"女子迫切希望对方了解自己的心情。其二，因听

---

① 叶嘉莹《迦陵论词丛稿》，河北教育出版社，1998年，第33页。

到别家传来的歌声而别愁恨意悠悠，"愁么愁，愁么愁？"问对方，更好像是问自己，表明女子忧愁至极的情怀。其三，女子游春，遇到一个少年郎，仿佛嗅到了少年身上的香味，"狂么狂，狂么狂？"也似自问，"是不是春情激荡而不能自抑了？"其四，女子与情人幽会，禁不住又喜又羞，"羞么羞，羞么羞？"形容可谓形神兼备，趣味横生。其五，幽会不觉时间，转眼已是深夜，"归么归，归么归？"问对方，也在问自己，夜深露冷应归还，但又依依不舍，主人公矛盾的心理通过重叠问句刻画得入木三分。其六，开头就用一个正反问句"我忆君诗最苦，知否？"这与其一结尾一样，女子迫切希望男子理解她的心情，结尾"吟么吟，吟么吟？"这样的诗吟不吟呢？吟，苦；不吟，也苦。其七、其八俱写女子妆容姿态，"怜么怜""娇么娇"的叠唱，是女子问情人，带有些许的自豪与娇羞。其九，情人一去不归，眼看春尽，人归却无期，"来么来，来么来？"是对情人深情的呼唤。唐圭璋评说："末两句，重叠问之，含思凄悲，想见泪随声落之概。"[1]

有疑而问，既然有疑，应予以回答，但花间词中这样的疑问多是有问无答，或是对方因千山万水阻隔或咫尺天涯相隔而无法回答，或因对方薄幸无情不回答；问自己，又回答不了，转而问花、问鸟，得到的也是"问花花不语"（韦庄《归国遥》其一）。疑问句突出了主人公想知道的重要信息，但却不能得到明确的答复，主人公的心理得不到满足，留下深深的遗憾，给人无穷的联想。这种表达主人公心情的方式比用陈述句直接写心理活动显得更加含蓄深沉、委婉动人。花间词中只有一处是双方问答的，张泌《江城子》其二最后三句："好是问他来得么？和笑道：莫多情。"最好是问她能应允来赴约吗？但她含笑娇嗔而又调侃地说了三个字："莫多情。"一问一答，无悬念、无

---

① 唐圭璋《唐宋词简释》，上海古籍出版社，1999年，第24页。

遗憾，有情义、有神态，人物娇嗔的形象跃然纸上，主人公欢快的心情也呼之欲出。最后几句诚如陈廷焯《词则·闲情集》卷一所评"妙在若会意、若不会意之间"及《云韶集》卷一说的"结六字写得可人"。

二、无疑而问，于问中答情

无疑而问分为反问和设问。所谓反问，就是只问不答，答案包含在问中。所谓设问，就是自问自答，目的在于引起对方的注意。

（一）反问

反问多用在表达复杂强烈的感情时，花间词人就充分运用了这一手法来表达人物情感。花间词中的反问句在形式上有两种情况：一种是用疑问代词来反问，形式上同特指问句，如"翠黛空留千载恨，教人何处相寻？"（孙光宪《思越人》其一）、"绣幌麝烟沉，谁人知两心？"（魏承班《菩萨蛮》其二）、"教人相忆几时休？不堪怅触别离愁，泪还流"（孙光宪《虞美人》其一）。另一种是用"岂""那堪""怎"或陈述句加疑问语气词进行反问，如"正是桃夭柳媚，那堪暮雨朝云？"（毛文锡《赞浦子》）、"兰麝细香闻喘息，绮罗纤缕见肌肤，此时还恨薄情无？"（欧阳炯《浣溪沙》其三）、"不是昔年攀桂树，岂能月里索嫦娥？"（和凝《柳枝》其三）。这种形式的反问句答案与问句字面义相反，犹如双重否定表示肯定一样，比特指问句形式的反问句表情更加强烈。

这些反问句又是如何表情的呢？我们看几个例子：

新岁清平思同辇，怎奈长安路远？　　　　（温庭筠《清平乐》其一）

遇酒且呵呵，人生能几何？　　　　　　　（韦庄《菩萨蛮》其四）

千山万水不曾行，魂梦欲教何处觅？　　　　（韦庄《木兰花》）

梦断辽阳音信，那堪独守空闺？　　　　　　（毛文锡《何满子》）

玉郎经岁负娉婷，教人怎不恨无情？　　　　（顾夐《遐方怨》）

"怎奈长安路远"，"怎奈"并不是问怎么办，而是无奈，无可奈何、没有办法。新的一年到来了，正是清平日子，宫女们盼着能与皇帝"同辇"，却无奈君王与宫女疏远，根本不可能实现这样的愿望。"长安"，指京城，代君王。宫女被幽禁，无法与皇帝见面，虚耗青春岁月，在"怎奈长安路远"的反问中写出了宫女的愁怨与不满，字字含泪，令人动容。"遇酒且呵呵，人生能几何？"于"呵呵"的反问中写出了主体强烈的情感：人生短暂，要及时行乐。这是一种消极的达观，其中也包含着对自身遭遇和现实的不满，耐人寻味。女子思念征人，但与征人山水相隔，且"千山万水不曾行"，自己从未去过，因此魂梦都无处寻觅。女子将满腔的怨恨都归于"不曾行"，如果"曾行"，那也不会使魂梦都无处觅征人啊！主人公复杂深沉的情感表达得格外凄婉动人。这里魂梦无处觅，《何满子》中女子却要幸运一些，能在梦中去辽阳与征人相见，但幸运只是短暂的，一旦"梦断"醒来，仍是"独守空闺"，这似乎比"魂梦无处觅"更让人不堪。"玉郎经岁负娉婷"，心上人久绝音信，辜负了自己的一片真情，"教人怎不恨无情"，女子由爱生恨，爱之愈深，恨之愈烈，强烈的感情通过反问痛快淋漓地表达了出来。

（二）设问

设问的作用在于引起读者的注意，在具体的词作中，设问往往能够确立全词的情感基调，通过设问，读者就能感受到主人公或缠绵或急切或怨恨的内心情感。花间词中的设问句不是很多，现列举如下：

暗想玉容何所似？一枝春雪冻梅花，满身香雾簇朝霞。

（韦庄《浣溪沙》其三）

何处？烟雨，隋堤春暮，柳色葱茏。　　（韦庄《河传》其一）

消息未通何计是？便须佯醉且随行，依稀闻道太狂生。

（张泌《浣溪沙》其九）

欲问楚王何处去？翠屏犹掩金鸾。　（阎选《临江仙》其二）

去去，何处？迢迢巴楚，山水相连。　　（李珣《河传》其一）

"暗想"引起对女子容貌的回忆，紧接着用两个比喻来写"玉容"：像梅一样的冰清玉洁、冷艳绝伦；盛装之后，又像朝霞，光彩照人，香雾缭绕。以问句引起读者的思考，再回答，但又不坐实，不仅写出人的美貌，更写出人的品质，使人浮想联翩。在这自问自答中，更写出男子对女子的思念，不仅补足上片"小楼高阁谢娘家"句意，而且把人写得越美，上片"惆怅"之情就越深。"何处？烟雨"两句提问，后两句作答"隋堤春暮，柳色葱茏"，点出"隋堤"，为咏隋炀帝事。虽然答句尽写"隋堤春暮，柳色葱茏"的美景：画船、翠旗、香风，殿脚青娥和司花妓春妆妩媚、风姿绰约，整个船队气势宏大、富丽堂皇，但开头的问句就将词的基调定了下来，这些昔日繁华就如在烟雨中，让人可以想见而不可触及，这与词的结尾"古今愁"形成呼应，一切都已成空。此词在问答中寄寓了词人深沉的历史感慨。张泌《浣溪沙》写一个男子狂热追求一个女子：傍晚时分，男子追逐一辆车入了长安城，轻风吹起绣帘一角，他看到车里的人儿秋波流转，"消息未通何计是"，没能跟她联系上怎么办呢？这是男子的心理活动，也是他在问自己，于是他用行动回答了这一问题，假装喝醉了酒跟着车跑。这无声的自问自答中活画出一个轻狂少年的形象来。阎选的《临江仙》咏楚王事，写行客的感受。"欲问楚王何处去？"想问楚王与神女相会后又往何处去了，紧接着一句回答："他已回到了人间，翠色的山屏仿佛掩映着他的金銮"[1]。表面上写楚王，楚王不见了，神女孤苦无依，实际上暗寓了自己行役孤苦的感叹。将神话故事与现实交错写来，将自己的感受、情感蕴含在历史神话人物的问答中，显得含蓄清空。李珣《河传》的问答表面看很平常，但在答句的"迢迢""相连"中仍能见出情感的端倪，去处遥远，思念之情如相连的山水绵绵不断，也可以说是离愁接连不断。明知去处还问，这是离愁难遣的表现，与下面的猿声衬愁、想佳人与己同恨一气贯通。

问句，无论是有疑而问还是无疑而问，往往表达了来自心灵的声音。花间词人广泛使用问句还表现在：在一首词作中使用多个问句，使问句间相互呼应，更深地挖掘人物心灵。如：

> 永夜抛人何处去？绝来音。香阁掩，眉敛，月将沉。　　怎忍不相寻？怨孤衾。换我心，为你心，始知相忆深。　（顾敻《诉衷情》其二）

"这个薄情郎抛下自己整夜不归，到哪里去了呢？连一点音信都没有。"开头女子这突兀一问好像内心憋不住的怨恨如火山喷发般奔泻而出。待这一情感高潮平息下来后，禁不住想到自己，因情郎抛掷，只好掩门独居，紧锁愁眉，因思念而长夜难眠。虽有怨意，但又怎么能忍住不去思念他呢？此时情绪又起了波澜："换我心，为你心，始知相忆深。"可见她对"抛人"者一往情深。结尾三句最为人称道，王士禛《花草蒙拾》说是"自是透骨情语"[2]。刘永济《唐五代两宋词简析》评说："'换我心'三句，乃人人意中语，却能说出，所以

---

① 沈祥源、傅生文《花间集新注》，江西人民出版社，1997年，第395页。
② 王士禛《花草蒙拾》，见唐圭璋编《词话丛编》（第一册），中华书局，1986年，第674页。

可贵。"①但从表情来说，词中两个问句的作用也是不可忽视的，女子对男子既有怨恨，又饱含深情，怨爱交加，这种细腻真实的情感通过发自心灵的问句表达出来。上面谈到的李珣《河传》其一，除了"去去，何处"一问外，下片的开头再来一问"愁肠岂异丁香结"，愁肠百结，和那繁密的丁香结又有什么两样呢？两个问句，前后呼应，共同展现主人公的心情。其他还有如顾夐《河传》其三、孙光宪《渔歌子》其一、魏承班《满宫花》等词都用了不止一个问句。

由此可见，问句，往往表达了作品的情感高潮。多种形式的问句出现在同一首词中，就使词中的情感流动起伏跌宕，形成一种情感节奏，更有利于表达主人公变化流动的心理状态。

① 刘永济《唐五代两宋词简析》，上海古籍出版社，1981年，第10页。

第 二 章

语言风格与花间词的派别划分

一说到花间词，人们首先想到的是浓艳繁缛。其实浓艳繁缛的特色是以温庭筠词为代表的温派词的风格特色，温庭筠作为花间词人的代表，其词作风格成为人们对花间词总体风格的评判也就不足为奇了。虽然花间词人的词作风格总体上是"艳"，但在"艳"中又有不同的特点，有的艳中密，有的艳中清，有的艳中雅，这样也就形成了花间词人的风格派别。

关于花间词人的派别划分，李冰若在《栩庄漫记》中说得很清楚："镂金错彩，缛丽擅长而意在闺帏，语无寄托者，飞卿一派也。清绮明秀，婉约为高，而言情之外兼书感兴者，端己一派也。抱朴守质，自然近俗，而词亦疏朗，杂记风土者，德润一派也。"①可以看出，李冰若的分派依据兼有风格和主题内容。我们这里主要依据词作的语言体现出来的风格特色，而不考虑主题内容，如牛希济的情词内容类似于温庭筠，但整体风格更倾向于韦庄，我们就把牛希济归入韦派。根据这个标准，我们将花间词18位词人分成四派：温庭筠、魏承

---

① 李冰若《花间集评注》，河北教育出版社，1999年，第95页。

班、阎选、顾敻、毛熙震为纤浓密丽派；韦庄、皇甫松、薛昭蕴、张泌、牛希济为清新明秀派；孙光宪、李珣、鹿虔扆为典雅疏朗派；欧阳炯、和凝、牛峤、尹鹗、毛文锡为介于温派与韦派之间的艳清并存派。温庭筠的浓艳派和韦庄的清秀派是学界公认的，其他词人或近温，或近韦，或介于二者之间，介于二者之间又显出独特风格的，有孙光宪、李珣等，故将其分为一派，其他介于二者之间、风格没有明显特色的归为一派。

第一节　纤浓密丽的温派词

温词多以女性为中心，描绘服饰、容貌、器物等，多用密集意象的重叠、连接来营造隐曲含蓄的抒情效果，重装饰，写得隐讳、繁密。李冰若评温庭筠的词"飞卿惯用金鹧鸪、金鹦鶒、金凤凰、金翡翠诸字以表富丽，其实无非绣金耳"[1]。

其他温派词人并非完全是温庭筠的复制版，每人都有自己的特色，魏承班词描写女子形貌，多有相似词语，与温词非常像，魏词的独特之处在于不仅写女子思男子，如《满宫花》《木兰花》《玉楼春》其一等，也写男子思女子，如《诉衷情》其四、其五等；魏词中反衬对比的手法比较突出，善于在末句点题。阎选词"多侧艳语，颇近温尉一派"（栩庄漫记），但温词中暖香、热闹、明亮，阎词则是寒凉、寂寞。阎选词中的色彩有红、绿、青、黄，但色调比较暗，不似温词错彩镂金。顾敻词总体艳而密，近温词，也有写得淡的，如《荷叶杯》九首。毛熙震词用语多浓艳、小巧、细软，但也有显得比较疏朗的作品，如《清平乐》。

---

① 李冰若《花间集评注》,河北教育出版社,1999年,第16页。

我们这里讨论温派词的风格特色，主要是谈这些词人词作的共性主要特点，从词作语言的角度来探讨温派词风格的表现。

一、用语华丽纤柔

这里的"语"指词语，之所以没有用"词"这一概念，一是为了避免语言单位的"词"和文体的"词"混淆，二是"语"中不仅包含单词，还包含短语。

"纤浓密丽"指小、巧、艳、柔、多，这样的风格与作品用语是分不开的。

先看名词。温派词作中涉及的事物名词有以下几种：镜、屏、枕、衾、被、帐、簟、帘等闺阁用品名词，鬓、腮、眉、罗襦、钗、钿、手、髻等女子容貌装饰名词，柳、牡丹、花、杨、草、絮、芙蓉、荷芰等植物名词，燕、雁、蝶、莺、子规等动物名词，春、秋、月、雨、黄昏等气候气象名词。

这些名词，从涉及的事物以及具体词语，无不带上女性阴柔的特色，写季节时以春居多，夏和冬很少，毛熙震《菩萨蛮》其二"残暑晚初凉"，虽然写了夏天的暑热，但是只是已凉的"残暑"。词中出现的动植物，不管是绣在衣裳上的图案还是真实的物象，都是如"鹧鸪、鸂鶒、燕、子规、杏花、梨花、荷芰、柳、杨"等体小形美色艳的阴柔一路的事物。

光看这些名词还不足以显示纤浓密丽的特色，与这些名词连接在一起的修饰语，或名词、或动词、或形容词，更凸显词作纤密的特色，女子的"鬓"是"蝉鬓""绿云鬓"，"腮"是"香腮"，"眉"是"蛾眉"，"手"是"纤手"，用的装饰品"钗"，有"玉钗、翠钗、蝉钗"，盖的被子是"鸳鸯锦、鸳衾"。"月"本身就带有阴柔的色彩，不管是满的、残的、明的、暗的，都带有柔、纤的色彩，于是被修饰了的"月"常见于词中，"残月、明月、斜月、皓月、山月"。"日"具有阳刚之气，花间词中的"日"出现得不多，"雨后却斜阳"（温庭筠《菩萨蛮》十一）写的是"斜阳"，而且是"雨后"的，这里的太阳已转为阴柔。可见，修饰语的大量运用，不仅体现了温派词重浓墨重彩地描写的特色，也在化阳刚为阴柔上起到了一定的作用。

再看颜色词。温派词人善于使用艳丽的色彩来描绘人和物，"金、红、翠"等颜色词在词作中不断闪烁，镂金错彩、雕绘满眼。

翠翘金缕双鸂鶒，水纹细起春池碧。池上海棠梨，雨晴红满枝。绣衫遮笑靥，烟草粘飞蝶。青琐对芳菲，玉关音信稀。

（温庭筠《菩萨蛮》其四）

这首词共8句，出现的颜色词有"翠、金、碧、红、青"，"红"在这里并不是写颜色，而是用颜色代花。尽管这样，也是用了"海棠梨"最突出的特征"红"来代本体，给读者的依然是颜色的感知。三种色系的颜色交错写来，富丽的气息扑面而来。再如：

碧梧桐映纱窗晚，花谢莺声懒。小屏屈曲掩青山，翠帷香粉玉炉寒，两蛾攒。　颠狂少年轻别离，辜负春时节。画罗红袂有啼痕，魂消无语倚闺门，欲黄昏。　　　　　（顾敻《虞美人》其四）

轻盈舞妓含芳艳，竞妆新脸。步摇珠翠修蛾敛，腻鬟云染。　歌声慢发开檀点，绣衫斜掩。时将纤手匀红脸，笑拈金靥。

（毛熙震《后庭花》其二）

云锁嫩黄烟柳细，风吹红蒂雪梅残。光景不胜闺阁恨，行行坐坐黛眉攒。　　　　　　　　　　　　　（阎选《八拍蛮》其一）

词中用碧、青、翠、红、金、黄等颜色词或写闺阁环境（顾词），或写舞妓形貌（毛词），或写春景（阎词），再加上不直接用颜色词，却有颜色感的词，如"蛾"（黛眉）、"檀点"（红嘴唇）等，各种明亮鲜艳的颜色交相辉映，形成艳丽的风格特色。

二、物象繁密，画面生动

温派词的画面感很强，一首词或写一幅画或写多幅画，物象繁密，令人目不暇接，犹如电影蒙太奇，叠加、转换，形成一个个生动的画面。

一首词中出现的物象多，这是温派词的一个特色，表现在语言上就是事物名词多，有时甚至不用谓词连接。温庭筠《菩萨蛮》就非常典型地体现出了这一特点。《菩萨蛮》其一中就出现了"小山、金明、鬓云、香腮、蛾眉、花、镜、面、绣罗襦、金鹧鸪"，这些闺中物象好像一个个特写，在眼前接连出现，显得繁密。就是写室外景，也呈现这样的特点，如《酒泉子》其一，上片写室外景，短短两句，就出现了"花、柳条、绿萍、池、栏杆、细浪、雨"7个物象。除了温庭筠，其他温派词人的词作是否也具有这样的特色呢？

> 曲槛，春晚，碧流纹细，绿杨丝软。露花鲜，杏枝繁，莺喈，野芜平似剪。　　直是人间到天上，堪游赏，醉眼疑屏障。对池塘，惜韶光，断肠，为花须尽狂。　　　　　　　　　　（顾敻《河传》其二）
>
> 幽阁欲曙闻莺啭，红窗月影微明。好风频射落花声。隔帷残烛，犹照绮屏筝。　　绣被锦茵眠玉暖，炷香斜褭烟轻。淡蛾羞敛不胜情。暗思闲梦，何处逐云行？　　　　　　　（毛熙震《临江仙》其二）
>
> 楚腰蛴领团香玉，鬓叠深深绿。月蛾星眼笑微颦，柳妖桃艳不胜春，晚匀妆。水纹簟映青纱帐，雾罩秋波上。一枝娇卧醉芙蓉，良宵

不得与君同，恨忡忡。 　　　　　　　（阎选《虞美人》其二）

顾词写的是室外：曲槛、碧流、绿杨、露花、杏枝、莺、野芜、池塘，毛词写的是由室外到室内，再到帐中，从人物外形到人物内心：幽阁、莺、窗、月、风、落花、帷、烛、屏、绣被、锦茵、香、蛾，和温词一样，一个个物象接连呈现，令人目不暇接，好似电影镜头，不断由大到小、由外到内。如果说顾词、毛词将分属不同类别的物象接连写来，那么阎词中的物象则是同一整体中的部分：楚腰、蛴领、鬓、月蛾、星眼，这些都是女子身体的各个部分，将这些美好的部分一处处特写、放大，再由近景逐渐拉远，有了背景：水纹簟、青纱帐，在这样的背景中，再表现女子整体情状：一枝娇卧醉芙蓉。尽管只写了一种物象，但是读者跟随词人的视角，仍觉得景物繁密。

诸多物象名词在一首词中出现，显得物象繁密；动词与形容词的灵活运用，又使一首首词成为一幅幅或静态或动态、或工笔或写意的生动图画。

形容词主要用于描写景物、人物，易于形成视觉印象，如"金缕、红蜡、绿萍、碧池、翠钗"等中的颜色，"娇燕、弱柳"等中的姿态，"春雨细、星斗稀"等中的形态，"冷烟、凉月"等中的触感。这里我们着重探讨动词。

动词，体现人物动作和心理活动，也能反映动植物的动态，在温派词中，所用动词充满形象感与生机。运用不具有动作性的动词，用动词表示状态，动作动词不表示大、壮、强的动作行为，成为温派词作动词运用的特点，这样，一方面与花间词阴柔的风格相适应，另一方面则易于形成可知可感的生动画面。

南园满地堆轻絮，愁闻一霎清明雨。雨后却斜阳，杏花零落香。

无言匀睡脸，枕上屏山掩。时节欲黄昏，无聊独倚门。

（温庭筠《菩萨蛮》其十一）

暮春时节，清明愁雨，柳絮满地，杏花零落；黄昏时分，午睡初醒，光线黯淡；美人迟暮，无聊空虚，寂寞孤独。一幅美人迟暮图豁然浮现于人们面前。且看词中的动词：堆、闻、匀、掩、倚。其中的"堆、掩、倚"虽为动作动词，但是动作性并不强，表示的是物与人的状态：柳絮堆积、屏山掩闭、倚门独立，这样运用就化动为静，形成一幅幅静态的画面。"闻"，是"听"的意思，画面感并不强，但引出"雨"，才有了"雨后斜阳""杏花零落"的画面。

再如顾敻《虞美人》其三：

翠屏闲掩垂朱箔，丝雨笼池阁。露沾红藕咽清香，谢娘娇极不成狂，罢朝妆。　　小金鸂鶒沉烟细，腻枕堆云髻。浅眉微敛注檀轻，旧欢时有梦魂惊，悔多情。

词中的动词有掩、垂、笼、沾、咽、沉、堆、注、有，这些动词多是表示事物的状态，如"掩"着的"翠屏"、"垂"着的"朱箔"、"笼池阁"的"丝雨"、"沾"着"露"的"红藕"、"堆"在"腻枕"上的"云髻"，或是作为修饰语，"细"的"沉烟"，都没有明显的动作性，但却有鲜明的画面感。两个描写动作的动词"咽"和"注"，"咽"是人的动作，这里运用拟人手法用在物上，"注"是"点、涂"的意思，动作都不大，易于形成相对静态的画面。

静态的画面可以这样来描写，那么如何描写流动的画面呢？魏承班的词利用动作性较强的动词写出了动态的画面。如：

小芙蓉，香旖旎，碧玉堂深清似水。闭宝匣，掩金铺，倚屏拖袖愁如醉。　　迟迟好景烟花媚，曲渚鸳鸯眠锦翅。凝然愁望静相思，一双笑靥嚬香蕊。　　　　　　　　　　　　　　　　（《木兰花》）

词中用四个动词"闭、掩、倚、拖"写出人物的动作情状，正如一幅流动的画：关上宝匣，关上房门，依靠屏风，拖垂衣袖，主人公一系列动作，生动地写出"愁如醉"的内心。词人把主人公不可视的内心情绪用动词转化为生动可感的画面，非常传神。

三、用语重复

温派词人作品中的人也好、物也好，多带有这一物类共有的特点和思绪，表现在语言中，则是同一类词语，甚至是同一个词语反复出现，不仅在同一词人作品中，也在不同词人的作品中。

先看温庭筠的作品，其中高频出现的词有"蝉鬓"，《菩萨蛮》其五、《更漏子》其四、《河渎神》其一都出现了这个词，尤其是《更漏子》和《河渎神》，出现的句子都一样："蝉鬓美人愁绝"，在《女冠子》其一中没有用"蝉鬓"词，而是用了意思相同的"鬓如蝉"句子。"山枕、锦衾、绣帘"等闺中用品名词在词中也是反复出现。写人物情感的"惆怅、愁绝"用得较多，"愁绝"有两处是"蝉鬓美人愁绝"，还有一处是"羌笛一声愁绝"（《定西番》其一），"惆怅"出现得最多：

惆怅谢家池阁。	（《更漏子》其一）
还似去年惆怅。	（《更漏子》其二）
宿妆惆怅倚高阁。	（《酒泉子》其二）
谢娘惆怅倚兰桡。	（《河渎神》其二）
玉容惆怅妆薄。	（《河渎神》其三）

惆怅闻晓莺。 （《遐方怨》其二）

惆怅，正思惟。 （《荷叶杯》其一）

描写人的外貌和情绪用语重复，描写物的用语也是如此，如衣裳上绣的多为"金鹧鸪、金鸂鶒、金凤凰、金鸳鸯、金雀、金鹦鹉"等，写柳则是"毵毵"："毵毵金线拂平桥"（《杨柳枝》其三）、"金缕毵毵碧瓦沟"（《杨柳枝》其四），杨柳的姿态是"闲袅春风伴舞腰"（《杨柳枝》其一）、"深闭朱门伴舞腰"（《杨柳枝》其三）。

顾敻词在《虞美人》其一、其二、其四、其五，《河传》其一、其三，《应天长》《渔歌子》和《临江仙》其一、其三中都出现"倚"，或是人倚云屏、倚闺门、倚东风、倚兰桡、倚栏、倚楼，或是绿荷相倚、杏枝倚轻烟，写出了人和物的娇弱。人的情感呢，"寂寞""惆怅"常见于词中，《酒泉子》其二、其四中均有"恨难任"。人的生活和心态呢，《甘州子》五首和《献衷心》的倒数第二句均为"山枕上"，《甘州子》其三最后一句是"长是怯晨钟"，《浣溪沙》其五的最后一句是"觉来枕上怯晨钟"，词作写艳情，由此可见一般。九首《荷叶杯》写女子的回忆和相思，写得细致、活泼，但"腰如细柳脸如莲""花如双脸柳如腰"等相近相似的用语仍不能刻画人物独有的个性特征。

魏承班词常于"梦"中写人在现实世界中不能完成的事情，"梦成几度绕天涯"（《诉衷情》其四）、"别后忆纤腰，梦魂劳"（《诉衷情》其五）、"梦魂长在锦江西"（《黄钟乐》）、"梦魂惊"（《渔歌子》），人的情绪有"惆怅""寂寞"，但更多的是"愁"和"恨"：

愁见绣屏孤枕。 （《满宫花》）

倚屏拖袖愁如醉，凝然愁望静相思。 （《木兰花》）

愁倚锦屏低雪面。 （《玉楼春》其一）

诗情引恨情/罗帐袅香平，恨频生。 （《诉衷情》其一）

倚枕卧，恨何赊。 （《诉衷情》其四》

如今风叶又萧萧，恨迢迢。 （《诉衷情》其五）

琴韵对薰风，有恨和情抚。 （《生查子》其一）

愁恨梦难成，何处贪欢乐？ （《生查子》其二）

含恨愁坐，思堪迷。 （《黄钟乐》）

阎选词相比温庭筠词的暖香、热闹、明亮显得寒凉、寂寞，词中常写秋，"深秋不寐漏初长"（《虞美人》其一）、"秋雨，秋雨"（《河传》），写春也是"不胜春"（《虞美人》其二）、"不宜春"（《八拍蛮》其二），"寂寞、惆怅、恨"仍是人物的情绪，"暗、冷、凉"的运用使词作的色调转暗。毛熙震词中的女子"娇"羞柔"弱"，"蝉鬓""愁"眉，"倚"屏"倚"门，"闲"步思人，与其他温派词人作品中的女子共属一类，毛词主人公特别之处在"闲"，一个"闲"字写出了女主人公因思人怀远而寂寞孤独、百无聊赖情状：

金铺闲掩绣帘低。 （《浣溪沙》其二）

暗思闲梦。 （《临江仙》其二）

闲步落花傍。 （《女冠子》其二）

寂寞闲庭户。 （《清平乐》）

独映画帘闲立。 （《南歌子》其二）

满园闲落花轻。 （《何满子》其一）

独倚朱扉闲立。 （《何满子》其二）

晓来闲处想君怜。 （《小重山》）

闲锁宫阙。 （《后庭花》其一）

闲卧绣帷。 （《酒泉子》其一）

尽管每个词人在写人状物时都有自己的特别之处，但总的来说，这些重复运用的词语正反映出温派词描写的人和物带有共性、类别化的特征，人和物的个体特征不鲜明。读后给读者的印象是富丽精致的环境，娇弱精妆的女子，相聚欢愉别后相思的情状。

四、善用衬托手法

衬托，是用相类相反的事物来衬托要描写的事物，通过衬托，使要描写的人或物更为鲜明生动，主要叙写闺情的温派词就是通过描摹富贵艳丽的室内陈设、四季鲜明的景物变换来衬托人物或喜或悲、或愁或怨的情感的。

反衬。衬托物与描写物情感基调不同，多用欢景衬悲情。如：

翠翘金缕双鸂鶒，水纹细起春池碧。池上海棠梨，雨晴红满枝。绣衫遮笑靥，烟草粘飞蝶。青琐对芳菲，玉关音信稀。

（温庭筠《菩萨蛮》其四）

银汉云晴玉漏长，蛩声悄画堂。筠簟冷，碧窗凉，红蜡泪飘香。皓月泻寒光，割人肠。那堪独自步池塘，对鸳鸯。

（魏承班《诉衷情》其三）

温词大部分篇幅都在写欢景：鸂鶒成双、水满春池、雨后初晴、红花满枝、烟草飞蝶、游女浅笑，真是一幅春日欢乐图，但是欢乐的景物和气氛，最后以"玉关音信稀"的寂寞幽怨结束，胜日欢景，所见之物成双成对，一片生机，自己却独处，远在玉关的人音信杳然，面对欢乐更增添自己的落寞情绪。

魏词从其中出现的"簟"来看，写的应是夏季，但是词中簟冷、窗凉、月光寒，却给人一片清冷的感觉，因为人物内心的寒冷使得夏天都没有了热的感觉。这是温度感知的反衬。词中用"蛩声"衬"悄"，用"皓月"衬"寒"，用"鸳鸯"衬人"独"，在多种衬托之下，人物伤心落泪、"割人肠"的情景鲜明地呈现了出来。顾敻的《浣溪沙》八首，从春写到夏，再写到秋，其中也用到了温度感知衬托，其二"红藕香寒"写夏，但是全词毫无热烈之感，相反则是"寒"（红藕香寒）和"冷"（残麝冷），因为牵情惊梦、孤独流泪而导致盛夏却给人寒冷之感。其五"庭菊飘黄"写秋，是菊花盛开的深秋，故莎"冷"，在这寒意渐浓的季节却因梦中相逢而"暖"，用季节的冷暖来反衬人物内心，人物内心的冷暖可以强大到战胜季节。

相比于反衬，在温派词中正衬用得稍少一些。正衬，衬托物和描写物为同一情感基调，也就是用欢景衬欢情、用悲景衬悲情。如：

秋雨，秋雨，无昼无夜，滴滴霏霏。暗灯凉簟怨分离，妖姬，不胜悲。　西风稍急喧窗竹，停又续，腻脸悬双玉。几回邀约雁来时，违期，雁归人不归。　　　　　　　　　　（阎选《河传》）

秋色清，河影淡，深户烛寒光暗。绡幌碧，锦衾红，博山香炷融。　更漏咽，蛩鸣切，满院霜华如雪。新月上，薄云收，映帘悬玉钩。　　　　　　　　　　（毛熙震《更漏子》其一）

这两首词都是写秋天，阎词上片开头描绘了秋雨连绵不断的典型环境，衬托出"暗""凉""怨""悲"的感觉与情绪。下片开头描绘"稍急"的"西风"吹得竹叶喧闹不停的场景，衬托出"雁归人不归"的无奈和幽怨。毛词全是景物描写，好像是一幅客观的秋夜图，但是其中的"清、淡、寒、暗、咽、切"等却是人的主观感受，因此，这是用客观景物衬托主观情感，主客观已经融为一体，是融化了女子愁怨的秋夜图。温庭筠《更漏子》其一中有"惊塞雁，起城乌，画屏金鹧鸪"句，但是词人在这里并不是正面写三种鸟"惊起"的动作，而是通过"塞雁""城乌"，尤其是画屏上的"金鹧鸪"的惊起，来写愁之长，愁绪不仅"惊起"了塞雁、城乌，连画屏上的鹧鸪也被惊起。可见，这里的"惊起"乃是心理活动的外化投射，是词人的想象，以比较强烈的外部动作来衬托强烈的内在心绪。

以温庭筠为代表的温派词人词作呈现了《花间集》的主要风格，学界多以"浓艳"评价温派。"浓艳"不仅指他们词作的内容多为情词，写女子、写闺阁，更在于其风格：纤柔、繁密、艳丽，重装饰、多衬托、类型化。

第二节　清新明秀的韦派词

韦庄词的题材虽然也是以女子相思为主，但风格与温庭筠词迥异。他善于以清新明白的语言、婉转细腻的文笔写离愁别绪，而又灌注自己的真情实感，情真意深的内容和清秀疏淡的笔致得到完美的统一，形成了词直意婉、语淡而悲、词短情长的艺术效果，所以格外感人。陈廷焯《白雨斋词话》评曰："韦端己词似纤而直，似达而郁，最为词中胜境。"况周颐《蕙风词话》说他"尤能运密入疏、寓浓于淡，花间群贤，殆鲜其匹"。

皇甫松将词的背景由室内拉至室外，没有了温派词的浓艳，而显得秀雅清奇，词作虽不多，但每首都有可称道之处，有的语句颇有哲理意味，李冰若《栩庄漫记》说他"秀雅在骨"，如"初日芙蓉春月柳，庶几与韦相同工"。薛昭蕴善于使用带有深厚历史意蕴的意象直写历史，李冰若说他的词"雅近韦相"。张泌的词作颇有情趣、颇有画意，但并不刻意雕琢，况周颐说他的词"其佳者能蕴藉有韵致"，李冰若也认为他的词"介乎温、韦之间，而与韦最近"。牛希济善白描，在白描中融入深情，形成造语自然而又悱恻温厚的艺术效果，李冰若就称赞他"词笔清俊，胜于乃叔"，词作风格近韦庄。以韦庄为代表的韦派词多比较清峻爽朗，韦派词在语言运用上又有哪些特色呢？

一、动静皆入画，画面有声有色

如果说温派词呈现的是经过雕琢的富贵艳丽的画图，那么韦派词描绘的则是清旷明秀的生活图景。无论是描摹静态的景物还是流动的画面，都能注意视觉、听觉感知，甚至在画面中体现人物的对话和心理。如：

人人尽说江南好，游人只合江南老。春水碧于天，画船听雨眠。炉边人似月，皓腕凝双雪。未老莫还乡，还乡须断肠。

（韦庄《菩萨蛮》其二）

古树噪寒鸦，满庭枫叶芦花。昼灯当年隔轻纱，画阁珠帘影斜。门外往来祈赛客，翩翩帆落天涯。回首隔江烟火，渡头三两人家。

（薛昭蕴《河渎神》）

兰烬落，屏上暗红蕉。闲梦江南梅熟日，夜船吹笛雨潇潇，人语驿边桥。 （皇甫松《梦江南》其一）

楼上寝，残月下帘旌。梦见秣陵惆怅事，桃花柳絮满江城，双髻坐吹笙。 （皇甫松《梦江南》其二）

韦词上片最后两句写出江南春天的特色与神韵：比天碧的"春水"，水上的"画船"，绵绵的"春雨"淅淅沥沥，有形有色有声。薛词开头两句和结尾两句写出秋天萧瑟的景象和水乡风光，寥寥几笔勾画出两幅图景，"古树、寒鸦、枫叶、芦花"，"噪"和"满庭"又将事物的声音和飘飞的动感呈现在眼前，"江、烟火、渡头、人家"，呈现的是静景，安静祥和。皇甫词的画面都是在梦中呈现，第一首，黄梅时节、夜雨潇潇、江船吹笛、桥边人语，有物象，更有声音：雨声、笛声、人语声，这些声音和谐地合奏着江南曲，勾起词人无尽的思念。第二首，桃花柳絮飘飞的季节，梳着双髻的女子在吹笙。前一首忆地，能勾起回忆的物事一一呈现，其中有人，但只是景之一；后一首忆人，"桃花、柳絮、江城"仅为背景，吹笙的人才是主角，笙声悠扬，令做梦之人倍觉"惆怅"。皇甫松的词有物有声有情，勾画的是立体的画面。

韦派词中鲜明的画面，但并不像温派词那样一个个画面、一个个镜头扑面而来，"密不容针"，而是显得比较清空疏朗，留有空隙，"疏可走马"，让人感知回味。

晚逐香车入凤城，东风斜揭绣帘轻，慢回娇眼笑盈盈。　　消息未通何计是？便须佯醉且随行，依稀闻道太狂生。

（张泌《浣溪沙》其九）

浣花溪上见卿卿，脸波明，黛眉轻。绿云高绾，金簇小蜻蜓。好是问他来得么？和笑道：莫多情。　　（张泌《江城子》其二）

张泌的这两首词颇为人称道，前一首，李冰若说他"活画出一个狂少年的举动来"，这首词犹如一组电影镜头，上片镜头由远及近，由全景到特写：傍晚，一少年追着一辆车进了城，风吹开绣帘一角，少年看到车里坐着一位美丽的女子，那娇眸巧笑的神态深深地打动了少年，为了"通消息"，于是少年假装喝醉，追着车跑，车上女子笑骂道："小子太狂。"一个"佯醉"、一个笑骂"太狂生"，狂少年的举动活灵活现。《浣溪沙》中是流动的画面，听到的只有女子的声音，《江城子》开头几句则是人物外貌的静态描写，与温派词颇为相似，但是后面两句全写人物对话，问"来得么"，答"莫多情"。综合全词，有静有动，有形有色有声，尤其是人物对话，显得生活情趣浓厚。

值得一提的还有皇甫松《采莲子》二首，词以唱和的形式写采莲女的动作神态和心理，其一如下：

> 菡萏香莲十顷陂举棹，小姑贪戏采莲迟年少。晚来弄水船头湿举棹，更脱红裙裹鸭儿年少。

词作以唱和歌的形式写采莲的场景，有远景"菡萏香莲十顷陂"，有近景"小姑采莲""晚来弄水"，还有特写"脱裙裹鸭"，虽然没有一句写声音，但是唱和声、女孩子们的欢笑声仿佛透过纸面传入耳内，画面生动明朗，韵律节奏活泼明快。

二、景疏情浓，抒人生真情

温派词多写闺情，写类型化的人物和情感，作者自己的真情实感并没有多少表露。韦派词不同，描摹人物和景物，更多的是为了表达某种感情或感慨。这样，词中的景退居二线，多以背景的形式出现。温派词多为代女子言，韦派词中有代女子伤春伤别，更多的是词人直接在词中抒发人生情感。

首先，在景与情的处理上，次要物以背景的身份出现在作品中。韦派词中出现的事物名词并不少，但并不像温派词一样把它们都作为描绘的对象，而是作为背景，因此，事物名词中的物象名词并不多。

所谓物象词，是指能给人鲜明形象感的名词，也就是具有形象色彩的名词。我们看韦庄《浣溪沙》五首，每首出现的名词并不少：清晓、寒食、柳球、花钿、帘、画堂、牡丹、朱栏（其一），秋千、画堂、帘幕、月、风、梨雪、玉容（其二），山月、孤灯、窗纱、小楼、玉容、春雪、梅花、香雾、朝霞（其三），绿树、莺、柳丝、白铜堤、草、骢马（其四），更漏、明月、锦衾、画堂、旧书（其五），这些名词没有多少能给人鲜明的形象，原因在于，这些物象名词有的点明季节、天气、地点，没有蕴含形象，如"清晓、寒食、白铜堤"；有的有形象，但或是喻体，或是想象，并不是真实呈现在眼前的事物，如"春雪、梅花、香雾、朝霞、锦衾"，这些形象并不鲜明，就如雾里看花、水中望月。可以说，这些事物名词并不是词人着意刻画描绘的对象，仅仅是某种心情、思绪的载体。如果说温派词中的名词给人以鲜明的形象感，形成的是一幅幅明丽的画面，那么韦庄词中的名词蕴含的形象却是隐约模糊的，形成的是一个个流动的情绪。再如：

红蓼渡头秋正雨，印沙鸥迹自成行，整鬟飘袖野风香。　　不语含颦深浦里，几回愁煞棹船郎，燕归帆尽水茫茫。

（薛昭蕴《浣溪沙》其一）

滩头细草接疏林，浪恶罾船半欲沉。宿鹭眠鸥飞旧浦，去年沙嘴是江心。

（皇甫松《浪淘沙》其一）

薛词中"红蓼渡头、秋雨、沙鸥、棹船郎、燕、帆"都是作为背景出现，渡头和秋雨怎样？并没有详细描写，只是点明时节、天气、地点，"燕"和"帆"都不是现实的事物，或是想象，或是有所代指，也没有形态色彩，甚至人物"棹船郎"，也是作为"整鬟飘袖""不语含颦"的女子的背景和衬托，鲜明地写出了女子盼人归而不得的愁怨情绪。皇甫词表面上看都是写江景：岸边细草疏林，江上浪大船沉，天上鸥鹭齐飞，和去年比江水有所改道。但词人意并不在客观写景，如果说前两句客观地写当下的景物，那么后两句则另有深意，"宿、旧、去年"等词的运用，给人一种历史的纵深感，表达了哲理性的意蕴：沧海桑田，倏忽变迁。前两句的客观写景实际上是一种铺垫和衬托。

其次，词人不再代言，而是以主人公的身份直接入词，写出自己的情感与感慨。如：

怅望前回梦里期，看花不语苦寻思，露桃花里小腰肢。　　眉眼细，鬓云垂，唯有多情宋玉知。　　　　　（韦庄《天仙子》其一）

倾国倾城恨有馀，几多红泪泣姑苏，倚风凝睇雪肌肤。　　吴主山河空落日，越王宫殿半平芜，藕花菱蔓满重湖。

（薛昭蕴《浣溪沙》其七）

金门晓，玉京春，骏马骤清尘。桦烟深处白衫新，认得化龙身。九陌喧，千户启，满袖桂香风细。杏园欢宴曲江滨，自此占芳辰。

（薛昭蕴《喜迁莺》其二）

劝君今夜须沉醉，樽前莫话明朝事。珍重主人心，酒深情亦深。须愁春漏短，莫诉金杯满。遇酒且呵呵，人生能几何？

（韦庄《菩萨蛮》其四）

洞庭波浪飐晴天，君山一点凝烟。此中真境属神仙。玉楼珠殿，相映月轮边。　　万里平湖秋色冷，星辰垂影参然。橘林霜重更红鲜。罗浮山下，有路暗相连。　　　　　（牛希济《临江仙》其七）

上面几首词，有的男主人公自比宋玉，"苦苦寻思"梦中佳人；有的咏史，"空"和"半"写出历史的苍凉感，帝王美人都成过去，眼前只见"藕花菱蔓满重湖"；有的"骑马化龙""曲江欢宴"，尽写中举后的春风得意；有的是人生苦短、及时行乐的颓废；有的则是咏神仙，描写神仙居住的环境，在其中融入苍凉的历史感"罗浮山下，有路暗相连"。还有如皇甫松《梦江南》二首的回忆往昔岁月、韦庄《菩萨蛮》五首的忆青年时的江南游历。这些词反映了词人真实的人生经历，不必对号入座，可以写出自己的真情。如同是写中举后的喜悦，上面薛昭蕴的词着意点在"自此占芳辰"，鲤鱼化龙的得意与欢喜。韦庄两首《喜迁莺》则是热闹非凡："人汹汹，鼓冬冬"，"霓旌绛节一群群"（其一），"街鼓动"，"平地一声雷"，"家家楼上簇神仙"（其三）；薛词中有"马"和"龙"，韦词中除了"马"和"龙"，还有"凤""莺""鹤"。可见，薛昭蕴重"成为人上人"的自我陶醉，而韦庄更重众人簇拥、万众瞩目的欣喜。韦庄《菩萨蛮》其四、《天仙子》其二、皇甫松《摘得新》二首都是写良辰不再，及时行乐，韦庄两首词写的都是"今朝有酒今朝醉"，都是"呵呵"道"人生能几何"，呈现的是玩世不恭的主人公形象；皇甫松则是"玉笛、管弦""锦筵、美酒"，在筵席上有所感，"平生都得几十度"，"繁红易凋"，应及时行乐，在颓废中似有无可奈何、不得已的情绪在。正由于有词人的自我形象，也就更易于在词中表达自己真实的情感，这些情感也就没有了类型化的色彩，而带有"这一个"的特色。

就算是代女子言，也能换位思考，细细揣摩女子的心理，写出人物细腻幽微的心绪情感。如：

夜夜相思更漏残，伤心明月凭栏杆，想君思我锦衾寒。　　咫尺画堂深似海，忆来唯把旧书看，几时携手入长安？

（韦庄《浣溪沙》其五）

莺啼残月，绣阁香灯灭。门外马嘶郎欲别，正是落花时节。　　妆成不画蛾眉，含愁独倚金扉。去路香尘莫扫，扫即郎去归迟。

（韦庄《清平乐》其四）

春山烟欲收，天淡稀星小。残月脸边明，别泪临清晓。　　语已多，情未了。回首犹重道：记得绿罗裙，处处怜芳草。

（牛希济《生查子》）

《浣溪沙》中女主人公思人不得，伤心不已，想对方，又由己推人，代人念己。"想""思"，几重相思，情感真挚；思人不得，只能翻看旧时书信，盼望"几时携手入长安"，"携手"一词道出了女子的心情：我再也不愿一个人苦苦相思，什么时候你回来拉着我的手一起走。女子与男子有着平等的地位，才会"携手"。《清平乐》中的女子在"郎欲别"时就已盼回，为了让郎早回，甚至还有一点迷信：去路香尘莫扫，扫即郎去归迟。《生查子》上片写了春天清晨的景：春山烟收、月残星稀，但这只是送别的背景，重点内容是依依惜别之情：一夜话别，一夜流泪，不舍之情还是没有表达完，千言万语，化成两句"记得绿罗裙，处处怜芳草"，由绿罗裙联想到芳草，爱人及物，由物而想人，情感真挚。三首词都是词人代女子言，一首思人，两首送别。词中的女子情感心情各不相同，也塑造了不同的女主人公形象：思人词中的女子似乎是大家闺秀，推己及人，知书达礼，温柔敦厚。韦庄送别词中的女子似乎文化水平不高，有点迷信思想，但率真爽朗，也知"女为悦己者容"，愁别情郎；牛希济送别词中的女子似乎是小家碧玉，性情温柔含蓄。

三、多种方式抒情

韦派词人要表达的感情并不隐讳曲折，而是明明白白地直接写出来。"韦庄之作之所以疏而有致，直而能曲，淡而有味，正在其发自内心，不假外饰，故具真率自然之美。"[1]不惟韦庄，韦派词人的词也

---

[1] 刘尊明《唐宋词综论》，中国社会科学出版社，2004年，第135页。

都具有这样的直抒胸臆的特色。直抒胸臆，是韦派词人的抒情特色，却也表现出多样的方式，主要体现在语气上。

（一）用平和的语气陈述感情

用陈述句直接写情绪，情感不太强烈，多用"恨、愁、惆怅、魂断、断肠"等词，如：

含颦不语恨春残。	（韦庄《浣溪沙》其一）
香尘隐映，遥见翠槛红楼，黛眉愁。	（韦庄《河传》其三）
魂梦断，愁听漏更长。	（薛昭蕴《小重山》其二）
翠竹暗留珠泪怨。	（张泌《临江仙》）
惆怅更无人共醉。	（张泌《酒泉子》其一）
去年书，今日意，断离肠。	（牛希济《酒泉子》）

韦庄《应天长》其二中有一句"难相见，易相别，又是玉楼花似雪"，虽然没有直接用心理动词和情绪形容词，但是通过"相见""相别"的难易对比，直接写出了人物的主体感受和情感，与前面的"别来半岁音书绝，一寸离肠千万结"以及后面的"惆怅""情切"相互连接与呼应，形成完整而明白的情感线索。

（二）融情入景

在对景物的描写中抒情，如皇甫松两首《梦江南》回忆江南的景、江南的人，没有一句直接写情，却句句融情，且不晦涩，唐圭璋评"两首纯以赋体铺叙，一往俊爽"①。他的《采莲子》其二写道：

船动湖光滟滟秋，贪看年少信船流。无端隔水抛莲子，遥被人知半

① 唐圭璋《唐宋词简释》，上海古籍出版社，1999年，第12页。

105

日羞。

"贪看"和"无端"两句写采莲女的动作，写出怀春少女活泼大胆的性格，最后被人识破不禁"半日羞"，大胆娇羞的采莲女的神态传神逼真，真情寓于动作中。张泌的《蝴蝶儿》写女子画蝶：

蝴蝶儿，晚春时。阿娇初着淡黄衣，倚窗学画伊。　　还似花间见，双双对对飞。无端和泪拭燕脂，惹教双翅垂。

女子画蝶，画上的蝴蝶和花间的蝴蝶"双双对对"飞，勾起了女子的情思，忍不住落下眼泪，逗引得蝴蝶停止了飞舞。词用明白晓畅的文笔描述了画蝶的场景，将情融入景中，是什么情？读者并不难解：蝴蝶成双，自己却孤单无伴。

（三）用决绝大胆的呼唤表达感情

用感叹句、问句，情感强烈。花间词中的女子形象多为温柔、含蓄的，尽管内心有强烈的情感，外在表现一般不强烈，温派词塑造了典型的花间女子的形象。但在韦派词中，女子形象更为多样，有典型的花间女子，如：

月落星沉，楼上美人春睡。绿云倾，金枕腻，画屏深。　　子规啼破相思梦，曙色东方才动。柳烟轻，花露重，思难任。

（韦庄《酒泉子》）

上片写美人春睡，极尽浓墨重彩描写之能事：绿云、金枕、画屏，一个个物象扑面而来，繁密艳丽，与温词境界相似。下片不似上片繁密，又回归韦词的清丽，但女子温柔、内敛、含蓄，是典型的花间女子形象。韦派词中也有大胆果敢的女子，她们敢于勇敢地表达自己的情感：

　　春日游，杏花吹满头。陌上谁家年少，足风流？妾拟将身嫁与，一生休。纵被无情弃，不能羞。　　　　　　　　（韦庄《思帝乡》其二）

　　词中女主人公与皇甫松词中采莲女一样活泼，但在大胆决绝上更胜一筹：采莲女用动作间接表达情感，被人知道了小心思还"半日羞"；这里的女子根本不要动作来遮掩，直接问"陌上谁家年少，足风流？"一见钟情后，在不知对方是谁的情况下就直接表露情感："我要嫁给你！"甚至决定"纵被无情弃"也无怨。这样的表达就是放到今天来看，依然是决绝大胆的。再如：

　　春欲暮，满地落花红带雨。惆怅玉笼鹦鹉，单栖无伴侣。　　南望去程何许？问花花不语，早晚得同归去，恨无双翠羽。

　　　　　　　　　　　　　　　　　　　　（韦庄《归国遥》其一）

　　江绕黄陵春庙闲，娇莺独语关关。满庭重叠绿苔斑。阴云无事，四散自归山。　　箫鼓声稀香烬冷，月娥敛尽弯环。风流皆道胜人间。须知狂客，拼死为红颜。　　　　　　　（牛希济《临江仙》其四）

　　两首词都写出了主人公的情绪由内敛到外露爆发的过程。韦词上片中的主人公一如花间其他女子，由"满地落花"的暮春景想到自己就像"玉笼鹦鹉"，"单栖无伴侣"，"惆怅"满满，不禁问道："去程何许？"问的对象是谁？花！自己单栖，连个说话的人都没有，问花，也是"花不语"，这一句写出女主人公伤心至极，以至不择对象发问，至此，情绪已经蓄满，不能再忍，最后强烈的情感如火山喷发般迸发而出："早晚得同归去。"牛词咏舜二妃，上片也是写得温柔内敛，虽然都是写景，但景中含情，"娇莺""阴云"都带有了人的情绪和思

107

想。下片的前三句情绪开始往强里发展，"月娥敛尽弯环"，"敛尽"，无法再敛，需要爆发了，"须知狂客，拼死为红颜"，说出尽头语，李冰若说最后一句"可谓说得出，妙在语拙而情深"[1]。

（四）用问句表情

问句，其中的设问句，用来引起读者的注意，是词人想着重突出之处；反问句，常用来表达强烈的思想感情。韦派词中用问句表情并不少见。

设问：何处？烟雨，隋堤春暮，柳色葱茏。　　　（韦庄《河传》）

暗想玉容何所似？一枝春雪冻梅花，满身香雾簇朝霞。

（韦庄《浣溪沙》其三）

消息未通何计是？便须佯醉且随行。（张泌《浣溪沙》其九）

何事乘龙人忽降？似知深意相招。（牛希济《临江仙》其三）

反问：遇酒且呵呵，人生能几何？　　　　（韦庄《菩萨蛮》其四）

天上嫦娥人不识，寄书何处觅？　　　　（韦庄《谒金门》其二）

如今柳向空城绿，玉笛何人更把吹？

（皇甫松《杨柳枝》其一）

远情深恨与谁论？　　　　　　　　（薛昭蕴《浣溪沙》其三）

此情谁会倚斜阳？　　　　　　　　（张泌《浣溪沙》其四）

这些设问和反问，或用问句引人注意，再把人带入想象的世界、历史的烟雨、狂人的行为、神仙的活动中，或用反问直接表达对人生的态度、对历史的追忆、对人的思念。除了这些设问和反问，在一般的疑问句中也表达了强烈的感情，如："几时携手入长安？"（韦庄《浣溪沙》其五）表达了女主人公对"携手入长安"的渴望；"夜夜绿

---

① 李冰若《花间集评注》，河北教育出版社，1999年，第121页。

窗风雨，断肠君信否？"（韦庄《应天长》其一）表达了女主人公希望对方体会自己的处境和心情，早日回来。

以韦庄词为代表的韦派词也写闺情、写伤春伤别，也有纤柔、富贵的风格色彩，但与温派词相比，显得疏淡，无论是写景还是抒情，都追求清新明白，不用繁缛的描绘，而是崇尚清朗的白描；无论是代言还是自抒，都能深入体会主人公的内心，所抒之情就带有了个人的生活经历和喜好，也反映了当时的生活；无论是平和陈情还是强烈表情，都直抒胸臆，明白易懂。

第三节　典雅疏朗的孙派词

在《花间集》中，孙光宪的词作数量仅次于温庭筠，他是继温韦之后的又一大词家，他的词内容丰富，风格疏朗沉咽，婉约精丽，陈廷焯说他"词气甚道，措辞亦多警练，然不及温韦处亦在此，坐少闲逸之致"（《白雨斋词话》）。李珣的词"不尽为闺情之类，颇多抒写潇洒的处士心怀"（伊碇《花间词人研究》），他能用清婉的笔调，真切地描绘南方风物。鹿虔扆工小词，他的词较少浮艳之气，李冰若在《栩庄漫记》中评鹿虔扆词："其在《花间集》中者，约有二种风格：一为沉痛苍凉之词，一为秀美疏朗之词，不惟人品之高，其词格亦高。"[1]

孙派词的词作不仅写闺情，还向两个方面延伸，一是写历史、写边塞，一是写风俗、写乡村，意境更为阔大。在风格上，用典和化用古人诗意入词，显得典雅；用当时口语入词，生活气息浓厚，又有通俗的一面。描写景物逼真生动，抒情情真意切，往往用只言片语就能

---

[1] 李冰若《花间集评注》，河北教育出版社，1999年，第191页。

营造出一种境界，如孙光宪《浣溪沙》其一中有"片帆烟际闪孤光"得到多人赞赏，陈廷焯说"片帆七字，压遍古今词人"，又说"闪孤光三字警绝，无一字不秀炼，绝唱也"①。王国维评"昔王玉林赏识'一庭花雨湿春愁'为古今佳句，余以为不若'片帆烟际闪孤光'，尤有境界也"②。

一、再现唐诗诗意

唐代是诗歌的朝代，唐诗是中国诗歌史上的巅峰，唐诗诗意阔大深邃，在词中再现唐诗诗意，也就使词作具有了典雅的风格。

（一）用与唐诗相同的专有名词，化用诗歌诗意

在词中用唐诗中出现过的专有名词，或用词再现唐诗意境。如：

木兰舟上，何处吴娃越艳？　　　　　　　　（孙光宪《河传》其四）
石城依旧空江国，故宫春色。　　　　　　　（孙光宪《后庭花》其二）
无赖晓莺惊梦断。　　　　　　　　　　　　（鹿虔扆《临江仙》其二）

王勃《采莲赋》中有"吴娃越艳，郑婉秦妍"句，李白诗《经乱离后忆旧游书怀赠韦太守》中有"吴娃与越艳，窈窕夸铅红"句，"吴娃越艳"是古来指称某地美女的代称，孙词中用这样的名称，显得有内涵。"石城"，即"石头城"，刘禹锡诗《石头城》：

山围故国周遭在，潮打空城寂寞回。
淮水东边旧时月，夜深还过女墙来。

词中不仅用了相同的地名"石头城"，而且"石城依旧空江国"，

___

① 李冰若《花间集评注》，河北教育出版社，1999年，第165页。
② 李冰若《花间集评注》，河北教育出版社，1999年，第165页。

用了与诗相同的"国、空"等字，具有了刘诗的意境。鹿词化用了金昌绪《春怨》："打起黄莺儿，莫叫枝上啼，啼时惊妾梦，不得到辽西。"

（二）用与唐诗相同或不同的名词、动词，营造唐诗意境

孙派词人不仅用与唐诗相同的专有名词来营造唐诗诗意，还用与唐诗相同或不同的事物名词、动词等营造唐诗意境，如鹿虔扆《临江仙》其一"烟月不知人事改，夜阑还照深宫"与李白诗《苏台览古》"只今惟有西江月，曾照吴王宫里人"营造了几乎相同的意境，这种用法在孙光宪词中表现尤为明显。如：

翠华一去不言归，庙门空掩斜晖。	（《河渎神》其一）
一方柳色楚南天，数行征雁联翩。	（《河渎神》其二）
岸上无人小艇斜。	（《竹枝》其一）
遣情情更多。	（《思帝乡》）
回别，帆影灭，江浪如雪。	（《上行杯》其二）

崔颢《黄鹤楼》"昔人已乘黄鹤去，此地空余黄鹤楼"，"黄鹤去"，"黄鹤楼空"，孙词"翠华去""庙门空"，用语不同，但营造了相似的意境，且有相似的情绪萦绕其间。"数行征雁"与杜甫"一行白鹭"有着相同的开阔意境。"岸上无人小艇斜"与韦应物《滁州西涧》"野渡无人舟自横"在词语的使用上也非常接近，都是"无人"，都有水上交通工具。"遣情"句类似李白《宣城谢朓楼饯别校书叔云》"举杯浇愁愁更愁，抽刀断水水更流"，不同的是李诗中有"遣情"的具体行为"举杯浇愁""抽刀断水"，孙词只是笼统地"遣情"，但表达的意思相同：浇愁愁更愁，断水水更流，遣情情更多。"回别"句

与李白《望天门山》"孤帆远影碧空尽，唯见长江天际流"意境相似：不见帆船，只见江浪。

二、运用多种修辞手法

孙派词人善于调动和选用各种语言要素来写景抒情，以期获得良好的表达效果。比喻、拟人、借代、衬托等手法，其他花间词人也常用，从孙派词人的角度看，人无我有、人有我特的有叠字、多重借代、对偶等。这些修辞手法的运用对形成孙派词典雅的风格具有重要的作用。

（一）叠字

据统计，孙光宪、李珣、鹿虔扆三位词人共 104 首词，共有 25 首运用了叠字，有的一首中不止一处用到叠字。这些叠字有的写动态，如：

目送征鸿飞杳杳，思随流水去茫茫。	（孙光宪《浣溪沙》其一）
团窠金凤舞襜襜。	（孙光宪《浣溪沙》其七）
往事思悠悠。	（李珣《巫山一段云》其二）
暂凉闲步徐徐。	（李珣《临江仙》其一）

写动态的叠字前为动词，如上面词句中的"飞、去、舞、思、步"，后面的叠字就写出这些动作的样子。叠字还写形态，如：

蒙蒙落絮。	（孙光宪《河传》其二）
团荷闪闪，渺渺湖光白。	（孙光宪《河传》其四）
江上草芊芊。	（孙光宪《河渎神》其二）
杳杳征轮。	（孙光宪《临江仙》其一）

翠叠画屏山隐隐，冷铺纹簟水潾潾。 （李珣《浣溪沙》其四）

草芊芊，花簇簇。 （李珣《渔歌子》其一）

烟漠漠，雨凄凄。 （李珣《南乡子》其一）

写形态的叠字跟在名词前后，描摹事物的形状、光泽等。名词后的叠字有的表示人的动作，如"马萧萧，人去去"（孙光宪《酒泉子》其一），"去去，迢迢巴楚"（李珣《河传》其一）写的是人、物的某一种动作不间断。叠字还可跟在形容词后，使对事物的描摹更为形象生动。如：

碧烟轻袅袅。 （孙光宪《菩萨蛮》其一）

汾水碧依依。 （孙光宪《河渎神》其一）

"轻""碧"为形容词，但这两个词形象色彩并不明显，加上"袅袅"和"依依"，那种轻盈和碧色就具体形象了。

上面讲的叠字，除了动词重叠，如"去去""萧萧"表示动作、叫声不间断，其他的都是表示动态、形态，也就是表示"……的样子"，还有一些叠字是重叠量词构成的，如：

滴滴梧桐雨。 （孙光宪《生查子》其一）

柳丝牵恨一条条。 （李珣《望远行》其一）

双双飞鹧鸪。 （李珣《河传》其一）

重叠量词"滴滴、条条、双双"，分别修饰名词"雨、柳丝、鹧鸪"，表示"多"的意思，"滴滴"因其具有摹声功能，在这里还造成了"有声而愈静"的效果。柳丝条条，牵恨也多。鹧鸪双双，既是真实景物，又起了反衬作用：鹧鸪都成双，人却孤单。

113

（二）借代

不直接说出主体事物，而用与之相关的事物来代替，这样一来显得含蓄，二来能够更加突出主体事物的特征。花间词人用借代并不少见，如用"鱼雁"代书信，用"帆、桡"代船，用"弦管"代音乐，孙派词人在运用借代时善于抓住事物的特征，或用具有特色的部分代整体，如用"花冠"代公鸡，"花冠闲上午墙啼"（孙光宪《浣溪沙》其八）、"花冠频鼓墙头翼"（孙光宪《菩萨蛮》其二），用"粉翅"代蝴蝶，"粉翅两悠扬"（孙光宪《玉蝴蝶》）；或用颜色、质地、香味等代本体，"倾绿蚁"，"绿蚁"代酒，（李珣《渔歌子》其四、《南乡子》其五），"清露泣香红"（鹿虔扆《临江仙》其一），"香红"指荷花，"绿嫩擎新雨"（鹿虔扆《虞美人》），"绿嫩"代荷叶。孙派词人在运用借代上值得一提的是两重借代，如：

两桨不知消息。	（孙光宪《河渎神》其二）
离棹逡巡欲动。	（孙光宪《上行杯》其二）
翠华一去寂无踪。	（鹿虔扆《临江仙》其一）
心随征棹遥。	（李珣《菩萨蛮》其三）

上面四例写船的为多，"两桨""离棹""征棹"都是用船的构成成分"桨、棹"代船，这是一重借代，又用"船"代乘船之人。"翠华"指翠色羽毛装饰的旗子，第一重借代帝王的仪仗，第二重，再用帝王的仪仗借代帝王。两重借代多拐了一层，更添回味的余地。

（三）对偶

孙派词中的对偶用得较多而且工整，如：

目送征鸿飞杳杳，思随流水去茫茫。　　（孙光宪《浣溪沙》其一）

粉箨半开新竹径，红苞尽落旧桃蹊。　　（孙光宪《浣溪沙》其八）

芳草惹烟青，落絮随风白。　　　　　　（孙光宪《生查子》其二）

露浓霜简湿，风紧羽衣偏。　　　　　　（鹿虔扆《女冠子》其二）

镂玉梳斜云鬓腻，缕金衣透雪肌香。　　（李珣《浣溪沙》其二）

叠翠画屏山隐隐，冷铺纹簟水潾潾。　　（李珣《浣溪沙》其四）

古庙依青嶂，行宫枕碧流，云雨朝还暮，烟花春复秋。

（李珣《巫山一段云》）

　　鹿虔扆共6首词，运用对偶的情况不是特别突出，孙光宪和李珣都在词中运用了不少对偶，李珣的《巫山一段云》其四一首词就用了两处对偶。因为词这种体裁的特点是长短句，每句的字数不完全相等，只能在某些词牌中运用，因此运用对偶的范围有所限制，且难度也较诗为大。正是因为这个原因，如果在词中运用对偶手法，形成工整的对仗，就便于形成典雅的风格。

　　花间其他词人词作中也有对偶，但不及孙派词明显。如《浣溪沙》上下片各三句，每句都是7个字，比较易于使用对偶，我们比较多位词人的《浣溪沙》词，发现韦庄五首《浣溪沙》没有一处用对偶，薛昭蕴八首《浣溪沙》有两处对偶，"意满便同春水满，情深还似酒杯深"（其四）、"吴主山河空落日，越王宫殿半平芜"（其七），张泌十首《浣溪沙》中没有一处对偶，顾夐八首《浣溪沙》中有"帘外有情双燕飏，槛前无力绿杨斜"（其一）、"宝帐玉炉残麝冷，罗衣金缕暗尘生"（其二）两处对偶，毛熙震七首《浣溪沙》中有"紫燕一双娇语碎，翠屏十二晚峰齐"（其二）一处对偶。这些对偶有的对仗并不十分工整，如薛昭蕴"吴主"两句、顾夐"帘外"两句、毛熙震"紫燕"两句等。而孙光宪九首《浣溪沙》中，除了前面列出的两

115

处外，还有"杨柳只知伤怨别，杏花应信损娇羞"（其四）、"翠袂半将遮粉臆，宝钗长欲坠香肩"（其六）两处，李珣《浣溪沙》四首，除了上面列出的两处外，还有"早为不逢巫峡梦，那堪虚度锦江春"（其三），除少数外，总体对仗工整。从数量和工整程度上都可看出孙派词人在对偶的运用上比其他花间词人更为有意和用力。

三、俗与雅有机融合

俗，指通俗，一方面表现在语言运用上，另一方面表现在题材上。《花间集》是文人词集，一般用语都呈现书面语的色彩，题材多为闺情，也有咏史、边塞、中举等，根据前面的分析，温、韦两派词中很少有反映农村生活和地域风情民俗的，孙派词在"俗"的这两个方面又有明显的特色，尤其是孙光宪和李珣。

（一）用日常口语

词中的有些句子单独拿出来看不像是韵文中的语句，就像平常说的大白话，如：

身已归，心不归。	（孙光宪《河传》其四）
一只木兰船，波平远浸天。	（孙光宪《菩萨蛮》其四）
鸡犬自南向北。	（孙光宪《风流子》其一）
焦红衫映绿罗裙。	（李珣《南乡子》其九）
依旧十二峰前。	（李珣《河传》其一）
鱼羹稻饭常餐也。	（李珣《渔歌子》其二）

"身已归，心不归"，《栩庄漫记》说是"情至语不嫌其直率"。"一只木兰船"是日常口语，"波平远浸天"则比较书面语化，描绘了

江天一色的开阔图景，俗与雅转换自然，衔接无痕。词人用口语入词，还不惜打破原有的韵律节奏，如"焦红衫映绿罗裙"，七言的音步一般是上四下三或二二三，这里改为三一三。"依旧十二峰前"则是二三一，完全是散文的写法，"鱼羹稻饭常餐也"甚至还加上了句末语气词。李冰若《栩庄漫记》说李珣《南乡子》十首"均以浅语写景而极生动可爱，不下刘禹锡巴渝《竹枝》，亦《花间集》中之新境也"[①]。日常口语的另一个表现是用象声词，孙光宪善于用象声词描写动物等的叫声，取得生动形象的效果。如：

墙外晓鸡喔喔。　　　　　　　　　　　　　（《更漏子》其二）
轧轧鸣梭穿屋。　　　　　　　　　　　　　（《风流子》其一）
桨声伊轧知何向。　　　　　　　　　　　　（《渔歌子》其一）

"喔喔、轧轧、伊轧"都是象声词，能给人如闻其声之感。

（二）写农村、写风俗

茅舍槿篱溪曲，鸡犬自南向北。菰叶长，水蓼开，门外春浓涨绿。听织，声促，轧轧鸣梭穿屋。　　　　　　　（《风流子》其一）

孔雀尾拖金线长，怕人飞起入丁香。越女沙头争拾翠，相呼归去背斜阳。　　　　　　　　　　　　　　　　　（《八拍蛮》）

草芊芊，波漾漾。湖边草色连波涨。沿蓼岸，泊枫汀，天际玉轮初上。　　扣舷歌，联极望。桨声伊轧知何向？黄鹄叫，白鸥眠，谁似侬家疏旷？　　　　　　　　　　　　　　　　　　（《渔歌子》其一）

这三首孙光宪词，第一首写农村，第二首写南方风情，第三首写

---

① 李冰若《花间集评注》，河北教育出版社，1999年，第219页。

渔家。《风流子》具有极为浓郁的田园气息，词人选取了田家的几种物象和声音：茅舍、槿篱、鸡犬、菰叶、水蓑、织机声，构成一幅清新可爱的田舍图，在脂粉气浓的花间词中，这种"淡朴咏田家耕织之词，诚为异彩"，"词境至此，已扩放多矣"[①]。《八拍蛮》选取南方特有风物和习俗：孔雀、丁香、越女拾翠，景物地域特色明显，画面放旷疏朗。韦庄《菩萨蛮》其二写过江南风物："春水碧于天，画船听雨眠。炉边人似月，皓腕凝双雪"，但作者意并不在描绘江南景物，而是抒发情感"未老莫还乡，还乡须断肠"。孙光宪这里是正面描写南方风物，虽有女子，但词中的"越女"不再是闺中思妇的幽怨形象，而是阳光开朗的青春少女，词作风格显得清新明朗。《渔歌子》写渔家的生活，境界开阔疏朗，画面中有色：绿色（草和波）、红色（蓼和枫）、白色（玉轮和白鸥）、黄色（黄鹄），有声：桨声伊轧、黄鹄叫，有动：沿、泊、上、歌、望、叫、眠，有静：草、蓼岸、枫汀，在这样一个有声有色、有动有静的开阔境界中，渔家怎不疏旷？

李珣的四首《渔歌子》也是写渔家逍遥自在的生活的，看山水烟月，听棹歌莺啼，穿云过水，垂钓饮酒读书，忘荣辱名利，逍遥无拘，和孙光宪的《渔歌子》其一相同之处在于描绘了渔家疏旷的生活，在天地山水间，看尽人间美景；不同之处在于孙词以旁观者的视角看渔家，有一种羡慕之情"谁似侬家疏旷"，李词则将词人和主人公融为一体，道出了主人公也是词人自己的心曲：不见人间荣辱，名利不将心挂，不议人间醒醉。李珣的词中为人称道的还有十首《南乡子》，都写了南方民间的生活图景，邀伴游、采莲、打鱼等，无不充满生活情趣，我们看几首邀伴游的词：

> 乘彩舫，过莲塘，棹歌惊起睡鸳鸯。游女带香偎伴笑，争窈窕，竞

[①] 李冰若《花间集评注》，河北教育出版社，1999年，第178页。

折团荷遮晚照。（其四）

倾绿蚁，泛红螺，闲邀女伴簇笙歌。避暑信船清浪里，闲游戏，夹岸荔枝红蘸水。（其五）

拢云鬓，背犀梳，焦红衫映绿罗裙。越王台下春风暖，花盈岸，游赏每邀邻女伴。（其九）

这三首写的都是女伴相邀出游，前两首写夏天乘船游，"团荷""荔枝"都带有鲜明的南方特色，乘彩舫游莲塘的一路欢歌一路笑，"惊起睡鸳鸯"，夕阳光芒太强，游女"竞折团荷遮晚照"，生活气息浓郁；避暑信船游的一路饮酒笙歌做游戏。游女的欢笑声、歌声似乎跃纸而出。后一首写春日陆地游，"犀梳""越王台"点明地点，在春暖花开的季节，一群穿着鲜艳整齐的女孩子在越王台下游春，词中并没有写她们怎么玩，但游女的穿着与越王台的景物构成了一幅清新明快的少女春游图。

上面的词都是直接正面描写，孙派词除了直接写农村、渔家生活外，还把农村、渔家、风俗民情作为背景，来突出主人公的情思，如：

轻打银筝坠燕泥，断丝高罥画楼西，花冠闲上午墙啼。 粉箨半开新竹径，红苞尽落旧桃蹊，不堪终日闭深闺。

（孙光宪《浣溪沙》其八）

木棉花映丛祠小，越禽声里春光晓。铜鼓与蛮歌，南人祈赛多。客帆风正急，茜袖偎墙立。极浦几回头，烟波无限愁！

（孙光宪《菩萨蛮》其五）

前一首共6句，前5句都在描写乡间景物，词人采用移步换形的手法，一句一景，尤其是"花冠、箨、桃花"的选择，更突出乡间特

119

色。全词的意图在最后一句"不堪终日闭深闺"，写主人公的心理情绪，所见的清新景物与"终日闭深闺"形成映衬，更突出"不堪"。景越清新，"不堪"的情绪就更浓。后一首写南方风俗，"木棉花、越、蛮歌、南人"等词语明显地告诉读者，这是一幅南方风情图，在春天南方广阔的山野间，在"越禽"欢快的鸣叫声中，"南人"敲鼓、唱歌去"丛祠""祈赛"。尽管词作的主题是女主人公不见远人的"无限愁"，但上片的背景写得清新疏朗，淡化了词作的脂粉气。

用俗的形式写雅的内容，用民歌形式写闺情，孙光宪的《竹枝》是代表：

门前春水竹枝白蘋花女儿，岸上无人竹枝小艇斜女儿。商女经过竹枝江欲暮女儿，散抛残食竹枝饲神鸦女儿。

乱绳千结竹枝绊人深女儿，越罗万丈竹枝表长寻女儿。杨柳在身竹枝垂意绪女儿，藕花落尽竹枝见莲心女儿。

句中"竹枝"和句尾"女儿"都是和词，第一首写"商女"，再加上"岸上无人小艇斜"的古诗意境，以及"暮""饲神鸦"形成一种古朴苍凉的历史感。第二首用"乱绳千结"喻情网，用"越罗万丈"喻情意无限，用"柳"和"莲心"形成谐音双关，使情歌表现得含蓄深沉。两首都用一唱众和的明快的民歌形式负载厚重深沉的内容，洗却脂粉味，显得又清新又古雅。

四、妙笔写疏境

孙派词不仅能用唐诗意境和多种修辞手法形成典雅的风格，还能以俗语描绘风俗民情，寄托真挚深厚的情意。孙派词人的妙笔是指能根据词作题材的要求变换语言风格，他们的词笔不仅写闺情、春怨，还写了南方风俗、农村生活、边塞、历史。闺情、春怨写得缠绵幽怨，风俗、农村写得清新可爱，边塞、历史写得壮阔苍凉。不论是哪一种，都显得清旷疏朗。关于农村风俗词，上一部分在论述俗雅时也谈到风格，这里主要谈其他两类。

先看咏史词，孙光宪、李珣、鹿虔扆都有咏史的词，如：

太平天子，等闲游戏，疏河千里。柳如丝，偎倚绿波春水，长淮风不起。　　如花殿脚三千女，争云雨，何处留人住？锦帆风，烟际红，烧空，魂迷大业中。　　　　　　　　（孙光宪《河传》其一）

有客经巫峡，停桡向水楣。楚王曾此梦瑶姬，一梦杳无期。　　尘暗珠帘卷，香消翠帷垂。西风回首不胜悲，暮雨洒空祠。

（李珣《巫山一段云》其一）

古庙依青嶂，行宫枕碧流。水声山色锁妆楼，往事思悠悠。　　云雨朝还暮，烟花春复秋。啼猿何必近孤舟，行客自多愁。

（李珣《巫山一段云》其二）

金锁重门荒苑静，绮窗愁对秋空。翠华一去寂无踪。玉楼歌吹，声断已随风。　　烟月不知人事改，夜阑还照深宫。藕花相向野塘中。暗伤亡国，清露泣香红。　　　　　　（鹿虔扆《临江仙》其一）

孙词先极写繁华，自然景物和人俱美：千里疏河、如丝柳、绿波春水、如花殿脚女，何等的花团锦簇啊，最后"烧空"二字一转，上面的繁华顿时归于虚空。李珣的两首词，前一首以"客"起，后一首以"客"结，两首形成一个整体："客"吊古伤今，词中境界开阔，巫峡、长江、古庙、空祠、暮雨、猿啼，眼前与历史融为一体，古朴苍凉。鹿词突出物是人非的主题，在词作中，用"无踪""随风""人事改"直接表露主题，把主题具象为"翠华""歌吹""烟月""藕花"，"翠华"不见，"歌吹"不闻，只见年年相见的"烟月""藕花"，"亡国"之恨、历史的感慨跃然纸上。

这是不同词人写相同题材，再看同一词人用同一词牌写不同题材。

鸡禄山前游骑，边草白，朔天明，马蹄轻。　　鹊面弓离短靫，弯来月欲成。一只鸣髇云外，晓鸿惊。　　（孙光宪《定西番》其一）

帝子枕前秋夜，霜幄冷，月华明，正三更。　　何处戍楼寒笛？梦残闻一声，遥想汉关万里，泪纵横。　　（孙光宪《定西番》其二）

前一首写边塞，后一首写闺怨。边塞词中有边塞风物：鸡禄山、游骑、边草、朔天、鸣髇、晓鸿，有边塞生活：弯弓如月；闺怨词中有闺中物：枕、幄，有闺中思念：梦醒好像听到戍楼笛声、遥想守关之人、流泪，尽管有"戍楼、汉关"，但并不是真实事物，而是想象中的，是远人所在处。尽管两首词一苍凉，一幽怨，但是在风格上都做到了色调暗淡，境界阔大疏朗，不像温词的暖密，也不像韦词的明秀。

《花间集》中收鹿虔扆词6首，《临江仙》2首，《女冠子》2首，《思越人》1首，《虞美人》1首，《临江仙》其一咏史，其余五首写女子思人，就形成了两种风格，"一为沉痛苍凉之词，一为秀美疏朗之词"[1]，我们比较两首《临江仙》，两首都化用了唐诗诗意，也给词作定了主题。其一咏史，上面已经分析；其二写闺怨：

无赖晓莺惊梦断，起来残醉初醒。映窗丝柳袅烟青。翠帘慵卷，约砌杏花零。　　一自玉郎游冶去，莲凋月惨仪形。暮天微雨洒闲庭。手接裙带，无语倚云屏。

----

① 李冰若《花间集评注》，河北教育出版社，1999年，第191页。

"梦断""游冶"表现了主题，女主人公的形貌体态、生活状态是"慵、凋、惨、无语、倚、醉"，环境背景有室外的"柳、砌、杏花、雨、庭"和室内的"帘、屏"，时间从"晓"到"暮"。整整一天，作者只截取了最有典型意义的场景：晓莺惊梦、翠帘慵卷、手挼裙带、无语倚屏，反映了女主人公一天的生活情状和思绪心理，显得疏朗。

孙派词人还将闺情融入到历史、边关、风情民俗的大背景下，这样就使原本不容易出大境界的主题有了阔大疏朗的风格特色，增添了纵深感。如上面提到的孙光宪《定西番》其二就是把闺情与边塞相结合，孙光宪的《浣溪沙》其八把闺情与乡村相结合，再看李珣的《河传》其一：

> 去去！何处？迢迢巴楚，山水相连。朝云暮雨，依旧十二峰前，猿声到客船。　　愁肠岂异丁香结？因别离，故国音书绝。想佳人花下，对明月春风，恨应同。

这是男主人公的视角，上片写所去之处是"迢迢巴楚"，路途遥远，环境险恶，孤独无伴。尽管"迢迢"后面几句都是客观描写一路的所见，但开头的"去去！何处？"已经定下了全词的基调，"去去"，不停地走，越走越远，与故国佳人相离也就越来越远。下片抒情，"愁"字总领，愁什么？故国音书绝，远离佳人。尤其最后三句，明明是自己想佳人，却不写自己，而写对方，想对方应该和自己一样"恨应同"。男女相思的闺情不再是局限于狭小的闺房内，因为有了"山水""故国"而显得阔大。

孙派词人的词视野进一步扩大，境界更为疏朗，古诗意、民间语皆入词，俗与雅有机结合，化俗为雅；叠字、借代、对偶用得恰当精彩；轻松驾驭闺情、历史、乡村、边塞题材，在幽怨、苍凉、清新的风格中都能显示开阔疏朗的境界。

第四节　艳清并存的欧派词

欧派词人的词作以写闺情为主，语言风格纤细婉和，近温派，但是他们也有清新疏淡之作，又近于韦派。历来评论欧派词人的词作多有艳与清两方面。欧阳炯的词作数量并不多，只有17首，但他写闺情时不强作愁思，有真挚情感，刻画小女儿情态尤其动人，是《花间集》中继温、韦之后的又一位大家，况周颐说他的词"艳而质，质而愈艳，行间句里，却有清气往来"，可以作为此派词人的代表。

欧派的其他词人有和凝、牛峤、尹鹗、毛文锡。和凝的词以描写艳情见长，有歌颂升平的应制之作，但是也有清新之作，况周颐评价他的词"能状难状之情景"，"清中含艳，愈艳愈清"。牛峤词多写闺情，能蕴含真挚的情感，也有淡雅浅近的作品，尽管李冰若说他"大体皆莹艳缛丽，近于飞卿"，但由于其词作也具有清雅之气，陈廷焯《白雨斋词话》评牛峤的词是"根柢于风骚，涵泳于温韦"，故我们在这里把他归为介于温韦之间的欧派。《花间集》仅收尹鹗词6首，他的词"似韦而浅俗，似温而繁琐，盖独成一格者也"[①]。张炎在《词源》中评价他的词"以明浅动人，以简净成句"。毛文锡的词在《花间集》中成就不算高，多为敷衍题意的应制之作，"情致终欠深厚"（李冰若《栩庄漫记》），但也有《醉花间》那样的疏朗深婉的词作，故放在欧派中。

欧派词人的词作风格介于温韦之间，明显的表现就是能写极艳之词，也能写极清之词；既能在不同的词中表现不同的风格，还能将"艳、清"两种风格在同一首词中很好地融合起来。

---

① 李冰若《花间集评注》，河北教育出版社，1999年，第198页。

一、"艳"的表现

（一）多写闺情

我们统计欧派词人的词作共106首，绝大多数写闺情，写其他题材的，如历史、地域风情、中举、渔夫、边塞等的大约二十多首，占五分之一的样子。如欧阳炯《南乡子》八首，写南方风物，朴质清新，全无脂粉气，一首就是一幅南方小景。毛文锡的《中兴乐》写了豆蔻、丁香、芭蕉、猩猩、荔枝等，组成一幅江南的风光图，欧阳炯的《江城子》、牛峤的《江城子》其二、毛文锡的《临江仙》和《柳含烟》四首都写了历史的感慨，牛峤《定西番》和毛文锡《甘州遍》其二写边塞，和凝《渔父》写渔夫的生活，和凝《小重山》其二写中举，等等。这些词作都没有涉及闺情，但是在欧派词人的词作中所占比例较小。从这个比例可以看出，欧派词人作为花间词人中的一派，走的是花间词创作的常规一路，仍是"艳"。

（二）用语香艳

欧派词人的词作多写闺情，用语纤软香艳。与温派词人一样，词中出现的是"鬓、眉、脸、臂"等人体部分名词，"钗、裙、罗衣"等衣着装饰名词，"屏、帘、帐、帷、山枕、绣被、鸳衾"等室内用品名词，"鸳鸯、鸂鶒、莺、燕"等动物名词，"翠、绿、红、金、黄"等鲜艳色彩闪烁其间，"纤"手、"玉"趾、"娇"步、"腻"发、"香"闺，无一不透露出女性娇柔的特性。如：

> 天碧罗衣拂地垂，美人初着更相宜，宛风如舞透香肌。
>
> （欧阳炯《浣溪沙》其二）

碾玉钗摇鸂鶒战，雪肌云鬓将融。　　　（和凝《临江仙》其一）

绣带芙蓉帐，金钗芍药花。／额黄侵腻发，臂钏透红纱。

（牛峤《女冠子》其二）

严妆嫩脸花明，教人见了关情。含羞举步越罗轻，称娉婷。

（尹鹗《杏园芳》）

锦帐添香睡，金炉换夕熏。懒结芙蓉带，慵拖翡翠裙。

（毛文锡《赞浦子》）

这些都是词中描写人物衣着装饰、行为动作的句子，用语纤软密丽，具有温派词的特色。

（三）不乏大胆露骨的描写

宴余香殿会鸳衾，荡春心。　　　　（毛文锡《恋情深》其一）

碾玉钗摇鸂鶒站，雪肌云鬓将融。　　　（和凝《临江仙》）

玉楼冰簟鸳鸯锦，粉融香汗流山枕。　　（牛峤《菩萨蛮》其七）

兰麝细香闻喘息，绮罗纤缕见肌肤。　　（欧阳炯《浣溪沙》其三）

这些描写大胆直露，涉及卧室（香殿、玉楼），寝具（鸳衾、冰簟、鸳鸯锦、山枕），女子身体及动作（雪肌、云鬓、香汗、喘息、肌肤），香艳之气扑面而来，尤其是欧词，简直有了色情的嫌疑，这些都充分体现了艳词的特色。

二、"清"的表现

（一）避免类型化的抒情

首先，直抒胸臆。把人物内心所思所想直接表达出来，或直接出现"恨、思"等字眼，或通过心理活动来表达情感。如：

恨不如双燕，飞舞帘栊。　　　　　　　（欧阳炯《献衷心》）
离恨又迎春，相思难重陈。　　　　　　（和凝《菩萨蛮》）
相思空有梦相寻，意难任。　　　　　（毛文锡《虞美人》其一）

　　这些情感都是主人公感情的直接表露，但是这些情多数并不能反映主人公独特的情感体验，而是用旁观者的视角，隔了一层，多少还带有一点类型化的特色。另一种直抒胸臆的方法就是揣摩人物内心，写出人物细腻的心理活动，如尹鹗《菩萨蛮》"上马出门时，金鞭莫与伊"，女主人公不愿与心爱之人分别，怎么办呢？"把金鞭藏起来，他就没法走了"，尽管写的是"别怨"，但是表达手段上不同于直接写"愁、恨"，而是直接深入人物内心，人物形象也就饱满了许多。再看几例：

谁料得两情，何日教缱绻？羡春来双燕，飞到玉楼，朝暮相见。
　　　　　　　　　　　　　　　　　　（欧阳炯《贺明朝》其一）
却爱蓝罗裙子，羡他长束纤腰。　　　　（和凝《河满子》其一）
却爱熏香小鸭，羡他长在屏帷。　　　　（和凝《河满子》其二）
碧纱窗晓怕闻声，惊破鸳鸯暖。　　　　（毛文锡《喜迁莺》）

　　欧词、和词中都没有出现"愁、恨"等字眼，但是通过人物内心活动，用"羡"字写出人不及物的遗憾，欧词中自己孤单，"羡"春燕双双；和词中主人公不能与爱人相伴，"羡"爱人的衣裙、用品，这样的写法，深入人物内心，情味深长，为世人推崇。毛词则用一个"怕"字写出主人公的思人之情，传神细腻。"惊破"是"怕"的原因。"鸳鸯暖"句采用倒装、省略的方法，指惊醒了在温暖的鸳鸯被

127

中的美梦。金昌绪《春怨》诗："打起黄莺儿，莫教枝上啼，啼时惊妾梦，不得到辽西。"毛词意同此诗意。

其次，咏物言志。咏物为表，表情为里，把自己的感情倾注于外物上，物带有主人公的情思，又有两种情况，一是整首都是咏物，自己的情致融在其中；二是写景为抒情服务。如：

> 解冻风来末上青，解垂罗袖拜卿卿。无端袅娜临官路，舞送行人过一生。　　　　　　　　　　　　　　　　　　（牛峤《柳枝》其一）
>
> 一番荷芰生池沼，槛前风送馨香。昔年于此伴萧娘。相偎伫立，牵惹叙衷肠。　　时逞笑容无限态，还如菡萏争芳。别来虚遣思悠飏。慵窥往事，金锁小兰房。　　　　　　　　（尹鹗《临江仙》其一）

牛词整首都在咏柳，表面上看是用拟人手法写柳的颜色、姿态、生活状态，实际上已将柳与人融为一体，作者的情感也在"拜、无端"等词语中明显地表现了出来。牛峤《柳枝》词共有五首，其他几首也采用了这样的写法，还采用典故，如"不愤钱塘苏小小，引郎松下结同心"（其二），"恨伊张绪不相饶""认得张家静婉腰"（其三），"莫教移入灵和殿"（其四），"章华台畔隋堤上"（其五），在写柳的风姿与婀娜的同时也加入了人的情思，让读者觉得婀娜多姿的柳中有人的身影，词人或直接用"愤、恨"等表情感的词，或用"无端、莫教"等主观性很强的词语，把自己的情感自然地融入咏物中。

尹鹗《临江仙》上片的开头写景：池上荷芰，这也是当年与"萧娘"相见相伴的场所，如今景还在，人不见，触景生情，回忆往事，"池沼荷芰""风送馨香""菡萏争芳"的景就是回忆当年"相伴萧娘"、如今"窥往遣思"的触媒，是为抒情服务的，在"时逞笑容无限态，还如菡萏争芳"的欢情艳景中有真挚的情感萦绕。

再次，状态表情。欧派词人善于刻画人物情态，他们不借助"恨、愁"等情绪词，不借助外物，只是通过细致描绘人物带有情思的典型状态动作，就能把人物内心深处的情感真切地表达出来。

落絮残莺半日天，玉柔花醉只思眠，惹窗映竹满炉烟。　　独掩画屏愁不语，斜倚瑶枕髻鬟偏，此时心在阿谁边？

（欧阳炯《浣溪沙》其一）

银字笙寒调正长，水纹簟冷画屏凉。玉腕重因金扼臂，淡梳妆。几度试香纤手暖，一回尝酒绛唇光。伴弄红丝蝇拂子，打檀郎。

（和凝《山花子》其二）

瑟瑟罗裙金缕腰，黛眉偎破未重描。醉来咬损新花子，拽住仙郎尽放娇。　　　　　（和凝《柳枝》其二）

欧阳炯词中写女子整日恍恍惚惚、心不在焉的状态，最后一句"此时心在阿谁边"，揭示原因，有强烈的感情在内。和凝《山花子》词中的结尾两句，写得情趣横生，一个"伴"字，一个"打"字，写出了女子娇羞可爱的姿态，读者也从女子的动作中看到了她的内心活动，"伴打"实际上是对"檀郎"有情的表现。《古今词话》说："花间词状物描情，每多意态。直如身履其地，眼见其人。和凝之'几度试香纤手暖，一回尝酒绛唇光'……是也。"[1]和凝《柳枝》词中"黛眉偎破"，"偎破"二字，描尽相亲相爱之情，最后一句，"拽住仙郎尽放娇"，女子的姿态动作生动可睹。

（二）在更广阔的背景下写闺情

欧派词人将艳和清有机融合的另一个表现就是将视角从闺中或是

---

[1] 李冰若《花间集评注》，河北教育出版社，1999年，第139—140页。

花前月下的纤巧背景转向更为广阔的天地，在更为广阔的背景下怀人相思。

深相忆，莫相忆，相忆情难极。银汉是高墙，一带遥相隔。　　金盘珠露滴，两岸榆花白。风摇玉佩清，今夕为何夕？

（毛文锡《醉花间》其二）

深秋寒夜银河静，月明深院中庭。西窗幽梦等闲成。逡巡觉后，特地恨难平。　　红烛半清残焰短，依稀暗背银屏。枕前何事最伤情？梧桐叶上，点点寒露零。　　　　　　　（尹鹗《临江仙》其二）

紫塞月明千里，金甲冷，戍楼寒。梦长安。　　乡思望中天阔，漏残星亦残。画角数声呜咽，雪漫漫。　　（牛峤《定西番》）

毛词写男子思念女子，开头三个"相忆"连用，"相"是一方对另一方的意思，这里是指男子对女子的回忆思念，用牛郎织女被银河隔开的传说来指自己和心爱之人被红墙隔开，不能相见。写到这里，荡开一笔，不写自己，转而写所见之景，直到最后一句"今夕为何夕"，好像在问，又好像没有问。词人写思人之情和外部环境，不满不密，显得清雅，"银汉""两岸"等背景的出现，使儿女情长的"艳"中带有了阔大、高远的"清"。尹鹗词上片开头写深秋寒夜，"银河静、月明、深院、梧桐叶、寒露"构成了一幅清冷的深秋月夜图，室内则是"红烛半清残焰短，依稀暗背银屏"，也透露出一股清冷之气。在这样的背景下，主人公深夜难眠，有"恨"有"伤情"，到底是什么事呢？"枕前"二字露出端倪。整首词并不香艳，反而让人在清冷之中感到淡雅，但是"枕前"二字，又让词人的情感回到儿女情主题中，把闺情放到了清冷的氛围中。牛词更是将相思的背景拉到了边塞，其中的"金甲""戍楼""画角"将读者带到了空阔的边塞，"冷""寒""残""呜咽""雪"给人一种透骨的寒冷与凄凉之感，就是在这样的背景中，"梦长安""相思"。

（三）写非闺情题材

前面提到，欧派词人106首词中有五分之一的词写的是非闺情题材，如欧阳炯8首《南乡子》词。从绝对值看，这个比例并不高，我们比较温派词和韦派词，可以看出，温派词共173首中只有温庭筠《定西番》（汉使昔年离别）怀念张骞、《杨柳枝》（御柳如丝映九重）全写柳景，与其他七首咏柳中有人的形象和情思不同，顾敻《河传》（棹举）写离恨乡愁、《渔歌子》（晓风清）和《更漏子》（旧欢娱）都是抒怀旷放之作，前者写光阴促迫，后者写不要论是非，在旷放中有颓废，共5首词的题材为非闺情，占比2.9%，这个比例远远小于欧派词的非闺情题材词比例。再看韦派词，韦派词共117首，其中的非闺情词，韦庄词中的咏史、饮酒、中举等题材的词5首。皇甫松12首词，都是咏词牌，或就词牌发挥，有的写景寄哲理，如《浪淘沙》二首，有的用民歌形式写采莲女，如《采莲子》二首，有的抒怀：好景不再，及时行乐，这些都不涉及闺情；有的似有闺情的影子，如《天仙子》二首、《杨柳枝》二首、《梦江南》二首，但都不典型，因此皇甫松的12首词都不归入闺情题材。薛昭蕴词中写咏史、中举、求仙共6首。张泌词中写市场画面、咏史、写景、写风俗共6首。牛希济7首《临江仙》都是咏神仙事，神仙多有人情，词中有苍凉的历史感，这几首都不能算典型的闺情词。这样算来，韦派词中的非闺情词有36首，占韦派词的30%多。2.9%、20%、30%，从这个比例我们可以看出，欧派词的非闺情词的比例居于温韦之间。

三、对两种风格的处理

（一）艳和清分现于不同词作

欧派词人掌握清与艳两种不同的风格，并且能够自如地转换运用，同一词人在创作不同词牌、不同题材词作时能用不同的风格特色，即使创作同一题材、同一词牌词作，也能体现不同风格。

首先，不同题材、不同词牌体现不同风格。先看欧阳炯的两首词：

相见休言有泪珠，酒阑重得叙欢娱，凤屏鸳枕宿金铺。　兰麝细香闻喘息，绮罗纤缕见肌肤，此时还恨薄情无？　（《浣溪沙》其三）

画舸亭桡，槿花篱外竹横桥。水上游人沙上女，回顾，笑指芭蕉林里住。　　　　　　　　　　　　　（《南乡子》其一）

不看作者，单看词作，可能不少人都会认为这是不同词人的词作。《浣溪沙》写一对情人久别重逢，用词用语极为香艳，甚至颇为露骨，尤其是下片前两句。这首词的境界比较狭小，环境在室内，除了首尾两句交代事情的背景，其他的都在描写，有事物：凤屏、鸳枕、金铺、细香、绮罗、肌肤，有动作：叙、欢娱、宿、闻、喘息、见，人物性格特点并不明显，情感不具有个性特征。而《南乡子》写南方风物，"画舸、停桡、槿花篱、竹桥、芭蕉林"，虽然出现诸多南方景物，但并不显得繁复，因为这些都是作为背景，画面的主角是"水上游人沙上女"，"回顾""笑指"，展示了女子的活泼多情。在明媚的背景下有活泼多情的女子，境界较为开阔，人物有血有肉，带有鲜明的个性特征。

其他欧派词人的词作也具有这样的特点，如：

披袍窣地红宫锦，莺语时啭轻音。碧罗冠子稳犀簪，凤凰双飐步摇金。　　肌骨细匀红玉软，脸波微送春心。娇羞不肯入鸳衾，兰膏光里两情深。　　　　　　　　　　（和凝《临江仙》其二）

春入神京万木芳。禁林莺语滑，蝶飞狂。晓花擎露妒啼妆。红日永，风和百花香。　　烟锁柳丝长。御沟澄碧水，转池塘。时时微雨洗风光。天衢远，到处引笙簧。　　　　　　（和凝《小重山》）

玉楼冰簟鸳鸯锦，粉融香汗流山枕。帘外辘轳声，敛眉含笑惊。　　柳阴烟漠漠，低鬓蝉钗落。须作一生拼，尽君今日欢。

　　　　　　　　　　　　　　　　　　（牛峤《菩萨蛮》其七）

鹧鸪飞起郡城东。碧江空，半滩风。越王宫殿，蘋叶藕花中。帘卷水楼鱼浪起，千片雪，雨蒙蒙。　　（牛峤《江城子》其一）

宝檀金缕鸳鸯枕，绶带盘宫锦。夕阳低映小窗明，南园绿树语莺莺，梦难成。　　玉炉香暖频添炷，满地飘轻絮。珠帘不卷度沉烟，庭前闲立画秋千，艳阳天。　　　　　　　（毛文锡《虞美人》其二）

暮蝉声尽落斜阳，银蟾影挂潇湘。黄陵庙前水茫茫。楚山红树，烟雨隔高唐。　　岸泊渔灯风飐碎，白蘋远散浓香。灵娥鼓瑟韵清商。朱弦凄切，云散碧天长。　　　　　　　（毛文锡《临江仙》）

上面我们列举了三位词人各两首词，通过比较可以发现，这些欧派词人能很好把握艳与清内神风格，和凝《临江仙》、牛峤《菩萨蛮》、毛文锡《虞美人》写得纤密浓艳，要描写的人事物充斥整个画面，色彩艳丽，环境局限于室内或院内；而他们的另三首词或写京城春景，或写江上风光，或写初秋夕景，不再局限于室内或院内，而是扩展到天地之间、水天之间、古今之间，所写之物清旷了许多，给人遐想回味的余地。

其次，相同题材、相同词牌体现不同风格。如果说不同题材易于形成不同风格，那么，相同题材形成不同风格就要困难得多。

春光好，公子爱闲游，足风流。金鞍白马，雕弓宝剑，红缨锦襜出长秋。　　花蔽膝，玉衔头。寻芳逐胜欢宴，丝竹不曾休。美人唱，揭调是甘州，醉红楼。尧年舜日，乐圣永无忧。

（毛文锡《甘州遍》其一）

秋风紧，平碛雁行低，阵云齐。萧萧飒飒，边声四起，愁闻戍角与征鼙。　　青冢北，黑山西。沙飞聚散无定，往往路人迷。铁衣冷，战马血沾蹄，破番奚。凤凰诏下，步步蹑丹梯。

（毛文锡《甘州遍》其二）

毛文锡这两首词，词牌相同，但是风格迥异，其一写公子冶游，词中错彩镂金，富贵香艳。其二写边塞，没有一丝闺中情，有的只是萧飒苍凉悲壮的边塞风物。其一的主打颜色是"金、红"，给人的感觉是"暖香"，其二的主打颜色是"青、黑"，尽管最后有一点暖色"丹梯"，但不能掩盖整体的悲凉感觉。

二八花钿，胸前如雪脸如莲，耳坠金环穿瑟瑟。霞衣窄，笑倚江头招远客。

（欧阳炯《南乡子》其五）

路入南中，桄榔叶暗蓼花红。两岸人家微雨后，收红豆，树底纤纤抬素手。

（欧阳炯《南乡子》其六）

这两首词作者相同、词牌相同、题材相同，都是写南方女子的动作情貌。但是其五用了特写式的近景描写，对女子的容貌穿着姿态做了详细描写，除了"江头"提示地点外，基本忽略背景，有密而满的特色；其六则是从远景到近景，镜头逐渐拉近，先给人物出场安排一个富有诗意的背景：叶绿花红、溪水人家、蒙蒙细雨，而写女子时并没有如其五那样进行全方位详细描写，仅仅是"抬素手""收红豆"，写出了富有动感的瞬间，有清旷的特色。其五"笑倚江头招远客"和其六的"树底纤纤抬素手"都是写女子的动作，但前者因为有容貌穿着的详细描写，"笑"和"招"并不能令读者产生更多的联想；后者在富有诗意的背景下，且只出现"素手"，不禁让人对女子的容貌姿态产生多种联想。

（二）艳、清同现于相同词作

欧派词人能将艳和清两种不同的风格在一首词中有机融合。写闺情，就使词作不脱离"艳"的特色，在如何写闺情上则力图凸显"清"的风格。这样，在欧派词人的这类词作中就形成了艳中含清和清不脱艳的风格特色。上面提到的避免类型化的抒情和在更广阔的背景下写闺情都是形成这一特色的具体手段，下面我们从修辞角度来探讨欧派词人艳清结合的特色。

首先，对比衬托。用相反或相关的景物来写人物情感或动作行为。

见好花颜色，争笑东风，双脸上，晚妆同。闭小楼深阁，春景重重。三五夜，偏有恨，月明中。　　情未已，信曾通，满衣犹自染檀红。恨不如双燕，飞舞帘栊。春欲暮，残絮尽，柳条空。

（欧阳炯《献衷心》）

宝檀金缕鸳鸯枕，绶带盘宫锦。夕阳低映小窗明，南园绿树语莺莺，梦难成。　　玉炉香暖频添炷，满地飘轻絮。珠帘不卷度沉烟，庭前闲立画秋千，艳阳天。（毛文锡《虞美人》其二）

欧词写的是春天月明之夜，花好月圆，燕子双飞，但是这样的良

135

辰美景，引起的是女主人公的"恨"，恨月明，恨不如双燕，女主人公"闭小楼深阁"独自伤心流泪，以致"满衣犹自染檀红"。用乐景写哀情，最后用即将到来的暮春景"残絮尽，柳条空"正面衬托"时光易逝，红颜易老"的慨叹。毛词上片先写室内景，再写室外景，直接写人的只有最后一句"梦难成"；下片室内室外交错写来，人物的动作"频添炷""闲立"掩藏在对景物的描写中，上片显得密一点，下片则相对疏朗，主人公"梦难成"后的动作行为"玉炉香暖频添炷""庭前闲立画秋千"，百无聊赖的人物形象跃然纸上，但是以景衬情，只用几个小镜头记录主人公富有情思的动作，在衬托中写情，尤其是"艳阳天"一句，荡开一笔，似乎与词作主题没有关系，实则有着需要千言万语来解释的密切联系。

其次，引用类比。用典或用其他相似的事情来写闺情。如：

> 画屏重叠巫阳翠，楚神尚有行云意。朝暮几般心，向他情漫深。
> 风流今古隔，虚作瞿塘客。山月照山花，梦回灯影斜。
>
> （牛峤《菩萨蛮》其四）

牛词用楚王与女神相会事和李益《江南曲》诗意"嫁得瞿塘贾，朝朝误妾期。早知潮有信，嫁与弄潮儿"。楚王与神女一次相会后不再相见，只是思念；商贾妇常常不能见到商贾，以这两个相似的事件来类比，同时通过"漫""虚"写出女子受到的心灵创伤。

再次，重叠复沓。词有规定的格式和字数，多数情况下是避免重复的，在欧派词中，运用重叠复沓的修辞手法，显得清疏有韵致。

> 蘋叶软，杏花明，画船轻。双浴鸳鸯出绿汀，棹歌声。　　春水无风无浪，春天半雨半晴。红粉相随南浦晚，几含情。
>
> （和凝《春光好》其二）

两条红粉泪，多少香闺意。强攀桃李枝，敛愁眉。　　陌上莺啼蝶舞，柳花飞。柳花飞，愿得郎心，忆家还早归。　　（牛峤《感恩多》）

和词中"春水无风无浪，春天半雨半晴"，两个"春"、两个"无"、两个"半"，不避重复，似拙却巧，写出了春光骀荡之景，接上片的春景描写，为人物"红粉"的出场活动提供了明媚轻快的环境。下片最后两句透露出词作的主题，但是这样的写法，艳中含清，清更明显。牛词中"柳花飞"相连反复，写出了柳花的飘忽不定，同时也触动了主人公的心事：希望郎心不要像柳花，要早点回家。牛词实际上综合运用了多种手法，"两条"和"多少"的对比，两条泪，无穷意，二者相反相成，"陌上莺啼蝶舞"，以乐景写哀情："强攀桃李枝，敛愁眉"。

其他的花间词人也用这些修辞手法，但欧派词人运用得更为集中和典型。用多种修辞手法写闺情，就比仅用富丽纤软的语汇进行繁密的描写来得疏朗清旷，但不管是用典类比还是用景衬托，都不离闺情，也不乏错彩镂金的香艳色调，这就造成了欧派词有机融合清与艳的风格特色。

欧派词人能写极艳，也能写极清，还能将清与艳有机融合，看似没有独创的特色，只是一个综合派，但正是这个综合，也就成了特色，成为与其他三派并称的又一花间词派。

在"花间"的大旗下聚集了不同时期和身份的18位词人，他们的词作有大共性——花间词，有小共性——四大派别，同时各有自己的个性特色。他们以自己的创作开创了中国文人词领域，上承齐梁宫体诗，后启唐宋词，在历史与民间中吸取营养，在自娱娱人中丰富词的写作手法，在代人言和抒己情中设定词体规范。

第 三 章

语言传承与花间词的比较分析

　　从文学角度看，《花间集》成书于辉煌灿烂的唐诗和宋词之间。花间词吸收其前的诗歌、音乐、民歌等营养，形成自己的特色，又为后世词的发展奠定基础，提供方向。这样，相关作品的语言就有了传承和源流关系。本章选取花间词前的作品、同时代作品和后世作品分别与花间词进行比较分析。

第一节　花间词与齐梁宫体诗比较

　　成书于梁代，继《诗经》《楚辞》之后的诗歌总集《玉台新咏》，是我国最早的专选歌咏女性诗篇的诗集，"撰录艳歌，凡为十卷"[①]，其中就收录了大量的宫体诗。宫体诗"就其内容而言，主要以宫廷生活为描写对象，具体的题材不外乎咏物和描写女性"[②]。《花间集》是我国最早的文人词集，五代后蜀赵崇祚编成于广政三年，收18家诗客曲子词77调500首，编为10卷。它和《玉台新咏》一样，多写女性或

[①] 徐陵编，吴兆宜注《玉台新咏笺注》，中华书局，1985年，第13页。

[②] 袁行霈主编《中国文学史》（第二卷），高等教育出版社，1999年，第128页。

拟女性口吻创作。本节拟将《花间集》和《玉台新咏》中所收齐梁宫体诗（主要是七八两卷）在语言上作一比较，并探讨它们在思想内容和创作心态上的沿革关系。

一、用语的异同

（一）名词

1.事物名称。相近的题材使二者在创作时选取了类似的客观事物，在事物名称词的使用上极为相似。在大类上，都有"闺阁用品""女子居所""女子妆饰""花鸟草虫""自然气候"等，每一大类中的词语也非常相近，如：枕、扇、镜、被、屏、帐等闺阁用品词语，鬓、衫、裙、靥等女子妆饰词语，月、露、雾等自然气候词语①。从中不难看出花间词和宫体诗都常用小、弱、轻、巧、艳的女性词语，正因为这些词语的使用，二者在体式风格上倾向阴柔，体现出"艳"的特色来。

2.人物名称。先来看女子名称。首先，类型不同，宫体诗中女子的名称可分为四类：女子的通称，如佳人、美人；男子配偶的称呼，如妻、妾、妇、内人；宫中嫔妃的名称，如嫱、姬、妃、姐；女子所从事的职业名称，如妓、倡等。这些名称多是女子现实身份的反映。花间词中女子的称呼也分为四类：女子的通称，如玉人、美人、佳人等；男子的配偶，如妾；历史上美丽女子的名字，如谢娘、萧娘、西子、潘妃、昭君等；传说中的神仙，如神仙、嫦娥、瑶姬等。这些名称多不表示女子的现实身份。其次，使用频率不同，宫体诗出现女子

---

① 以下所引《花间集》词语及句子,均出自赵崇祚辑,李一氓校《花间集校》,人民文学出版社,1998年。以下所引宫体诗的词语及句子,均出自《玉台新咏笺注》,中华书局,1985年。

名称的次数是75次，花间词是60次。二者都出现的女子通称，宫体诗中"佳人、美人"共出现12次，花间词中"佳人、美人、玉人"共出现20次，尤其是"美人"，出现13次。男子配偶名称，宫体诗中出现"妻、妾、妇、内人"共46次，花间词中"妾、妇"共用3次。

再看宫体诗和花间词中男子的名称。宫体诗中男子的名称为"良人"（15次）和"荡子"（14次）两类，花间词中男子的名称类型比宫体诗多，如"玉郎"（12次）、"刘郎"（8次）、"阮郎"（3次）、"檀郎"（3次）、"仙郎"（2次）、"荡子"（4次）。和女子一样，宫体诗多用现实的一般称呼称男子，而花间词则更多地用传说或历史上的男子名字来美称男主人公。

第二人称敬称的"君"在宫体诗和花间词中均有较高的出现频率，花间词中共出现44次，宫体诗中出现25次，这一"君"字在诗与词的使用上有何不同呢？宫体诗中的"君"绝大多数是女子称男子，有相当比例是和女子自称的"妾"对用的。如"君如东扶景，妾似西柳烟"（萧衍《拟明月照高楼》）、"君言妾貌改，妾畏君心移"（邓铿《和阴梁州杂怨》）。花间词中"君"的用法要复杂得多：第一，女子称男子，如"送君闻马嘶"（温庭筠《菩萨蛮》其六）、"送君南浦"（李珣《河传》其二）。第二，男子称女子，如"请君莫向那岸边"（温庭筠《河传》其一）、"何事春来君不见"（魏承班《黄钟乐》）。第三，第二人称敬称，性别关系不明显，如"劝君今夜须沉醉"（韦庄《菩萨蛮》其四）。第四，指帝王，如"夜寒宫漏永，梦君恩"（韦庄《小重山》）。

从以上人物名称词的使用可以看出，宫体诗中女子的地位低于男子，是男子的附属物，在人物名称上或表明人身上依附男子，如"妾、内人、妃、嫱"；或表明是男子的玩物，如"妓、倡"。而花间词中的女子名称体现出来的多是男子对女子容貌仪态的赞赏与向往，虽然不排除个别狎妓词中带有些许不庄重的色彩，但总体来说，女子不是男子的附属品而是独立存在的个体。花间词中男女互称"君""卿卿"，以历史人物和神话传说中人物的名字称呼对方，这在宫体诗中是绝对没有的。宫体诗把对女子的观照等同于对器物的审美观照，不避直呼女子，甚至在一首诗中出现多个女子名称，如"大妇、中妇、小妇"。花间词中称呼对方或用省略、或用别称和代称，正表现了男女互相欣赏与爱慕的情感，且一首词中一般只出现一个女子。诚如叶嘉莹所说："宫体诗中所叙写之女性，则大多为男子目光中所见之女性，其叙写之方式乃大多是以刻画形貌的咏物之口吻出之。……《花间集》中所写之女性，自当是现实中之女性。可是这一类女性却又并无家庭伦理中之任何身份可以归属，是介于写实与非写实之间的美色与爱情的化身。"①如果说宫体诗中的女子是物化的人，那么花间词中的女子就是倾注了主观情感的独立的人。

（二）动词

1. 表事物动作。宫体诗和花间词中都有不少描写客观事物动作状态的句子，如：

晚叶藏栖凤，朝花拂曙乌。	（萧纲《双桐生空井》）
池水浮明月，寒风送捣衣。	（萧绎《寒宵三韵》）
新莺隐叶啭，新燕向窗飞。	（萧绎《和刘上黄》）
蘋风轻剪浪花时。	（和凝《渔父》）
庭菊飘黄玉露浓，冷莎偎砌隐鸣蛩。	（顾夐《浣溪沙》其五）
片帆烟际闪孤光。	（孙光宪《浣溪沙》其一）

---

① 叶嘉莹《迦陵论词丛稿》，河北教育出版社，1997年，第227页。

从这些句子中我们可以看出宫体诗人和花间词人共同的特点，那就是注意对动词的推敲磨炼，力求写景生动。但从这些动词的使用中我们又看到，宫体诗注重对物态的细腻刻画，多客观描写，虽然在"风散同心草，月送可怜光"（萧纲《倡妇怨情十二韵》）、"桃含可怜紫，柳发断肠青"（萧纲《春日》）中似有个人情感在内，但更多的是"垂、照、映、啭"等比较客观的动词，这些动词一般用来写物而较少用来写人。花间词多把人、物共用的动词，或专用于人的动词用在物上，如"锁、剪、偎、舞、洗、粘"等，这些动词一方面形象地描绘了物态，另一方面取得以物写人的效果，在对物的观照中融入了人的情感，主观性比较强。

2.表人之间动作。萧纲《美人晨妆》"试将持出众，定得可怜名"，萧纲《咏美人观画》"所可持为异，长有好精神"，其中的动词"持"是男子对女子的动作，"持"意思是"拿"，男子带女子出来而用"持"，明显地反映了男子视女子为宠物的心态。在花间词中，男子对女子的动作则是：

几时携手入长安。	（韦庄《浣溪沙》其五）
惜别花时手频执。	（牛峤《望江怨》）
何时携手洞边迎。	（毛文锡《诉衷情》其一）

"携手""执手"是男女两情相悦、双方平等交流和情感互动的动作，与"持"相比，自有一种心上人与眼中物的区别。

3.表人物心理，花间词中的心理动词有"愁、惆怅、恨"等。这些心理情绪的发出者可以是男子，也可以是女子。虽然花间词中相当数量的闺怨离愁词是男子代女子言，但词人能站在女子角度，把握女子细腻的心理脉搏，将自己与女主人公融为一体。因此，花间词中的女主人公在共性中各有个性，这在语言的运用上体现为表现人物情感的词语较为丰富，有直接写情感心理的，如"恨、愁、惆怅、想、思、忆"等，也有用一般动词间接表现情感的，如"掩、背、隔"等。宫体诗中的闺怨也是男子代女子言，这类诗在诗题上就有所表现，如萧衍《代苏属国妇》、萧纲《代乐府三首》、萧纶《代秋胡妇闺怨》等。诗中反映女主人公心理的多用一个"怨"字，有的在诗题上就直接标明，如萧纲《倡妇怨情十二韵》、阴铿《班婕妤怨》等。宫体诗在代言时几乎都是写女子盼人不归的怨情，在动作行为上虽也有"掩"，如"尘镜朝朝掩"（萧纶《代秋胡妇闺怨》），但在宫体诗中并不多。这说明诗人并未深入体会女子的情绪，只抓住共性而未体现个性，并未将自己与主人公融为一体，在代言时比较冷静，几乎是用旁观者的态度来写女子闺怨的。

花间词和宫体诗中都有一定数量的作品不是代言，如花间词中表现男子倾慕思念女子、登科中举、狎妓冶游、历史感怀、归隐避世等题材的作品，宫体诗中咏女子、观妓表演的作品等。这些以男子口吻写的作品都真实地反映了作者的心态。宫体诗中，萧衍《戏作》，萧纲《戏作谢惠连体十三韵》《咏美人观画》《咏人弃妾》，萧绎《戏作艳诗》，庾肩吾《咏美人自看画应令》等，这些诗题中的"戏"和"咏"真实地反映了诗人对待写作对象的戏弄不庄重、把人当作物的心态。花间词中有男子倾慕女子的"恨、忆、思"，登科中举时的狂喜，狎妓冶游时的掩敛和尽兴，还有"行客自多愁"（李珣《巫山一段云》其二）的历史感怀，"名利不将心挂"（李珣《渔歌子》其二）的归隐避世等等。从二者用语可以看出，宫体诗人以游戏的态度写作，花间词人则以比较认真严肃的态度对待写作。我们看下面的例子：

> 关情出眉眼，软媚著腰肢。语笑能娇美，行步绝逶迤。空中自迷

惑，渠傍会不知。悬念独如此，得时应若为。

（萧绎《车中见美人》）

晚逐香车入凤城，东风斜揭绣帘轻，慢回娇眼笑盈盈。　消息未通何计是？便须佯醉且随行，依稀闻道太狂生。

（张泌《浣溪沙》其九）

同写见车中美人，萧绎诗主要是客观地写女子容貌姿态的美丽，后面四句虽涉及心理情感描写，但仍是非常冷静的，男子基本上以观物的态度待之；张泌词不仅写了女子的美丽，而且写了男子以反常规的形式追求女子，男子的心理刻画惟妙惟肖，女子的娇嗔也是如萦耳际。

二、句式的异同

宫体诗和花间词，一是诗，一是词，诗歌体式上的不同造成了二者在句式上的差异。宫体诗是整齐的五言古诗，花间词则是从二言到七言不等的杂言。尽管这样，同是韵文，二者在句式上自然呈现出同中有异、异中有同的特色。

（一）对偶句式的运用

所谓"对偶"，就是"上下字数相等，结构相同或相似，富于整齐、对称的均衡美"①的句子。对偶，从格律要求的宽严来看，有宽对和严对之分，从上下句意的关系来看，有正对、反对、串对之别。对偶在我国文学作品中使用非常广泛，宫体诗和花间词也不例外。它们在对偶句式的运用上呈现出以下几点异同。

1.使用频率不同。对偶在宫体诗中的运用非常普遍，几乎每一首诗中都有，其中以萧纲使用最为频繁，如：

---

① 谭永祥《汉语修辞美学》，北京语言学院出版社，1992年，第344页。

晚叶藏栖凤，朝花拂曙乌。　　　　　　　（《双桐生空井》）

游童初挟弹，蚕妾始提筐。　　　　　　　（《洛阳道》）

叶密乌飞碍，风轻花落迟。　　　　　　　（《折杨柳》）

珠绳翡翠帷，绮幕芙蓉帐。　　　　（《戏作谢惠连体十三韵》）

风散同心草，月送可怜光。　　　　（《倡妇怨情十二韵》）

　　花间词中，对偶出现的频率不像宫体诗那样密，由于受词体所限，对偶句往往出现在某些词牌中，如《女冠子》《南歌子》《浣溪沙》《春光好》《八拍蛮》《献衷心》《巫山一段云》等，这些词牌有一个共同的特点，就是其中有字数相等的相邻句子。因此，词中的对偶常出现在同一位置上，如《女冠子》上片最后两句、下片开头两句，《南歌子》开头两句，《浣溪沙》下片前两句。但这些位置上的又并不都是对偶。以《女冠子》为例，列出几首词上片最后两句和下片前两句，如：

遮语回轻扇，含羞下绣帷。玉楼相望久，花洞恨来迟。

　　　　　　　　　　　　　　　　（温庭筠《女冠子》其二）

雾卷黄罗帔，云雕白玉冠。野烟溪洞冷，林月石桥寒。

　　　　　　　　　　　　　　　　（薛昭蕴《女冠子》其一）

玉佩摇蟾影，金炉裛麝烟。露浓霜简湿，风紧羽衣偏。

　　　　　　　　　　　　　　　　（鹿虔扆《女冠子》其二）

忍泪佯低面，含羞半敛眉。不知魂已断，空有梦相随。

　　　　　　　　　　　　　　　　（韦庄《女冠子》其一）

依旧桃花面，频低柳叶眉。半羞还半喜，欲去又依依。

　　　　　　　　　　　　　　　　（韦庄《女冠子》其二）

浅笑含双靥，低声唱小词。眼看唯恐化，魂荡欲相随。

　　　　　　　　　　　　　　　　（牛峤《女冠子》其一）

《女冠子》在花间词中算是格式比较统一的词牌，从上引例句可以看出，前三首用两处对偶，后三首或不用对偶，或对偶不工整。其他几个词牌的词有的用对偶，有的不用，统一性不强。正因为在词中使用对偶受词牌体式的影响，在同一词牌中又受题材表达的影响，因此在对偶句式的使用上，词不如诗自由灵活。

2.对偶格律的宽严要求不同。在花间词中，有严对，如"转盼如波眼，娉婷似柳腰"（温庭筠《南歌子》其六）、"醮坛春草绿，药院杏花香"（牛峤《女冠子》其三）等。但有不少对偶或词性对仗工整、平仄对应不严，如"莺啼芳树暖，燕拂回塘满"（毛熙震《菩萨蛮》其三），出句：平平平仄仄，对句：仄平平平仄；或平仄对应工整、词义词性对应不严，如"鸳鸯排宝帐，豆蔻绣连枝"（牛峤《女冠子》其四），词性基本对应，但"宝帐——连枝"词义却对应不严；或词义词性平仄俱对应不严，如"紫燕一双娇语碎，翠屏十二晚峰齐"（毛熙震《浣溪沙》其二），在词义词性上，"紫燕——翠屏""一双——十二""娇语——晚峰""碎——齐"；在平仄格律上，出句：仄仄仄平平仄仄，对句：仄平仄仄仄平平。对仗都不是非常工整，

相比较而言，宫体诗在对偶使用上以严对为多。如萧纲《折杨柳》"叶密鸟飞碍，风清花落迟"，其中，叶——风（名词），仄——平；密——清（形容词），仄——平；鸟——花（名词），仄——平；飞——落（动词），平——仄；碍——迟（形容词），仄——平。出句和对句每个字词性完全相同，平仄相对，对仗十分工整，是严对。上面所列的萧纲作品中的对偶，大多属于严对。其他宫体诗人也是如此，如"却扇承枝影，舒衫受落花"（萧纶《见姬人》），"镜失菱花影，钗除却日梁"（庾信《昭君辞》）。宫体诗中的对偶也有对仗不很严的，如"回羞出慢脸，送态入频蛾"（萧纪《同萧长史看妓》）词

146

义词性对应工整，但"出、入"都是入声，为仄，没有做到严格的平仄对应；"风散同心草，月送可怜光"（萧纲《倡妇怨情十三韵》），词义词性和平仄对应都不很严，同心——可怜、草——光，从词义讲对应不严，出句：平仄平平仄，对句：仄仄仄平平，在格律上对应也不严，但这种对偶在宫体诗中并不多，有的是用了"拗救"的手法，如"游鱼动池叶，舞鹤散阶尘"（萧纲《拟落日窗中坐》），出句"动"处拗，"池"处救，这也是合乎格律要求的。

造成这种情况的原因我们可以从三个方面考察：第一，虽然诗人和词人的写作目的都是为娱乐服务，但宫体诗人更多地带有游戏的态度，较少真情实感的表达，是自娱或小范围的娱人，在文字上倾注全力；花间词人在写作中考虑到大众的心理需要，迎合大众的审美趣味，文字服从表达的需要，以娱人为目的，在对偶的运用上不像宫体诗人那样倾注全力。第二，诗的齐言形式为对偶的运用创造了条件，而词的杂言形式却限制了对偶的运用。第三，齐梁时代，诗歌创作已发展到比较成熟的阶段，尤其是永明体创立以后，诗歌声律更为讲究，我们从宫体诗看出，它的声律运用已相当成熟。花间词是中国文人词的开端，词这一体式当时还处于起始阶段，不少词句还带着脱胎诗歌的印记。

（二）重叠

重叠，有段的重叠、句的重叠和词的重叠。宫体诗和花间词中没有段的重叠，但在句和词语（尤其是词语）的重叠上显得比较突出。

1.词语重叠。无论是宫体诗还是花间词，在词语的重叠上都有两种形式：相连重叠和间隔重叠。相连重叠，一般就是指叠字。如：

幕幕绣户丝，悠悠怀昔期。　　　　　　（萧衍《拟青青河边草》）

垂手忽苕苕。　　　　　　　　　（萧纲《赋乐府得大垂手》）

尘镜朝朝掩，寒床夜夜空。　　　　（萧纶《代秋胡妇闺怨》）

细雨霏霏梨花白。　　　　　　　　（韦庄《清平乐》其一）

萧萧飒飒，边声四起。　　　　　　（毛文锡《甘州遍》其二）

目送征鸿飞杳杳，思随流水去茫茫。　（孙光宪《浣溪沙》其一）

这些叠字，不仅使人获得视觉形象、听觉感受，也能在词语的读音上获得动听的音乐效果。

我们来看词语在句中的间隔重叠。

春还春节美，春日春风过。春心日日异，春情处处多。处处春芳动，日日春禽变。春意春已繁，春人春不见。不见怀春人，徒望春光新。春愁春自结，春结谁能申。欲道春园趣，复忆春时人。春人竟何在？空爽上春期。独念春花落，还似惜春时。　　　（萧纲《春日》）

杂蕊映南庭，庭中光影媚。可怜枝上花，早得春风意。春风复有情，拂幔且开楹。开楹开碧烟，拂幔拂垂莲。偏使红花散，飘飓落眼前。眼亦多无况，参差郁可望。珠绳翡翠帷，绮幕芙蓉帐。香烟出窗里，落日斜阶上。日影去迟迟，节华咸在兹。桃花红若点，柳叶乱如丝。丝条转暮光，影落暮阴长。春燕双双舞，春心处处场。酒满心聊足，萱枝愁不忘。　　　（萧纲《戏作谢惠连体十三韵》）

蘋叶软，杏花明，画船轻。双浴鸳鸯出绿汀，棹歌声。　春水无风无浪，春天半雨半晴。红粉相随南浦晚，几含情。

　　　　　　　　　　　　　　　（和凝《春光好》其二）

秋雨，秋雨，无昼无夜，滴滴霏霏，暗灯凉簟怨分离，妖姬，不胜悲。　西风稍急喧窗竹，停又续。腻脸悬双玉。几回邀约雁来时，违期，雁归人不归。　　　　　　　　　　　（阎选《河传》）

可以说，萧纲的《春日》将词语的间隔反复用到了极致。在诗中，句句有"春"，甚至一句之中不止一处，全诗共用"春"23次。诗中春气逼人："春日""春风""春芳""春禽"……展现了一幅春回大地的美景，但这大好春光带给人们的是不见"春人"的"春愁""春结"。除了"春"外，诗中"日日""处处""春人"等都不止出现一次，通过这样的反复咏叹，将春日乐景与春日愁情都和谐淋漓地展现出来。《戏作谢惠连体十三韵》中"庭、春风、开槛、拂幔、影、春"等词多次出现，这些重叠写出了春天的景象。不仅如此，还因词语重叠造成句式的多种变化，如"杂蕊映南庭，庭中光影媚""拂幔且开槛。开槛开碧烟""柳叶乱如丝。丝条转暮光"等构成顶真句式，"拂幔且开槛。开槛开碧烟，拂幔拂垂莲"形成"花开两朵，各表一枝"的铺叙句式。

和宫体诗相比，花间小令在重叠上应该说受到更多的限制，但和凝的《春光好》其二却很好地将词语重叠和句重叠结合起来："春水无风无浪，春天半雨半晴"，两个"春"、两个"无"、两个"半"，句中重叠和句间重叠巧妙结合，写出了春天的旖旎风光，并且接上片的春景描写，为人物"红粉"的出场和活动提供了明媚轻快的环境。阎选《河传》上片开头四句，每句都用重叠，"秋雨，秋雨"，既是词语的重叠，又是句子的重叠，两个"无"，词语间隔重叠，"滴滴霏霏"则是重叠并列式，用不同的重叠形式描绘了秋雨连绵不断的典型环境，词语似断又连的重叠正与秋雨的缠绵不尽相互映衬。

2.句子重叠。和词语重叠比起来，句子的重叠所受的限制更大，宫体诗中基本没有句子的重叠，花间词中有一些句子重叠的例子，如顾夐《荷叶杯》九首，每首都用重叠句子作结。阎选《河传》中的"秋雨"既是词语的重叠，也是句子的重叠。

诗中句子重叠明显少于词中句子重叠，因为诗词体式不同，词的杂言句式、词与音乐的密切联系等，都容易形成重叠。纵观词史，重叠是常见现象，从音乐角度看，上下片相应各句结构完全相同；从语言角度看，相同词语、句子的反复运用等。花间词中，词句重叠变化形式还是比较简单的，词到宋代，重叠渐渐变得复杂多样。

从以上对宫体诗和花间词语言的比较可以看出：第一，二者在选词用语上倾向艳情，以小巧轻软的女性词语为主，创作目的在于自娱娱人。第二，在描写女子时善用环境美、装束美、用具美来衬托女子之美。这两点是二者的相似之处，也是花间对宫体的继承。第三，宫体诗讲究冷静客观地叙述与描写，人物情感不直露，或者在诗中表现类型化的普遍情感。花间词尽管也写普遍情感，但因词人在主人公形象中融入了自己的切身体验，能站在被代者的角度进行思考表达，因而往往能显示出人物细腻的心理活动，在类型中显出个性来。第四，宫体诗和花间词的主要主人公都是女性，但女性在诗、词作者心目中的地位却大相径庭。在宫体诗中，女性多没有独立地位，她们或依附于男子，或是男子玩弄的宠物；在花间词中，女性作为男子的心上人、被仰慕者，与男子有大体相当的地位，就是倡妓，男子以"神仙"目之，也较少玩弄的态度。"在陈梁宫体诗中，我们看到了写女人的冶容媚态、锦衣绣衾、美玉佳玩。类此的人、物在花间词中也绝不少见。所异者，在意趣、在情味、在雅俗。前者抱的是狎邪态度、猥亵情怀；而后者则'景真情真'。"①这是花间词相对宫体诗的一大进步。第五，宫体诗中，诗人独立于主人公之外；花间词中，词人与主人公融为一体。前者以旁观者身份审视描写对象，注重锤炼词句，往往留下明显的斧凿痕迹；后者以当事人身份吐露情感，注重词语传

---

① 艾治平《花间词艺术》，学林出版社，2001年，第5页。

情，注重合乎大众的口味。

同是写佳人，同是用艳语丽句，宫体为花间提供了学习的样板；花间在学习宫体香艳柔婉的同时，又注入了音乐、时代、社会心理等因素，加上了鲜明的词体特质，在继承中有变革、有发展，形成了自己特有的语言范式，为后世词的发展设定了"本色当行"的词体规范。

第二节　花间词与敦煌曲子词比较

从写作时间看，敦煌词的创作时间为唐至五代340多年间。"朱彝尊在《群雅集序》中曾指出：'唐初以诗被乐，填词入调则自开元、天宝始。'近人任半塘更明确指出：'验诸敦煌曲内之长短句，多有天宝前后作'，'创调之始即为长短句，在开天间已经流行者，至少已达五十种以上'。"[1]"如果从唐代倚声填词创作活动发生的时间先后看，文人词在民间词之后，无疑受到民间词创作的影响。"[2]花间词是文人词，敦煌词是民间词，二者相隔年代并不远。在创作上，花间词受到了敦煌词的影响，在继承中逐渐体现自己的特色。

敦煌词的题材可分为以下两大类。第一类与男女闺情有关，包括：（1）丈夫守边征战，思妇想念丈夫，如《凤归云》二首、《破阵子》、《宫怨春》、《鹊踏枝》、《送征衣》；（2）风流男子在外不归，女子在家怨恨又无奈，如《天仙子》《拜新月》《别仙子》；（3）男子对女子的倾慕思念，如《竹枝子》；（4）男子负心，女子悔嫁狂夫，如《倾杯乐》、《抛球乐》、《菩萨蛮》（枕前发尽千般愿）、《望江南》（天

---

① 刘庆云、刘建国《词曲通》，湖南大学出版社，1999年，第13页。

② 刘庆云、刘建国《词曲通》，湖南大学出版社，1999年，第14页。

上月)、《南歌子》。第二类与男女闺情无关，包括：（1）为国为君尽忠，建功立业，如《生查子》、《赞普子》、《菩萨蛮》（敦煌古往出神将）、《望江南》（曹公德）；（2）看透人生，放旷颓废，如《临江仙》《浣溪沙》《酒泉子》；（3）生活小景，带有哲理，如《望江南》（莫攀我）、《浣溪沙》（五两竿头风欲平）。

可见，敦煌词中闺情题材的词作占了多数。从前面我们对花间词的分析可知，花间词中也是闺情题材占多数，其他非闺情题材，花间词的类型比敦煌词多，但是没有敦煌词中的为国为君尽忠题材。下面我们就从语言角度探讨二者之间的传承关系。

一、对语言风格的定位

从题材看，敦煌词"有边客游子之呻吟，忠臣义士之壮语，隐君子怡情悦志，少年学子之热情与失望，以及佛子之赞颂，医生之歌诀，莫不入调。其言闺情与花柳者，尚不及半"①，花间词中也有多种主题，边塞、中举、归隐、颓废等，但闺情花柳是其主旋律。

敦煌词是民间词，不管词中主人公是男子还是女子，多以口语入词，还用上地域方言，佛教、道教语言，词中句子有整有散，散者如日常白话。花间词是文人词，虽然少数词作带有民间词色彩，绝大多数都是用典雅正式的书面语。二者在语言风格上的差异具体表现在以下几个方面。

（一）用词特色

1.人物名称词。

敦煌词和花间词中人物名称词各有以下几种（名称后括号中的数

① 王重民《敦煌曲子词集·叙录》，商务印书馆，1956年，第17页。

字表示出现的次数）：

人物名称词	敦煌词	花间词
第一人称	妾（4）我（5）奴（1）	我（5）妾（2）妇（1）
第二人称	君（3）公卿（1） 你（1）汝（1）	君（44）
第三人称	征夫（2）仙娥（1）小娘（1） 萧娘（1）潘郎（2）狂夫（1） 荡子（1）伊（1）萧郎（1） 负心人（2）风流婿（1）他（3）	佳人（4）美人（13）玉人（3） 姬（4）妃（2）妓（2） 谢娘（9）萧娘（4）小娘（2） 神仙（11）楚女（3）玉郎（12） 刘郎（8）阮郎（3）檀郎（3） 仙郎（2）荡子（4）他（1）

从上表可以看出，两种词中都出现了三身人称词，但是在人物名称词的类型上，敦煌词中第一人称和第二人称多，花间词中少，第三人称词则相反；在数量上，我们讨论敦煌词共155首[①]，花间词共500首，第一人称词的数量敦煌词多，花间词少，第二人称和第三人称词都是花间词多，但这是从绝对数量上看，换算成比例，敦煌词并不少。从具体称呼上看，敦煌词中出现"我""你""汝""他""伊"这样的口语化代词，花间词中只出现"我"和"他"，"他"字只出现在张泌《江城子》其二人物对话中"好是问他来得么？和笑道：莫多情"，由此可见，这些人称词常出现在口语化的表达中；第三人称的称呼，敦煌词比花间词少很多；传说中的人名或神仙名，敦煌词中只出现"萧娘""潘郎""萧郎"，花间词则更为多样。从人物名称词中可以看出，敦煌词直接抒写现实，口语特色明显；花间词隐藏自我，抒发共同情感，书面语色彩明显。

2.虚字入词。

前面已经论述，花间词中的虚字有三种，一是句首领字，一是句

---

① 根据王重民辑《敦煌曲子词集》统计，不包括残首。

中副词，一是句末语气词或助词，花间词中这三种虚字的总数并不少，我们这里专门探讨的是意义真正虚化的连词、助词、语气词等。敦煌词中经常出现连词、助词等虚词，花间词中却出现得比较少。如：

> 春去春来庭树老，早晚王师归却还，免教心怨天。　　（《破阵子》）
> 所以将身岩薮下，不朝天。　　（《浣溪沙》）
> 金箔玉印自携将，任他乱芬芳。　　（《酒泉子》）
> 盖缘傍伴逞夫多，所以不来过。　　（《望江南》）
> 柳条垂处也，喜鹊语零零。　　（《宫苑春》）
> 子细思量着，淡薄知闻解好么？　　（《抛球乐》）

《破阵子》中的"却"是语助词，用以加重语气。《浣溪沙》和《望江南》中的"所以"是连词。《酒泉子》中的"将"是动词词尾，《宫苑春》中的"也"是句末语气词。《抛球乐》中的"着"和"么"，一为助词，一为语气词。这些没有实际意义的虚词用在词作中，将整句散化，凸显了词作的口语特色。花间词中没有出现"所以"等连词，出现语气词"也"的有以下几句：

> 不知征马几时归，海棠花谢也，雨霏霏。（温庭筠《遐方怨》其一）
> 求仙去也，翠钿金篦尽舍，入崖峦。　　（薛昭蕴《女冠子》其一）
> 欢罢，归也，犹在九衢深夜。　　（孙光宪《风流子》其三）
> 水为乡，篷作舍，鱼羹稻饭常餐也。　　（李珣《渔歌子》其二）

这些句中的"也"表示的语气并不是判断，相互之间也不完全相同，有叹息、有决绝、有满足。这些"也"所表示的语气详见第一章论述，此处不赘。除了"也"，还有其他语气词，如"此时还恨薄情无"（欧阳炯《浣溪沙》其三）中的"无"、"好是问他来得么"（张泌《江城子》其二）中的"么"，语尾助词如"依稀闻道太狂生"（张泌《浣溪沙》其九）中的"生"，"生"是唐宋时期的语尾助词。

3.口语词、术语入词。

早晚王师归却还，免教心怨天。	（《破阵子》）
被父母将儿匹配，便认多生宿姻眷。	（《倾杯乐》）
自嗟薄命，缘业至于斯。	（《拜新月》）
当初姊妹分明道，莫把真心过与他。	（《抛球乐》）
金箔玉印自携将，任他乱芬芳。	（《酒泉子》）
攀花折柳得人憎。	（《南歌子》）

"早晚"是唐人口语，"什么时候"的意思。"多生"，佛家语，谓人有去、今、来三生。"缘业"，佛家语，指善恶因缘，这里专指罪孽。"过与"，唐代西北部分地区的口语，"给予"的意思。"芬芳"，唐代方言，"纷纭"义。"得人憎"，方言，属民间口语。花间词中这些口语词和术语用得很少，韦庄《归国谣》其一"早晚得同归去，恨无双翠羽"，也用了口语词"早晚"。敦煌词中出现不少西北方言词，花间词受地域影响主要体现在题材、风格、节奏韵律上，蜀地方言几乎没有出现过。

（二）句式特色

这里主要讨论句子整散形式，词作有齐言和杂言两种形式，但是作为韵文，合拍押韵是其要求，口语化的散句一般不用在韵文中。花间词中也有生活化的词作，如张泌《浣溪沙》，第九首写"狂生"伴醉追美女，富有生活气息，有心理活动，有特写，上片依然整齐典

155

雅："晚逐香车入凤城，东风斜揭绣帘轻，慢回娇眼笑盈盈"，下片有心理活动："消息未通何计是"，有行为动作："便须傍醉且随行"，有人物语言："依稀闻到太狂生"。下片三句富有生活气息，也用上唐宋口语中的语尾助词"生"，但是仍没有改变句子的节奏，这三句的节奏均为上四下三，依然很整齐。同样，张泌《江城子》其二下片写人物问答："好是问他来得么？和笑道：莫多情。"句子用词浅近，有口语色彩，但是仍没有改变句子的节奏，甚至为了满足节奏需要，还增加了一些音节。如果把这几句改用日常口语说出，应是：问他来得么？笑道：莫多情。欧阳炯《南乡子》反映民间生活，带有民歌特色，遣词用语清新明丽，但是为了入词合拍，也做了一些调整，如其六最后一句"树底纤纤抬素手"，正常语序应是"树底抬纤纤素手"，为了符合韵文节奏而做了倒装处理。可见，在花间词中，为了追求词作语言的典雅，就算是生活化的语句也做了一定的调整，以满足词作风格的需要。

敦煌词"皆是有名的文人学士之作，大都皆以典雅为归，浅鄙近俗者极少。这数十余首曲子却使我们明白初期的流行于民间的词调是甚等样子的。其中也有很典雅的辞语，但民间的土朴之气终流露于不自觉"①。典雅之作如《天仙子》一首：

燕语莺啼三月半，烟蘸柳条金线乱。五陵原上有仙娥，携歌扇，香烂漫，留住九华云一片。　　犀玉满头花满面，负妾一双偷泪眼。泪珠若得似珍珠，拈不散，知何限，串向红丝应百万。

词中用语典雅，句式整齐，用了比拟、比喻、夸张等修辞手法，

---

① 郑振铎《五代文学》，见陈人之、颜廷亮《云瑶集研究汇录》，上海古籍出版社，1998年，第13页。

王国维评价说："《天仙子》词，特深峭隐秀，堪与飞卿、端己抗行。"①敦煌词有典雅也有质朴，甚至能将典雅与质朴很好地结合起来，表现在句式上，一是改变句子韵律节奏，如：

待成功日（《宫苑春》）：一三

是前世因缘（《送征衣》）：一四

照泪痕何似（《别仙子》）：三二

被父母将儿匹配（《倾杯乐》）：三二二

愿天下销戈铸戟（《宫苑春》）三四

以上列举四言、五言、七言句子，按照诗歌韵律节奏，四言应是上二下二，五言为上二下三，七言为上四下三，这几句均未按照这些节奏规律，散而不整。花间词中三言、四言、五言、六言、七言的句子也有多种节奏样式，但是五言中没有上三下二格式，七言中没有三二二格式。相比而言，敦煌词更显得口语化、散文化一些。

二是在句首句末加上虚词，如：

所以将身岩薮下，不朝天。（《浣溪沙》）

盖缘傍伴逝夫多，所以不来过。（《望江南》）

自从涉远为游客。（《菩萨蛮》）

自从銮驾三峰住。（《菩萨蛮》）

归去也。（《临江仙》）

柳条垂处也。（《宫苑春》）

子细思量着，淡薄知闻解好么？（《抛球乐》）

"所以""盖""自从""也""着"等有的在上文虚字部分已分析，

① 王国维《观堂集林·唐写本云瑶集杂曲子跋》。

它们的运用也对句式产生了影响，使句子带有日常口语的特色，如果删去这些虚字，语言的语体色彩就明显不同了。

二、衬字和体式

早期的曲子词中，常见衬字。根据王昆吾的观点，有两种类型的衬字，一种是发生在局部的装饰性衬字，对词牌体式影响不大，是由歌唱修饰手法造成的；一种是对词牌体式产生影响，被固定下来作为体式的组成部分的。后一种，严格地说，其中增减的字不能算是衬字了。

敦煌词中《菩萨蛮》词16首，其中多为"上片：七七五五。下片：五五五五。"格式，但是还存在以下几种不同的格式：

（枕前发尽千般愿），上片：七七六七。下片：五五五七。

（御园照照红丝罢），上片：七七五五。下片：五五五七。

（自从宇宙兴戈戟），上片：七七五五。下片：五五五六。

这三首都加了衬字，第一首加了"上""直待""且待"，第二首加了"象似"，第三首加了"问"。

再看《浪淘沙》，敦煌词中有四首，这四首的格式分别是：

（却卦录兰用笔章）上片：七八七三。下片：七七七五。

（五里竿头风欲平）上片：七七七三。下片：七七七三。

（结草城楼不望恩）上片：七七七三。下片：七七七七。

（八十颜年志不迷）上片：七七七三。下片：七七七三。

第二首和第四首未用衬字，一三两首均用衬字。第一首上下片各有一句加衬字，第三首在下片最后一句加了衬字。

《鹊踏枝》词两首：

（叵耐灵鹊多谩语）上片：七七七七。下片：七八七九。

（独坐更深人寂寂）上片：七七七七。下片：七九八七。

这两首《鹊踏枝》下片第二句和第四句都是共加了三个衬字。

从敦煌词衬字使用情况看，多为第一种衬字。花间词中常见同一作者作同一词牌多首、不同作者作同一词牌词的情况。

欧阳炯的《献衷心》词64字，顾敻的《献衷心》却有69字：

见好花颜色，争笑东风，双脸上，晚妆同。闲小楼深阁，春景重重。三五夜，偏有恨，月明中。　　情未已，信曾通，满衣犹自染檀红。恨不如双燕，飞舞帘栊。春欲暮，残絮尽，柳条空。　　（欧阳炯）

绣鸳鸯帐暖，画孔雀屏欹，人悄悄，月明时。想昔年欢笑，恨今日分离。银釭背，铜漏永，阻佳期。　　小炉烟细，虚阁帘垂，几多心事，暗地思维。被娇娥牵役，魂梦如痴。金闺里，山枕上，始应知。

（顾敻）

两词为同一体式，只是顾敻词中加了"画、恨、小、虚、地"五个衬字。

温庭筠三首《河传》的格式都是上片：二二三六七二五。下片：七三五三三二五。

韦庄三首《河传》的格式都是上片：二二四四四六三。下片：七三五四六三。

顾敻三首《河传》的格式分别是：

其一，其三上片：二二四四七二五。下片：七三五三三二五。
其二上片：二二四四三三二五。下片：七三五三二二五。

孙光宪四首《河传》的格式分别是：

其一、其二上片：四四四三六五。下片：七三五三三二五。

其三上片：二二四四七二五。下片：七三五三三二五。

其四上片：二二四四四六五。下片：七三五三三二五。

同为《河传》，有上述不同格式，温庭筠、韦庄、顾敻、孙光宪都有按固定体式创作的多首词，孙光宪《河传》其三与顾敻的一三两首格式相同，这样，不同的只有顾敻的第二首和孙光宪的第四首，不同之处均在上片五六句。顾敻词上片第五六两句是三三"露花鲜，杏枝繁"，好像是把七言单句拆成三言两句，孙光宪词上片第五六两句是四六"木兰舟上，何处吴娃越艳"，好像把七言单句拆成四言加六言。这两首的变化"是在曲体大体固定的情况下，由歌唱修饰手法造成的"[①]，可以看做是第一种衬字现象。根据以上分析，我们可以得出，花间词中《河传》有三种体式：温庭筠、韦庄、孙光宪各一种，顾敻的三首和孙光宪的三四两首为温庭筠体的异体。

敦煌词的体式不仅要合曲拍，还要根据演唱时的需要，因此既有比较稳定的曲体表现，也有演唱时的变化，因此多为一体。花间词时期，词牌格式相对固定，由于有的曲子失传，填词由"因声度词"变为"依调填词"，异体、变体增多，因此花间词中同一词牌的词字数不同，有的是增加了衬字，有的则是体式的不同。

三、抒情的方式

敦煌词和花间词都是早期的文人词作，不论是哪种题材，闺怨、爱情、边塞、中举、归隐、颓废，都有情感在其中，这是词人的共识，也是词体的要求，因此透过词作的语言表面，总能感受到一种情感的流动。用何种方式抒情，就反映出两部词集的异同。

---

① 王昆吾《隋唐五代燕乐杂言歌辞研究》，中华书局，1996年，第109页。

（一）描写和情感共现

这样的抒情方式，是两部词集的共同之处，这在语言上有以下表现：

1.在描写的背景中凸显情感情绪词。

清明节近千山绿，轻盈士女腰如束。九陌正花芳，少年骑马郎。罗衫香袖薄，伴醉抛鞭落。何用更回头，谩添春夜愁。

（《菩萨蛮》）

锦浦，春女，绣衣金缕，雾薄云轻。花深柳暗，时节正是清明，雨初晴。　　玉鞭魂断烟霞路，莺莺语，一望巫山雨。香尘隐映，遥见翠槛红楼，黛眉愁。

（韦庄《河传》其三）

《菩萨蛮》词中上片是景物描写：时近清明，山青花开，游人如织。这是远景。下片开头两句是近景，描写人物衣着动作；下片后两句写人物的心理，尤其是最后一句的"愁"，点出主题。这次的春游拉开了一段爱情故事的序幕。韦庄词写的也是清明时节，雨后初晴，花繁莺啼，水边士女游春。下片的"魂断"和"愁"写出了人物的心理和情感。两首词取材相近，构思相近，表达的情感相近，甚至可以把这两首词看作同一个故事的不同阶段。

这样景情交融的作品在两部词集中都有不少，"愁、恨、惆怅"是出现得最多的情感情绪词，花间词尤为突出，不一一列举。这种方式的抒情，在词作体式上往往表现为上片写景，下片抒情或写景加抒情。如：

岸阔临江底见沙，东风吹柳向西斜。春光吹绽后园花。莺啼燕语，撩乱，争忍不思家。　　每恨经年离别苦，等闲抛弃生涯。如今时世已

参差。不如归去，归去也，沉醉卧烟霞。　　　　　（《临江仙》）

入夏偏宜淡薄妆，越罗衣褪郁金黄，翠钿檀注助容光。　　相见无言还有恨，几回拚却又思量，月窗香径梦悠飏。　　（李珣《浣溪沙》）

这两首的上片均为描写，《临江仙》写景，最后一句有情感的流露，《浣溪沙》写人。《临江仙》下片直抒胸臆，不能再忍受"经年离别苦"，决定"归去，沉醉卧烟霞"。《浣溪沙》下片写矛盾的心理，最后日有所思夜有所梦，抒情含蓄。

2.在描写中融入人物情感。

上一种方式描写和抒情是分开的，人们可以明确地说出某一句是描写某一句是抒情，而这种方式多依托比喻、比拟等修辞手法，在景物描写中倾注人物情感。

燕语莺啼三月半，烟蘸柳条金线乱。五陵原上有仙娥，携歌扇，香烂漫，留住九华云一片。　　犀玉满头花满面，负妾一双偷泪眼。泪珠若得似珍珠，拈不散，知何限，串向红丝应百万。　　（《天仙子》）

词中描写在燕语莺啼、柳条蘸烟的烂漫春光中，仙娥盛装歌舞，下片第二句开始写泪眼，并运用比喻和夸张的手法，写出眼泪的多，设想新奇独特。词中没有哪一句专门抒情，但是下片描写泪眼和眼泪句分明已经包含了无限的情感。花间词中也有类似的词作：

金门晓，玉京春，骏马骤轻尘。桦烟深处白衫新，认得化龙身。九陌喧，千户启，满袖桂香风细。杏园欢宴曲江滨，自此占芳辰。

（薛昭蕴《喜迁莺》其二）

此词写中举后的情景和感受，没有一句直接写中举后喜悦的心情，但句句有情，都融入景物描写中。再如牛峤《江城子》其二：

极浦烟消水鸟飞。离筵分首时，送金卮。渡口杨花，狂雪任风吹。日暮天空波浪急，芳草岸，雨如丝。

此词除二三句言事外，其他均写景：水边渡口，细雨如丝，日暮浪高，杨花狂飞，这是一个忧伤的背景，景中渗透离愁别恨。

（三）叙事和情感并存

通过叙事来抒情也是中国诗歌的传统，敦煌词和花间词中的叙事一般为自叙身世。

花间词中的情感多为人类共有的，主人公或代人言，或模糊不可定指，其中的叙述不够完整典型，或为片段式，或迷离含混，主要通过这些并不典型的叙事来表达共有的人间情感。单首作品以描写抒情为多，叙事则常以组词的形式表现，如韦庄五首《菩萨蛮》，沈祥源、傅生文认为是韦庄暮年在蜀的作品，可以看成一组完整的组词。第一首写他离开洛阳到江南漫游和妻子分别时的情形，第二首回忆到江南后的所感所思，第三首写自己青春年少浪迹花丛的情形，第四首写词人"及时行乐"的心情，第五首代妻子思夫。[①]顾敻九首《荷叶杯》以倒叙的手法叙事抒情，先写现在的情景：春尽花落、别人家弦歌宴席、陌上少年，这些都引发女子相思追忆，再写当时相识相知相恋，最后又回到现实，恋人一去不归，自己孤独徘徊。这样的组词还是以抒情为上，其中的事情并不完整明显，如《荷叶杯》其六"我忆君诗最苦"是以现在的视角写的，而其四、其五、其七三首写的都是当时相识相恋的情景，其六插入其中，似乎不符合逻辑关系，由此也可见，花间词并不重在叙事。张泌《浣溪沙》其九"晚逐香车入凤城"似乎是写了完整的故事，但词的主旨并不在事上，更多的是描写人物

---

① 赵崇祚编，沈祥源、傅生文注《花间集新注》，江西人民出版社，1997年。

的心理活动和言语行为。可见，花间词中的自叙身世并不典型。敦煌词不同，不少词作反映的就是主人公个人自我的独有生活和情感，叙述明显、完整，如：

> 忆昔笄年，未省离合，生长深闺苑。闲凭着绣床，时拈金针，拟貌舞凤飞鸾，对妆台重整娇姿面。知身貌算料，岂教人见。又被良媒，苦出言词相诱衔。　　每到说水际鸳鸯，惟指梁间双燕。被父母将儿匹配，便认多生宿姻眷。一旦聘得狂夫，攻书业，抛妾求名宦。纵然选得，一时朝要荣华，争稳便。　　　　　　　　　（《倾杯乐》）

女主人公自叙身世，悔嫁狂夫。女主人公从自己十五岁的少年时忆起，想到自己无忧无虑的生活和对未来的憧憬，因为父母之命、媒妁之言，嫁给一个一心求取功名的夫婿。在叙述中也将自己的憧憬、失望、后悔之情淋漓尽致地表达了出来。《凤归云》（征夫数载）和（绿窗独坐）也是女主人公叙述丈夫守边后自己的生活和情感，在叙述中抒情。不是闺情的题材也有叙述，如：

> 本是蕃家将，年年在草头。夏日披毡帐，冬天挂皮裘。　　语即令人难会，朝朝牧马在荒丘。若不为抛沙塞，无因拜玉楼。（《赞普子》）

主人公自叙在边塞的艰苦生活，最后说出自己的打算，忍受这样的生活就是为了出人头地，或是说封官晋爵。

（四）对话中的情感体现

词是韵文，受格律曲拍的限制，一般来说，不太好再现人物对话，但是敦煌词和花间词均有将人物对话入词的作品。如：

> 叵耐灵鹊多谩语，送喜何曾有凭据，几度飞来活捉取，锁上金笼休

共语。　　比拟好心来送喜，谁知锁我在金笼里。欲他征夫早归来，腾身却放我向青云里。　　　　　　　　　　　　　　　　　　（《鹊踏枝》）

浣花溪上见卿卿，脸波明，眉黛轻。绿云高绾，金簇小蜻蜓。好是问他来得么？和笑道：莫多情。　　　　　　　（张泌《江城子》其二）

《鹊踏枝》用拟人手法，运用人鹊对话的形式结构作品，在对话中显示女子盼夫早归的心理，全词用语拙朴而韵味隽永。《江城子》最后三句是人物对话，可以说是直录，富有生活情趣。

虽然对话是抒情方式之一，但对话入词受很多限制，因此在两部词集中都很少出现；敦煌词全用对话，花间词只是出现在局部，也可看出这种方式的式微。

从以上分析可以看出，词是用来抒情的文学体裁之一，而且经常借助描写和叙述等方式。但是相比而言，描写和抒情的结合更为常见，这是从敦煌词就形成了的，花间词继承了这一传统；叙述与抒情的结合，敦煌词更为典型，花间词则只是片段或模糊的叙述，也就是说词发展到花间，用叙述来抒情已不是抒情的主要方式了，这在后世的词作中也可得到验证。

作为同一文学体裁，同为文人创作，敦煌词和花间词有不少相近之处，但是由于发展时期不同，在语言风格，体式、抒情方式等方面也存在不少差异，在二者的比较中可以看出花间词对敦煌词的继承和发展。

第三节　花间词与李商隐艳诗比较

李商隐和花间鼻祖温庭筠是同时代人，李比温小十一岁，并称"温李"。李商隐诗"清新纤艳，故旧史称其与温庭筠、段成式齐名，时号三十六体云"①。李商隐诗"纤艳"的特色在他的艳诗中表现得尤为明显。李商隐的艳诗主要指字面写男女情事的无题诗、咏物诗、赠妓诗、女冠诗和一些代赠代答诗。花间词号称"绮艳",那么,这两种冠以"艳"的作品在语言上又呈现出怎样的特色呢?

一、作品用语上的异同

《花间集》500首词大多是写男女情事的闺怨词、恋情词、狎游词、相思相慕词。在词作用语的类型上比较多的,一是和女性生活有关的容貌、衣妆、居室、用具名词,二是纤巧艳丽的动植物名词,三是天候季节名词,四是表男女主人公名称的人物名称词,五是颜色词,六是表示人物内心情感活动的心理情绪词。我们统计李商隐艳诗中的用语类型,也基本上和花间词相同。正是这些类型的词语,构筑了花间词和李商隐艳诗"艳"的特色。

尽管如此,但是二者在每种类型之下所用的具体语词却显出或同或异的特点。而正是这些有同有异的用语,使二者在"艳"的总体风格下呈现出不同的个性特征。为了便于直观比较,现将二者用词的具体情况列表如下:

词语类型	花间词	李商隐艳诗
女子容貌、衣物、居室、用具	眉、眼、腮、面、鬓、髻、手、臂、裙襦、钗、带、栏、户、窗、炉、屏、枕、衾、帐、镜、被、簟	眉、腰、颈、指、裙、裙钗、春衣、带、阁、楼、户、衾、枕、镜、被、簟

---

① 晁公武《郡斋读书志》。

词语类型	花间词	李商隐艳诗
动植物	莺、燕、鸳鸯、锦鸡、黄鹂、子规、鹤、鹧鸪、杜鹃、猩猩、马、蚤、凤、荷、竹、杏花、桃花、柳、豆蔻、牡丹、蓼花	凤、天鹅、蝶、雁、鸳鸯、鸾、鹤、乌、猿、鹊、杜鹃、青雀、鸠鸟、蜂、鹦鹉、芙蓉、蓬、棠树、桃、桂、相思树、松、菊、蔷薇
天候季节	春、秋、夜、月、露、风、云、雾、日、雨	春、秋、夜、月、日、风、雾、雨、露
男女主人公	佳人、美人、玉人、谢娘、小娘、萧娘、西子、神仙、玉郎、檀郎、刘郎、阮郎、仙郎、荡子	玉女、月姊、星娥、溧阳公主、卫夫人、朝云、昭君、楚神、紫姑、嫦娥、阿环、寿阳公主、宓妃、神女、贾氏、陆郎、刘郎、魏王、吴王、宋玉、萧史、武皇、潘安、韩掾、庄生、望帝、羊权、燕太子、洪崖、温峤
颜色	红、绿、白、翠、青、碧	红、绿、白、青、碧、翠、紫、赤
人物心理、情感	愁、恨、惆怅、思、忆、想	愁、怨、畏、怕、迷、妒、怅
地名	凤城、浣花溪、龙山、石城、阳关、邺城、馆娃宫	阳台、下蔡、阳关、章台、大庾岭、秦台、灞岸、龙山、关河、瑶台、严城、蓬山、天泉、石城、瀛洲

　　从上表可以看出，天候季节、颜色方面的词语二者基本相同。在女子容貌、衣妆、居室、用具方面的词语和动植物名称词语的使用上，二者大同小异，这里的异，一是体现在女子容貌词语上。从头发到面部到肢体，花间词几乎全方位涉及，而李商隐艳诗中的此类词语多集中在“眉”和“腰”上。其中虽也有“髻”“额黄”“鬓”等词

语，但出现比例非常小，"眉"和"腰"则大量出现，如"腰细不胜舞，眉长唯是愁"（《无题·近知名阿侯》）、"眉细恨分明"（《无题·照梁初有情》）、"莫损愁眉与细腰"（《离亭赋得折杨柳二首》其一）、"无双汉殿宝，第一楚宫腰"（《碧瓦》）、"楚腰知便宠，宫眉正斗强"（《效徐陵体赠更衣》）、"长眉画了绣帘开"（《失题二首》其一）、"八字宫眉捧额黄"（《失题二首》其二）、"长长汉殿眉"（《效长吉》）。这体现了花间词人和李商隐对女性的审美趣味不同，从而导致观照点的不同。小异的另一个方面是，在动植物名称中，花间词多选形状小巧、色彩美艳的动植物入词，李商隐艳诗也具有这样的特色，因而，在不少词语上相同，如"鸳鸯、鹤、杜鹃、鹦鹉、芙蓉、桃"等。但是李商隐诗中也有形不巧、色不艳的动植物，如"乌、鸠鸟、蓬、松"等。花间词中的动植物一般为现实存在的事物，其中的"凤"并不是活生生的凤凰，而是指画或图案；李商隐诗中却有不少想象出来而当作真物写的动物，如"凤""鸾""青雀""青鸟""鸠鸟"等。

人名、地名词语是二者用语上小同大异之所在。我们将李商隐艳诗中的人物名称词进行分类：一、历史人物，如溧阳公主、寿阳公主、卫夫人、西子、昭君、贾氏、吴王、魏王、韩掾、萧史、武皇等。二、传说人物，如玉女、月姊、星娥、朝云、楚神、嫦娥、刘郎、紫姑。花间词中女子的称呼可以分为四类：一类是女子的通称，如玉人、美人、佳人等；一类是男子的配偶，如妾；一类是历史上美丽女子的名字，如谢娘、萧娘、西子、潘妃、昭君等；一类是传说中的神仙，如神仙、嫦娥、瑶姬等。可见，在人物名称类型上，李诗明显少于花间，但是所用的具体名称却丰富得多。花间词中的"西子""潘妃"等历史人物名词多在咏史一类词中出现，指的一般就是历史人物;"谢娘""萧娘""檀郎"等虽在历史上确有其人，但在词中却是作为男女主人公心中爱慕之人的代称，并不实指历史人物。在这些词语中，舍弃了历史人物的个别特征，只取其形貌俊俏美丽的共同特征，因此，花间词中，这些词语多次出现，它们可以互换而所指并不改变。但在李诗中，这些人物名称所包含的意义却要复杂得多：第一，指人或物。如"西子寻遗殿，昭君觅旧村"（《蝶》），以"西子""昭君"喻蝶。"又向窗中觑阿环"（《曼倩词》），"阿环"指往昔学道时相识之女冠。"星娥一去后，月姊更来无"（《圣女祠》），"星娥"指织女，此指圣女，亦即入道之公主。"月姊"，即嫦娥，当为陪侍入道公主之宫女，亦即诗人思念之女冠。第二，指历史人物或传说人物，但又有所寓托。如"庄生晓梦迷蝴蝶，望帝春心托杜鹃"（《锦瑟》），用"庄周梦蝶"和"望帝化鸟"的典故，但在其中又有诗人身世之寓托。"贾氏窥帘韩掾少，宓妃留枕魏王才"（《无题四首》其二），"贾氏""韩寿""魏王"为历史人物，"宓妃"为传说人物，此二句所述，既是历史或传说中事："贾氏窥帘""宓妃留枕"，又都是真情流露，此借典事寓托自己相思情深。这是借人事说己事的方法。第三，无喻无托之人名。如"韩蝶翻罗幕，曹蝇拂绮窗"（《蝇蝶鸡麝鸾凤等成篇》），其中"韩蝶""曹蝇"用典，但基本上没有什么其他深意。李商隐抓住历史人物或传说人物的个性指物、指他人、指自己，所用名称各有自己独特的内涵，不能互相代替。

在地名上，花间词中的地点或为闺阁、或为花前溪边，多数不出现具体的地名，少数的地名也都是现实地名，如"凤城、浣花溪、龙山、阳关、石城"等。李诗中的地名有现实的，如"阳台、下蔡、阳关、章台、大庾岭、秦台、灞岸、龙山、严城、石城"，也有占了相当比例的传说地名，如"蓬山、蓬峦、天泉、瑶台、瀛洲"等。

在人物心理情感词语的使用上，二者也体现出较大的差异，花间词的此类词语所指范围比较单一：因"思、忆、想"而"恨、愁、惆怅"。李诗的此类词语则反映了人物多样的内心情感：一是因思而生的"愁、怨、怅"，这与花间相同；二是"畏""怕"；三是"迷""妒"。多样化的内心情感使诗句内涵显得更为复杂。

正因为李商隐诗中这些用语特色，造成了亦真亦幻、迷离朦胧的诗歌美学风格。这与花间词虽有想象、梦境，但却清楚明了，虽含蓄却不朦胧形成了对照。可以说，花间词和李商隐诗歌，一如晴日赏花，一如雾里看花；一如举头望月，一如水中观月。

通过以上分析，我们可以看出：花间词和李商隐艳诗，在用语上大体类型相当；在同一类型下，具体词语有异同。那么，二者都用的词语，在使用上是否有差异呢？

李商隐诗和花间词都用了不少颜色词，而且所用颜色词基本相同。根据电子版《国学宝典》的数据统计，二者在颜色词使用上的频率如下①：

	花间词（500首）	李商隐艳诗（80首）
红	165次（33%）	12次（15%）
绿	70次（14%）	3次（4%）
翠	114次（23%）	11次（14%）
碧	68次（14%）	13次（16%）
青	31次（6%）	7次（9%）
白	33次（7%）	11次（14%）
紫	0次（0%）	5次（6%）

① 表中数据是根据500首花间词和80首李商隐艳诗统计来的。李商隐艳诗80首的数目是本文作者根据刘学锴、余恕诚《李商隐诗歌集解》粗略统计得出。括号中的百分比是用出现次数除以作品首数得出的，取整数。表中数据并不精确，但能说明一点问题。

170

两相比较可以看出，尽管二者都使用了较多的颜色词，但花间词更偏重于红、绿、翠之浓艳色彩，李商隐则对较为冷色淡雅的颜色情有独钟，其中"碧""青""白""紫"等词的使用频率超过了花间词，尤其是"紫"，李诗中数见，而花间词中却没有。因此李商隐诗"虽美艳而较少给人色彩刺激"[①]，《花间集》的词语却能使人获得鲜明的感官刺激，故人们将"雕缋满眼、镂金错彩"的评价给了花间词。

二、比喻手法运用上的异同

《花间集》和李商隐诗都常用比喻。这里，我们将二者的比喻作一比较，以期找出它们的特点。

首先，花间词中的比喻类型众多，而李诗中的比喻类型相对较少。花间词中有明喻，如"江上柳如烟"（温庭筠《菩萨蛮》其二）；暗喻如"钗重髻盘跚，一枝红牡丹"（牛峤《菩萨蛮》其五）；借喻如"连理分枝鸾失伴"（孙光宪《清平乐》其一）；倒喻如"金似衣裳玉似身"（韦庄《天仙子》其五）；博喻如"暗想玉容何所似？一枝春雪冻梅花，满身香雾簇朝霞"（韦庄《浣溪沙》其三）。李商隐诗中的明喻极少，如"寒暄不道醉如泥"（《留赠畏之》其二）；"旋扑珠帘过粉墙，轻于柳絮重于霜"（《对雪二首》其二），不用倒喻、博喻，多用借喻。如：

> 锦帏初卷卫夫人，绣被犹堆越鄂君。　　　　　　　（《牡丹》）
> 西子寻遗殿，昭君觅故村。　　　　　　　　（《蝶·叶叶复翻翻》）
> 可美瑶池碧桃树，碧桃红颊一千年。　　　　　　　（《石榴》）
> 东家老女嫁不售，白日当天三月半。溧阳公主年十四，清明暖后同墙看。　　　　　　　　　　（《无题·何处哀筝随急管》）

[①] 袁行霈主编《中国文学史》（第二卷），高等教育出版社，1999年，第438页。

相思树上合欢枝，紫凤青鸾并羽仪。　　　　　　　　　　（《相思》）

《牡丹》两句，似写卫夫人、越鄂君，实际上却是以人喻牡丹，本体"牡丹"和喻词都没有出现。"西子"二句以人"西子""昭君"喻蝶，同时又用蝶比人，这一进一出之间，使得诗意千回百转。《石榴》以"瑶池碧桃树"喻女冠，本体和喻词都没有出现。"东家老女"四句，"以贫家老女无媒不售、自伤迟暮与贵室女子得意行时、游春赏景相形，以喻寒士之落拓不遇与贵显子弟之仕宦得意"[1]。《相思》中以紫凤青鸾并栖合欢枝头喻夫妇相爱；后两句，"用萧史吹箫作凤鸣，秦穆公以女弄玉妻之典"，"谓我于日暮春尽之时归来，而王氏已逝，昔日之'秦台客'宁不为'到来迟'而抱恨肠断乎？"[2]

其次，在喻体的选择上，花间词多选择色艳形美、质地柔软薄细的具体可感之事物，如"花、月、玉、云、霞、柳、丝、带、蝉"等，这些事物都是具体可感的，且是人们非常熟悉的。以它们作喻体，不仅使本体具体易懂，而且本体也带上了这些喻体事物的特征——香艳纤细。同时，花间诸词人在喻体的选择上具有惊人的统一性，如以各种美丽的花喻女子，几乎每一个花间词人的作品中都有。还有以"雪"喻"花"、以"云"喻"发"、以"月、柳、远山"喻"眉"等，都是在花间词中常见的。同一词人更是如此，如"蝉鬓美人愁绝"在温庭筠作品中出现两次，分别在《更漏子》其四和《河渎神》其一中，在《菩萨蛮》其五中有"蝉鬓"一词，在《女冠子》其一词中又有"鬓如蝉"之喻。李商隐诗歌中，在喻体的选择上不拘一类：一是以虚幻的事物作喻体，如"紫凤青鸾并羽仪"（《相思》），以"紫凤青鸾"喻恩爱夫妇，"紫凤青鸾"为非现实的虚幻之物。这

---

① 刘学锴、余恕诚《李商隐诗歌集解》（第四册），中华书局，2004年，第1648页。

② 刘学锴、余恕诚《李商隐诗歌集解》（第三册），中华书局，2004年，第1153页。

种以虚喻实的手法，我们称之为虚喻。李诗中的虚喻还有："紫凤放娇衔楚珮，赤鳞狂舞拨湘弦"（《碧城》其二），以"紫凤"喻女子，以"赤鳞"喻男子，"紫凤""赤鳞"为虚幻之物。"青雀如何鸩鸟媒"（《中元作》），以"青雀"喻自己，以"鸩鸟"喻谗贼，"青雀""鸩鸟"也不是现实存在之物。二是以历史上的人及事作喻体。这种以历史人事来喻现实状况的情况，我们称之为用典。李诗中多处用典。这类喻体不限于人，而是人与事并提，如"斑竹岭边无限泪，景阳宫里及时钟"（《深宫》）以湘妃斑竹和齐武帝置景阳钟事为喻，指自己漂泊湖湘而令狐近君得宠。"贾氏窥帘韩掾少，宓妃留枕魏王才"（《无题四首》其二），以"贾女偷窥韩寿留香"和洛水神荐枕席与魏王曹植的典故，喻指情发于衷的情感状态。其他的还有：

> 东家老女嫁不售，白日当天三月半。溧阳公主年十四，清明暖后同墙看。　　　　　　　　　　　　　（《无题·何处哀筝随急管》）
> 如何汉殿穿针夜，又向窗中觑阿环。　　　　　（《曼倩辞》）
> 羊权虽得金条脱，温峤终虚玉镜台。　　　　　（《中元作》）

再次，花间词一般是句中用喻，如"藕花珠缀，犹似汗凝妆"（阎选《临江仙》其一）、"花如双脸柳如腰"（顾夐《荷叶杯》其八）、"玉柔花醉只思眠"（欧阳炯《浣溪沙》其一）、"嫩玉抬香臂"（孙光宪《菩萨蛮》其四）。花间词中能明确地找出哪一句或哪几句用喻。李商隐诗则不光是句中用喻，而且整篇用喻。句中用喻的如以上所举的例句。整章用喻为李商隐诗的一大特色，这种手法称为"比"，以彼事比此事，取其相似点而有所寓托。如：

> 相见时难别亦难，东风无力百花残。春蚕到死丝方尽，蜡炬成灰泪始干。晓镜但愁云鬓改，夜吟应觉月光寒。蓬山此去无多路，青鸟殷

勤为探看。 （《无题》）

锦瑟无端五十弦，一弦一柱思华年。庄生晓梦迷蝴蝶，望帝春心托杜鹃。沧海月明珠有泪，蓝田日暖玉生烟。此情可待成追忆，只是当时已惘然。 （《锦瑟》）

《无题》全首用比，"春蚕"二句，以两种事物来写出执着不变的精神态度，"晓镜"两句又写出时光流逝、环境凄冷的外界客观情状，在这样的情况下，仍显执着与"殷勤"。全诗选取形象鲜明的事物作比，虽然含蓄，但却不晦涩。这些鲜明的形象喻"离别之难堪与别后悠长执着之思念"，"或亦揉合作者政治追求失意之精神苦闷，与虽失意仍不能自己、有所希冀之心理"①。《锦瑟》首先以"锦瑟"二句喻自己年华已逝之悲，次以"庄生""望帝"二典喻人生变幻如梦，理想壮志未酬，伤时忧国，感伤身世之情只能托之哀怨的鸣声。"沧海""蓝田"二句喻指才华不为世用之伤感以及自己如美玉辉光终难掩盖之自信。最后两句总括上文：追忆往事，惘然若失。整首用比，本体没有出现，喻体又扑朔迷离，因而造成了"锦瑟一首解人难"的状况。

李商隐诗中整首用比的还有《无题》（照梁初有情）、《无题二首》其二（重帏深下莫愁堂）、《李花》、《杏花》、《石榴》、《蝶》（飞来绣户阴）等。

从上述分析可以看出，李商隐艳诗一般不针对具体的人、物进行描摹，而着重借此人、物再现情绪、情感体验，而情绪、情感本身就比较难以捉摸。因此，李商隐虽写艳情，却没有一处比喻是描写女子妆容姿态的，自然，"花、月、云、霞"之类的词语在诗中出现极少，而"蓬山、梦雨、青鸟、瑶台"等表虚幻的词语则频频出现。因此，

---

① 刘学锴、余恕诚《李商隐诗歌集解》（第四册），中华书局，2004年，第1632页。

我们说，李商隐虽写艳而其意未必在艳。这一因素再加上借喻、虚喻、用典、比兴等手法的运用，对现实生活进行高度概括提炼，反映高度个性化的体验，使得李商隐诗歌的含义具有多重性，因而笺注李商隐诗歌者甚多，多有自成一家之言者，其中不免有穿凿附会之说。花间词写相思闺怨、离愁别绪、狎游欢会等艳情题材，往往写的是现实生活或在现实生活基础上的想象，虽有概括提炼，却是类型化、普遍性的提炼，因而词中有大量描写女子妆容姿态的比喻、大量给人感觉刺激的词语，形成其香艳而又鲜明的形象特征。花间词描摹人物细致入微，写男女欢会不避直露，写人物情感含蓄而不隐晦，用词用语不避重复。花间词用通俗而明晰的语言，反映的是人们普遍共同的情感，这种情感具有超时空的特性，体现了伶工词与文人词的有机统一。因此，我们说，花间词写艳其意在艳。

李商隐艳诗和花间词在年代上相去并不远，除了表面描写男女情事具有相同之处、用词较为艳丽外，实在是各自走着不同的道路。纪昀在《四库全书总目提要》中说得颇为中肯："商隐诗与温庭筠齐名，词皆缛丽。然庭筠多绮罗脂粉之词，而商隐感伤时事，尚颇得风人之旨。"[①]

第四节　花间词与南唐词比较

唐宋之间，我国历史上出现了一次大动荡大分裂，这就是"五代十国"。中国北部由后梁、后唐、后晋、后周五个朝代相继统治，中国南部则由吴、吴越、前蜀、楚、闽、南汉、荆南、后蜀、南唐、北

---

① 转引自刘学锴、余恕诚《李商隐诗歌集解》（第五册），中华书局，2004 年，第2296 页。

汉割据。北国连年战争，农业生产和工商业城市都受到了非常严重的破坏。南方十国没有受到西北各部族的侵扰，相互之间的战争也少，李煜就说自己"几曾识干戈"①，因而人民生活相对安定，各国生产未受到很大的破坏。特别是后蜀和南唐两个国家，生产力尤其发展，呈现出经济繁荣的景象，成为当时的两个经济中心地区。繁荣的经济是文学艺术发展的乐土，同时也滋生了纵情声色、贪图享受的社会风气，"者边走，那边走，只是寻花柳。那边走，者边走，莫厌金杯酒"②就代表了当时上层统治阶级的心态。同时代、同地域、同社会心理下产生的花间词和南唐词，有着诸多的相同因素，但同时也有相异的地方。

《花间集》是一本词集，代表了后蜀词人的词作风格，除温庭筠、皇甫松、和凝、孙光宪等少数词人外，大多是蜀人或流寓入蜀的。相比较而言，南唐词人群要单纯得多，主要是南唐二主和冯延巳，但是南唐词并未结集，他们的词作或见于别集，如冯延巳的《阳春集》，或编入总集，如李璟李煜词选入《尊前集》《花间集补》《草堂诗余》《花草粹编》《近体乐府》《词体》《词谱》以及二主合集《南唐二主词》等。

一、词语使用上的异同

（一）词中常用词语的更换情况

我们统计花间词常用词语使用情况可知，18 位词人无一例外地使用了"春""梦""风"，17 位词人使用了"花、月、柳、云"等词语。花间词不是一人一时一地之作，集中的作品有的在创作时间上相隔近

---

① 李煜《破阵子》。
② 王衍《醉妆词》。

百年，而在词语的选用上具有如此大的相似性，不能不说是花间词的一大特色。南唐词却呈现出迥然不同的风貌，我们以李煜词为例，统计李煜36首词，其中常用词语使用情况如下：

词	关键词	分期
浣溪沙	红日、金炉、花、舞、酒、箫鼓、佳人	第一期 帝王歌舞升平富贵无忧的生活和艳情生活
一斛珠	歌、绣床、娇、檀郎	
玉楼春	歌、笙箫、春、嫔娥	
子夜歌	春、花、醉、羯鼓	
菩萨蛮（其一）	奴、郎、花、月、画堂	
菩萨蛮（其二）	蓬莱、天台女、画堂、银屏、梦	
菩萨蛮（其三）	铜簧、寒竹、绣户、迷、春梦	
喜迁莺	思、寂寞、片红、归、舞人、梦	第二期 国力衰落时期的生活，抒写离情别绪和伤感情怀
采桑子	舞态、芳音、梦	
长相思	秋风、夜长	
柳枝	芳魂、旧游、相识	
渔父（其一）	浪花、桃李、无言、酒	
渔父（其二）	春风、舟、缕、钓、花、酒、自由	
捣练子令	夜长、院静、庭空、寒砧、风	
谢新恩（其一）	困、慵	
谢新恩（其二）	箫、空、梦、恨、懒	
谢新恩（其三）	花落、愁、恨、憔悴、泪、相思、梦	
谢新恩（其四）	空、归、掩、愁、恨、羌笛	
谢新恩（其五）	花落、困、归、不知、漏	
谢新恩（其六）	暮、台榭、茱萸、紫菊、愁、恨	
阮郎归	春、闲、落花、阑珊、笙歌、残、黄昏	
清平乐	春、肠断、落梅、雁、归梦、恨	
采桑子	秋、愁、鳞游	
虞美人	春、独、无言、笙歌、思难任	
乌夜啼	秋、残、梦、浮生、醉乡	
临江仙	春归、惆怅、寂寥、残、空、恨	

词	关键词	分期
破阵子	家国、山河、干戈、虏、仓皇、别离、垂泪	第三期 囚徒生活，表达亡国哀痛的心情
望江梅	梦、南国、春、秋、江山	
望江南	恨、梦魂、泪、心事、肠断	
乌夜啼	朝、晚、寒、雨、风、泪、恨	
子夜歌	愁恨、故国、梦、泪、秋、空	
浪淘沙	往事、哀、秋风、玉楼、瑶殿、秦淮	
虞美人	春花、秋月、故国、雕栏玉砌、愁	
浪淘沙令	雨、阑珊、寒、梦、客、关山、流水、落花	

　　根据以上词语使用情况的统计，我们可以看出，词中记录了作者个人生活和情感变化的轨迹。在帝王生活前期，李煜过着帝王富贵自在的生活，歌舞、音乐、佳人是他生活的内容，宫闱绣户是他生活的环境，因为事事如愿，"梦"也少，时光流逝也不知。在《菩萨蛮》三首中主要写与一女子的恋情，虽有"梦"但为"春梦"，而且作为帝王来说，这样的"梦"是可以成真的，因而无愁也无怨。帝王生活中后期，因为国家日益衰亡的趋势以及与所爱之人、骨肉同胞的分离，除两首《渔父》词外，这期间写的词中"梦"多了起来，"思、归、离、恨、惆怅、寂寞、寂寥"多了起来，词中"乐"的格调渐渐为"愁"代替，"春、秋、漏、夜长"等时间观念也明显增强。到了第三期，李煜北上宋朝成了亡国俘虏，情感又发生了大的转变，词中再也没有歌舞、佳人的影子，代之而出现的是"家国、山河、江山、关山、故国、秦淮"，词人的眼界已不是仅仅局限于宫廷之内，而是转向广袤的故国江山；"别离、恨"的情绪依然存在，但不再像第二期那样是个人的别愁离恨，而是亡国之愁、离国之恨；此时对时间、人生的感受更为深刻，"春、秋、朝、晚、落花、阑珊、水长东、向东流"等与时间有关的词语比上一期词更为明显。词中寒气逼人，自

然界的风雨与词人心中的"风雨"融为一体。

可以说，花间词表现的是人生的一个静态，反映的是普遍的情感，词中基本上没有反映出社会生活的变迁，也没有反映出作者个人生活的变化轨迹。李煜词中则显示了一个动态的人生，词于客观描述中融入了个人独特的生活体验。在李煜词中，我们看到了一个帝王的生活轨迹和内心情感，也看到了社会的变迁。如果说李煜第一期的词作颇似宫体、第二期的词作近似花间，那么，第三期的作品则完全属于李煜个人。花间词中除了韦庄等极少数词人的词带有一些个人因素外，大多没有烙下词人个人的鲜明印记。所以王国维说："词至李后主而眼界始大，感慨遂深，遂变伶工之词而为士大夫之词。"[①]

（二）词中用语的雅俗比较

花间词和南唐词都属于文人词范畴，作者都是具有相当文化修养的文士。我们在比较之后发现，二者在词语使用的雅俗风格上仍能见出异同来。

所谓"雅"，一指正规的、标准的，二指文雅、古雅。所谓"俗"，一指大众化的、最通行的，二指趣味不高的、令人讨厌的。

先看雅。从正规、标准的要求说，花间词和南唐词应该说都使用了比较标准的文学语言，符合填词规范和词韵律格律的要求，从这一方面说，它们都是"雅"的。从文雅古雅角度看：

1.二者多使用书面语，如，同写亡国的词：

四十年来家国，三千里地山河。凤阙龙楼连霄汉，玉树琼枝作烟萝。几曾识干戈？　　一旦归为臣虏，沈腰潘鬓销磨，最是仓皇辞庙

---

① 王国维《人间词话·李后主词眼界大》，见唐圭璋编《词话丛编》（第五册），中华书局，1986年，第4242页。

日，教坊犹奏别离歌，垂泪对宫娥。　　　　　（李煜《破阵子》）

金锁重门荒苑静，绮窗愁对秋空。翠华一去寂无踪。玉楼歌吹，声断已随风。　　烟月不知人事改，夜阑还照深宫。藕花相向野塘中，暗伤亡国，清露泣香红。　　　　　　　　（鹿虔扆《临江仙》其一）

这两首词用语文雅、古雅，如"凤阙龙楼""霄汉""玉树琼枝""几曾""销磨""垂泪""绮窗""翠华""寂无踪""歌吹""夜阑""相向"等都属于书面语。再如同是写与女子幽会欢爱：

蓬莱院闭天台女，画堂昼寝人无语。抛枕翠云光，绣衣闻异香。潜来珠锁动，惊觉银屏梦。脸慢笑盈盈，相看无限情！

　　　　　　　　　　　　　　　（李煜《菩萨蛮》其二）

春深花簇小楼台，风飘锦绣开。新睡觉，步香阶，山枕映红腮。鬓乱坠金钗，语檀偎。临行执手重重嘱，几千回。

　　　　　　　　　　　　　　　（魏承班《诉衷情》其二）

这两首词都属艳情之作，从题材上看，格调并不高，不可谓"雅"，然从用语上看，则显得文雅。如"昼寝、潜、无限、锦绣、执手、重重嘱"等。

2.用典故词语，使词作显得古雅。如李煜《破阵子》中的"沈腰潘鬓"。"沈腰"出自《南史·沈约传》；"潘鬓"本源潘岳作《秋兴赋》，其中一句"斑鬓发以承弁兮"。还有如李璟《浣溪沙》其一中的"三楚"。花间词中如"桃叶渡""暮雨朝云""黄金买赋"，还有"刘郎、阮郎、谢娘、谢家"等。

用语文雅、古雅是二者的相同之处。

再看俗。1.从大众化、最通行的角度看，二者创作目的的不同也就决定了它们在用语通俗上的不同。《花间集》是当时流行歌曲歌词的集子，作词的目的是"庶使西园英哲，用资羽盖之欢；南国婵娟，休唱莲舟之引"①。用作歌唱的歌词，不能古奥难懂，因此，花间词中的用语多为通俗易懂的词语，不用注释一般人也能明白语义，有的甚至用当时口语，如"一只木兰船"（孙光宪《菩萨蛮》其四）、"此时还恨薄情无"（欧阳炯《浣溪沙》其三）、"依稀闻道太狂生"（张泌《浣溪沙》其九）。南唐词的创作目的一在自娱，一在自抒胸臆，如李璟现存四首词，《应天长》写孤零无依的苦闷，《望远行》写所怀未遂的心愿，《浣溪沙》两首写无比深长的愁恨。李煜三十多首词，也是写自己的生活和各个时期的心理感受。因为他们具有较高的文学修养，而且不必迎合大众的水平和审美趣味，因此，尽管词中有一些口语成分、方言成分，如"些儿个""无那"（李煜《一斛珠》）、"酒恶"（李煜《浣溪沙》、"怜"（李煜《菩萨蛮》其一）等，但这些口语成分与花间词中的口语成分作用不同：《花间集》是词人隐藏自己，用"俗"来迎合大众口味；李璟李煜词则是吸取民间营养，以"俗"来充实"雅"。

2. 从趣味不高、令人讨厌的角度来看，花间词和李煜词中都有格调趣味不高的作品，如花间词中描写男女欢情的词作和李煜第一期的作品。这些作品如果从题材看，都属于趣味不高的"俗"，但在用语上，则表现出不同的面貌：

> 花明月暗笼轻雾，今宵好向郎边去。刬袜步香阶，手提金缕鞋。
> 画堂南畔见，一向偎人颤。奴为出来难，教郎恣意怜。
>
> （李煜《菩萨蛮》其一）
>
> 玉楼冰簟鸳鸯锦，粉融香汗流山枕。帘外辘轳声，敛眉含笑惊。

---

① 欧阳炯《花间集·花间集叙》。

柳阴烟漠漠，低鬟蝉钗落。须作一生拼，尽君今日欢。

（牛峤（《菩萨蛮》其七）

这两首词在内容上有极为相近之处，都写了男女偷偷约会，"划袜步香阶，手提金缕鞋""帘外辘轳声，敛眉含笑惊"都写出了女子怕人知晓的慌张，而且描写非常细致传神，尤其是两词的最后一句"奴为出来难，教郎恣意怜""须作一生拼，尽君今日欢"在语义上极为相似，都有因难得而纵情欢娱的意思。但两首词在用语风格上却不相同，李煜词中没有一处关于闺房描写的词语，只有对外部环境的描写："花、月、雾、画堂"，对女子的描写也仅是"手""金缕鞋"，对女子动作的描写是"提""偎""颤"；牛峤词有外部环境的描写："玉楼、辘轳、柳阴、烟漠漠"，室内环境的描写："冰簟、鸳鸯锦、山枕"，对女子的描写："粉、香汗、眉、鬟、钗"，对女子动作的描写："融、流、敛、笑、惊、低"等。李煜词用语虽软却不艳，"偎、颤、怜"虽涉及艳情，但字面却不直露，以雅（语言）写俗（内容）。牛峤词上片就写男女欢会，用语香艳，"粉融、香汗流、欢"，描写抒情都显得直白显露，是以俗（语言）写俗（内容），"狎昵已极"[1]、"冶艳极矣"[2]、"作艳语者，无以复加"[3]。

李煜写艳情比较明显的是第一期作品中的《菩萨蛮》三首，其中最露的描写如："抛枕翠云光，绣衣闻异香"（其二）、"眼色暗相钩，秋波横欲流"（其三）。花间词中的此类描写有："记得那时相见，胆战，鬟乱四肢柔"（顾夐《荷叶杯》其四）、"兰麝细香闻喘息，绮罗

---

① 王士禛《花草蒙拾》，见唐圭章编《词话丛编》（第一册），中华书局，1986年，第674页。

② 李冰若《花间集评注》，河北教育出版社，1999年，第90页。

③ 彭孙遹《金粟词话》（学柳之过），见唐圭章编《词话丛编》（第一册），中华书局，1986年，第723页。

182

纤缕见肌肤"（欧阳炯《浣溪沙》）其三）。名词性词语，李煜词中有"翠云、绣衣、秋波"，花间词中则是"鬓、四肢、喘息、绮罗、肌肤"；谓词性词语，李煜用了"抛、光、闻、暗、钩、横、流"，尤其是"钩、流"动作性很强，显得比较直露，花间词用了"战、乱、柔、香、闻、见"，尤其是"柔"，李冰若评"'柔'字入木三分"[①]。相比而言，花间显得更为直露。

从以上分析可以看出，同是文人词，语言上的"雅"是二者共有的特色，但在语言"俗"的运用上却显示了二者的不同：花间词以俗写俗，迎合大众心理，实现娱情的意图；李璟李煜词，尤其是李煜词化俗为雅，达到自抒胸臆的目的。尽管二者几乎产生于同时，但战争割据造成的相对封闭，使这产生于两个国度的同一种文学样式并没有产生真正的影响交融，作者各自的文学修养和审美情趣的不同造成了二者相对独立的美学风格。

二、句子使用上的异同比较

（一）句中修饰成分的多寡

所谓句子修饰成分是指句中起描写限制作用的句子成分，常见于偏正结构中，如名词性偏正结构中的定语，谓词性偏正结构中的状语。花间词除了少数词作外，大多具有"镂玉雕琼"的风格特色，这一风格特色表现在语言上，一是多用颜色词、多用具有富贵华丽色彩形象的词语，二是句中多用修饰成分。这里我们着重来分析一下花间词句中的修饰成分。先看两个例子：

水晶帘里玻璃枕，暖香惹梦鸳鸯锦。江上柳如烟，雁飞残月天。

---

① 李冰若《花间集评注》，河北教育出版社，1999年，第159页。

藕丝秋色浅，人胜参差剪。双鬓隔香红，玉钗头上风。

（温庭筠《菩萨蛮》其二）

瑟瑟罗裙金线缕，轻透鹅黄香画袴。垂交带，盘鹦鹉，袅袅翠翘移玉步。　　背人匀檀注，慢转横波偷觑。敛黛春情暗许，倚屏慵不语。

（顾敻《应天长》）

统计此二首词中的修饰成分，列表如下：

	名词性		动词性	
	中心语	修饰语	中心语	修饰语
温庭筠《菩萨蛮》其二	帘	水晶	惹	
	枕	玻璃	飞	
	锦	鸳鸯	剪	参差
	柳	烟	隔	
	天	残月		
	藕丝	秋色浅		
	人胜	参差剪		
顾敻《应天长》	罗裙	瑟瑟、金线缕	透	轻
	袴	鹅黄、香、画	转	慢
	翠翘	袅袅	觑	慢转横波、偷
	步	玉	许	敛黛、暗
	波	横	语	倚屏、慵、不

从表中可以看出，温庭筠的词以静态描写为主，其中虽有动词"惹、飞、剪、隔"，但并不一定都表示动作，如"惹、剪"只是作为名词的修饰语中的组成部分，"飞、隔"在这里是一种状态的描写，所以我们在讨论这个问题时忽略温词中的动词；顾敻词中既有静态的描写，也有动态的描述。两首词的共同特点：一是修饰成分多，几乎每一个事物每一个动作都有修饰成分。二是修饰成分内部结构复杂，有一个词作修饰语的，如"水晶、玻璃、鸳鸯、袅袅、玉、轻"等；

有多个词构成各种关系的短语作修饰成分的，如"暖香惹梦"是多个词构成的短语，共同作"鸳鸯锦"的修饰语，"又暖又香可以惹人美梦的鸳鸯锦"；有几个词或短语构成不同层次的修饰的，如"鹅黄香画袴"，共有三重修饰，"鹅黄"从颜色方面修饰、"香"从气味方面修饰、"画"从图案方面修饰，"慢转横波偷觑"，中心语是"觑"，两重修饰，"慢转横波"一重、"偷"一重，"慢转横波"是动宾短语，其中的动"慢转"、宾"横波"又分别是一个偏正短语，这样就构成一个复杂的修饰关系。"敛黛暗许""倚屏慵不语"都属于这种情况。三是改变修饰成分和中心语的排列顺序，如"藕丝秋色浅"，意为"浅浅秋色的藕丝"，"秋色浅"修饰"藕丝"；"人胜参差剪"意为"参差剪成的人胜"，"参差剪"修饰"人胜"；"瑟瑟罗裙金线缕"，意思是"用金线缕织成的走路时瑟瑟发声的罗裙"，"瑟瑟、金线缕"修饰"罗裙"。词句内部最大一层的结构关系有偏正，如"水晶帘里玻璃枕""瑟瑟罗裙金线缕"；有动宾，如"轻透鹅黄香画袴""垂交带"；有主谓，如"江上柳如烟""雁飞残月天"。

我们再来看李璟李煜词：

> 菡萏香销翠叶残，西风愁起绿波间。还与韶光共憔悴，不堪看！细雨梦回鸡塞远，小楼吹彻玉笙寒。多少泪珠无限恨，倚阑干。
>
> （李璟《浣溪沙》其二）
>
> 帘外雨潺潺，春意阑珊，罗衾不耐五更寒。梦里不知身是客，一晌贪欢。　　独自莫凭栏！无限关山，别时容易见时难。流水落花春去也，天上人间！
>
> （李煜《浪淘沙令》）

与上面两首花间词相比，这两首词描写成分大为减少，名词的修饰成分有"翠、西、绿、细、小、玉、罗、无限"，谓词的修饰成分有"愁、不堪、无限、不、莫"。从整个句子来看，这两首词中的修饰语和中心语都是词，没有花间词那样复杂的修饰情况。词中各句内部成分之间最大一层的关系多是主谓，如"西风愁起绿波间""帘外雨潺潺""春意阑珊"等，或是两个主谓的联合，如"菡萏香销翠叶残""小楼吹彻玉笙寒""别时容易见时难"。其他的结构关系比较少，如动宾"倚阑干"，其他关系的联合，如"多少泪珠无限恨"等。

（二）句子之间语义的显隐和关联

一首词的意义是由词中各句意义相互连贯组合而成。句义的显隐以及句子之间语义的关联情况影响到人们对词作的理解，也影响到整首词的艺术风格。几乎产生于同时代的花间词和南唐词在句义的显隐以及句子之间的联系安排上却表现出很大的不同，反映了花间词人和南唐词人不同的艺术追求和审美趣味。

1.句义的显隐。先看两首词：

轻打银筝坠燕泥，断丝高罥画楼西，花冠闲上午墙啼。　　粉箨半开新竹径，红苞尽落旧桃蹊，不堪终日闭深闺。

（孙光宪《浣溪沙》其八）

亭前春逐红英尽，舞态徘徊，细雨霏微，不放双眉时暂开。　　绿窗冷静芳音断，香印成灰。可奈情怀，欲睡朦胧入梦来。

（李煜《采桑子》）

孙光宪词前五句都是对春天各种景物的描写，这里的景物都带有春天万物勃发的气息。光看前五句，仿佛是一首写景词，在词的最后，一句"不堪终日闭深闺"，主人公才出场。春天万物生长，面对此景，主人公自己更难以忍受终日空闺独守的寂寞生活。词的各句字面义浅显，而实际包含的深层义却含而不露。这种表达，温庭筠词尤为明显和典型，上面所举的《菩萨蛮》词，字面美妙动人，也不难理解，但词的实际意义却让人颇费心思，有人说是女子自伤身世，有人说是梦境，不一而足。再如温庭筠《更漏子》其一，其中的"惊塞雁，起城乌，画屏金鹧鸪"三句，历来评说各异，有的说"惊塞雁三句，此言苦者自苦，乐者自乐"[①]；有的说"全词意境尚佳，惜'画屏金鹧鸪'一句强植其间，文理均因而扞格矣"[②]；有的说"塞雁之惊、城乌之起，是耳之所闻；画屏上之金鹧鸪，则目之所见，机缘凑泊，遂而并现纷呈，直截了当，如是而已"[③]；有的说"漏声惊起了塞雁、城乌，连画屏上的金鹧鸪好像也要被惊起，破屏飞去"[④]。而李璟李煜词中却没有产生这种众说纷纭的现象。李煜这首《采桑子》也描绘了春天的景色，"亭前春逐红英尽，舞态徘徊，细雨霏微"，这是春尽时典型环境的描写，这种环境最易触动人的愁怀，主人公愁眉不展，"不放双眉时暂开"一句形象生动，主观动作性很强，景与情紧密相连，意义明朗。下片，"芳音断"，无奈只好于梦中寻觅。字面义直接表达了实际含义。如果说这时期的李煜词还带有隐含深层含义的痕迹，那么在亡国俘虏后的词作中就完全是心灵的直接表白了，如上面所引的《浪淘沙令》，从目前的生活感受写起，"雨潺潺"，春将残，春寒重，梦中思念故国，忘了自身已是囚徒。下片告诫自己不要再回首往事了，与故国"关山"一别，犹如"流水落花"不复返，天上人间成永诀。回首往事只能徒增悲伤。词的句义明显，不费猜疑。

---

① 陈廷焯《白雨斋词话》，见唐圭章编《词话丛编》（第四册），中华书局，1986年，第3778页。

② 李冰若《花间集评注》，河北教育出版社，1999年，第20页。

③ 叶嘉莹《迦陵论词丛稿》，河北教育出版社，1997年，第29页。

④ 沈祥源、傅生文《花间集新注》，江西人民出版社，1997年，第21页。

187

2.词中多重语义的安排。无论是花间词还是李璟李煜词，在词句中一般都包含了不止一层意思，但在多重语义的安排上，二者有以下几方面的异同。

首先，照应与并列。先看两首词：

一钩初月临妆镜，蝉鬓凤钗慵不整。重帘静，层楼迥，惆怅落花风不定！　　柳堤芳草径，梦断辘轳金井。昨夜更阑酒醒，春愁过却病。

（李璟《应天长》）

记得那年花下，深夜，初识谢娘时。水堂西面画帘垂，携手暗相期。　　惆怅晓莺残月，相别，从此隔音尘。如今俱是异乡人，相见更无因！

（韦庄《荷叶杯》其二）

李璟的《应天长》，句与句之间的联系非常紧密：能见"初月"，表明时间在半夜或清晨，"临妆镜"与下句"蝉鬓凤钗慵不整"有密切联系。"重帘静"三句是当时情景的描写。"落花风不定"与下片开头"柳堤芳草径"联系紧密，对此景想到过去的美好时光，"梦断辘轳金井"。最后两句写最早发生的"昨夜"：夜深酒醒，春愁更多，比病还要难受。全词不仅句与句联系非常紧密，而且首尾相连：正因为昨夜酒醒愁多，今早才无心梳洗。这是倒叙手法，先写结果，后写原因，上下片相连不断，前后、首尾照应，使词成了浑然完整的整体。韦庄《荷叶杯》上片追忆"那年"与情人初次相见倾心的情景，"深夜"是相识的时间，"水堂西面"是相会的地点，"携手"写两情相投。下片先写与女子相别的场面，再写别后音信断绝，结尾"如今"二句讲现在，两人再也无由相见。句子一贯而下，句与句之间联系紧密，"那年"与"如今"相互照应，使词成一个整体，这是二者相同的地方。但是韦庄词过片处的联系不及李璟词紧密："携手暗相期"

是相见相识两情相投的场面，"惆怅晓莺残月"则是清晨别离的景致。李璟词由昨夜更深酒醒和今晨无心梳洗两层意思组成；韦庄词由那年相识、清晨离别和别后相思三层意思组成。虽然二者都注意了词的首尾呼应与词结构的完整，但相比较而言，李璟词在意思的转换上更加做到了了无痕迹，一层意思是另一层意思的原因，韦庄词中的三层意思基本上处于并列的状态，相对独立。韦庄是花间词人中比较注意词句之间照应与联系的词人，尚且如此，其他花间词作句子之间、语义之间的并列便是常见的了。

其次，跳跃与勾连。先看两首词：

玉楼明月长相忆，柳丝袅娜春无力。门外草萋萋，送君闻马嘶。画罗金翡翠，香烛销成泪。花落子规啼，绿窗残梦迷。

（温庭筠《菩萨蛮》其六）

春花秋月何时了？往事知多少。小楼昨夜又东风，故国不堪回首月明中！　雕栏玉砌依然在，只是朱颜改。问君能有几多愁？恰似一江春水向东流。

（李煜《虞美人》）

温庭筠《菩萨蛮》词表达了多层意义：一是因相忆而无力，二是追忆送人，三是独处的寂寞以及长夜难捱，四是远人经年不归，又是鸟啼花落，残梦迷离。不仅语义上显得比较隐晦，须细嚼之，方觉"清绮有味"[1]，而且在语义的转换上采用跳跃的方法，句与句之间缺乏明显的联系，必须要靠读者的联想才能串得起来。而李煜《虞美人》却采用另一种方式连接各句："春花秋月一年年过去，何时才有尽头？多少不堪回首的往事如在目前。"岁月与往事紧密相连。"昨夜东风吹到小楼，又是一年冬去春来，但在月明之夜却不堪回首故国。"

---

① 李冰若《栩庄漫记》，见李冰若《花间集评注》，河北教育出版社，1999年，第15页。

后面"雕栏"两句紧承"故国","故国一切华贵富丽的东西还在，只是人事已改"，这一转折概括了多少物是人非的感慨！想到这里，无尽的愁意涌上心头，"问君能有几多愁"一问水到渠成。以设问结尾，引起读者无穷的联想，句与句之间并不是相对独立的，而是有着因果、转折等密切的联系，相互之间紧紧勾连。

我们分两个话题讨论了词中多重语义的安排，其实这两个话题是密切相连的。语句之间相互勾连，就呈现出多种语义关系，易于形成照应；语句跳跃，相对独立，相互之间没有密切的联系，在语义上就成了并列的关系。

从以上比较可以看出，花间词和南唐词虽然都涉及人物的心灵情感，但在艺术表现上却有很大的不同。花间词以外部形象折射内心活动，注重人、事、物外部形态的细腻描摹，重感觉，词语的修饰成分不厌其多，在表现人物心灵时往往抓住人类普遍共有的情感，因此，在词中只能看到人类某一面的心理情感，而无法看到人类或个人心理活动的历史流程。李璟李煜词讲究人物心灵的直接表露，词中外部环境、装饰的描写较少且多作为背景环境出现，因此，词中没有繁多的修饰成分，没有精雕细刻的描摹，而是注重个人心灵的表露，在词中读者看到的是个人的感慨，带有鲜明的个性，且不限于某一面。而且，随着时间的推移，展现了人物的心理流程，境界较花间词开阔。《花间集》是文人词集，但多是为娱情演唱而作，可以说是文人作的伶工词，是文人词和伶工词的结合。南唐词则脱去了浓浓的脂粉气，由俗而雅，真正走入了文人词、士大夫词的范畴。

第五节　花间词与柳永词比较

《花间集·花间集叙》中已说得很清楚，《花间集》编订的目的是娱宾遣兴。而柳永"由于仕途失意，一度流落为都市中的浪子，经常混迹于歌楼妓馆，对生活在社会底层的歌妓和市民大众的生活、心态相当了解，他又经常应歌妓的约请作词，供歌妓在酒馆、勾栏瓦肆里为市民大众演唱"[①]。可见，柳永词在创作目的上与花间词极为相近。因此，在词创作中反映社会的普遍心理情感，满足市民大众的审美需求就成了花间词和柳永词共同的追求。那么，在共同追求下创作出来的花间词和柳永词在语言的使用与表达上又有哪些异同呢？

一、虚字的运用

词语言和诗语言的不同之处，比较明显的一点是词中虚字的运用比较明显和普遍，虚字和实字一起组成长短错落的句子，形成词体特有的杂言形式。第一章我们已从表情的角度对花间词中的虚字作了分析。这里我们再把花间词和柳永词中的虚字作一比较。

虚字在词句中的位置有句首、句中、句末三种，花间词和柳永词都运用了这三种位置上的虚字，但每种虚字的使用频率不尽相同。相比较而言，花间词中以句中虚字使用最多，如"相、犹、更、还、又"：

花面交相映。　　　　　　　　　　　（温庭筠《菩萨蛮》其一）

日高犹自凭朱栏。　　　　　　　　　　（韦庄《浣溪沙》其一）

相见稀，喜相见，相见还相远。　　　　　　（张泌《生查子》）

---

① 袁行霈主编《中国文学史》（第三卷），高等教育出版社，1999年，第40页。

相见更无因。	（韦庄《荷叶杯》其二）
梦中相见觉来慵。	（欧阳炯《凤楼春》）
相见无言还有恨。	（李珣《浣溪沙》其一）
燕飞春又残。	（温庭筠《菩萨蛮》）其八
又是玉楼花似雪。	（韦庄《应天长》其二）
玉郎还是不还家。	（顾敻《虞美人》其五）
因迷无语思犹浓。	（毛熙震《浣溪沙》其四）

花间词中这类虚字还有"暂、正、才、已、却、纵、重"等，句首虚字（领字）和句末虚字，尤其是句末虚字在花间词中使用较少。柳永词现存213首词中，使用最多的虚字是句首虚字（领字），不仅使用频率高，而且类型丰富多样。花间词中使用较多的句中虚字在柳永词中并不突出，如"敢、乍、还、不、忍教"等句中虚字使用频率并不高，句末虚字也用得较少，如"而已""儿"等。

句首虚字（领字）在形成长短错落的句子、体现词体特征上起着举足轻重的作用，我们在这里着重探讨一下花间词和柳永词中的领字。

（一）领字在各自作品中的性质不同

所谓领字，是指在句子前面虚化的起领起作用的字，有时一些表动作的字也可兼作领字。我们比较下面两首词：

忆昔花间初识面，红袖半遮，妆脸轻转。石榴裙带，故将纤纤玉指偷捻，双凤金线。　碧梧桐锁深深院，谁料得两情，何日教缱绻？羡春来双燕，飞到玉楼，朝暮相见。　　（欧阳炯《贺明朝》其一）

寒蝉凄切，对长亭晚，骤雨初歇。都门帐饮无绪，留恋处、兰舟催

发。执手相看泪眼，竟无语凝噎。念去去、千里烟波，暮霭沉沉楚天
阔。　　　多情自古伤离别。更那堪，冷落清秋节。今宵酒醒何处？杨柳
岸、晓风残月。此去经年，应是良辰好景虚设。便纵有千种风情，更
与何人说。

（柳永《雨霖铃》）

　　欧阳炯的《贺明朝》是花间词中使用领字较多的一首。上片领字
有"忆昔""故将"，下片领字有一处三字领"谁料得"和一处一字领
"羡"。我们分析这四处领字，有实在意义的字有"忆、昔、故、料、
羡"，"将"和"得"才是真正意义虚化的字。前者是用表动作的字词
兼作领字，它们和所领句子的意义联系很紧密，如果去掉这些领字，
句子的意义就不完整了。花间词中尽管也有用虚化的字充当领字的，
如"更何人识"（孙光宪《后庭花》其二）、"正思惟"（温庭筠《荷叶
杯》其二）、"最关人"（皇甫松《摘得新》其二），但多数领字是"兼
职"的，如"恨不如双燕"（欧阳炯《献衷心》）、"恨今日分离"（顾
夐《献衷心》）、"想韶颜非久"（欧阳炯《贺明朝》其二）、"想佳人
花下"（李珣《河传》其一）等。

　　柳永《雨霖铃》中的领字，上片有"对、竟、念"，下片有"更
那堪、应是、便纵有、更"。其中意义实在的有"念、堪、是、有"，
意义虚化的有"对、竟、更、那、应、便、纵"。总体而言，柳永词
中真正的意义虚化的"专职"领字比有实在意义而"兼职"作领字的
多，也就是说，如果去掉这些领字，对词意义的理解障碍不大；有这
些领字，就使词中前后句子的连接更加紧密连贯，情感的表达更加细
腻丰富，词境更为扩大。柳永词中这类虚字还有"况、争、向、又、
最、纵、叹、恁、嗟"等，虽然表动作的字兼作领字在柳永词中也
有，如"念"多次使用，还有"有、算、望"等，但以前者居多。

　　因此，我们说，花间词中的领字在多数情况下是保证词意完整而

不可缺少的，柳永词中的领字则是为了使词表达得更好而使用的。

（二）领字使用数量和丰富性不同

词产生于诗歌艺术发展的鼎盛时期，虽称词，与诗对立，但除了句子长短不齐外，在用语及格律上几乎与诗歌无二致。花间词中齐言词如《浣溪沙》《杨柳枝》《玉楼春》等绝不用领字，在杂言词中，也不是首首都用，其中最长的一首词薛昭蕴的《离别难》：

> 宝马晓鞲雕鞍，罗帷乍别情难。那堪春景媚，送君千万里，半妆珠翠落，露华寒。红蜡烛，青丝曲，偏能钩引泪阑干。　　良夜促，香尘绿，魂欲迷，檀眉半敛愁低。未别，心先咽，欲语情难说出，芳草路东西。摇袖立，春风急，樱花杨柳雨凄凄。

其中领字只有上片的"那堪"和"偏"。柳永词多是长调慢词，《望汉月》是柳词中比较短小的一首：

> 明月明月明月，争奈乍圆还缺。恰如年少洞房人，暂欢会、依前离别。　　小楼凭槛处，正是去年时节。千里清光又依旧，奈夜永、厌厌人绝。

其中的领字有上片的"争奈""恰如"，下片的"正是""奈"。

花间词和柳永词都用了《巫山一段云》词牌，《花间集》中有三首，毛文锡一首，李珣二首，都没有用领字；柳永词中有五首，其一用领字"又、仿佛"，其二用领字"令、重"，其三用领字"相将、还"，其四其五句首虽没有用虚字，但其四"方朔敢偷尝"中的"敢"、其五"醲酬争撼白榆花"中的"争"虽处句中，属于句中虚字，但带有一些领字的功能。

可见，领字的使用具有以下条件，一、必须是杂言词，如《玉楼春》是齐言体词，《花间集》中有牛峤一首、顾敻四首、魏承班二首共七首，柳永词中有五首，都采用七言八句齐言体，如果去掉词牌名，加上题目，就相当于一首七律，每句按上四下三的节奏分音步，这样的体式很难用上领字。因此，不仅《花间集》中的《玉楼春》没有用领字，柳永词中也没有用。花间词中的齐言词较多，柳词中齐言词很少。二、长调慢词便于使用虚字，篇幅短小的小令，因体制所限，要表达完整的意思，必须"一句着闲字不得"[①]，很难给虚字留下足够驰骋的天地；而长调慢词，篇幅长，可用赋体铺叙，而且长调慢词句式散文化的倾向也为领字"大显身手"提供了舞台。花间词多体制短小，而柳词多长调慢词。三、创作者的主观意识，花间词人在创作时对领字的使用尚未达到自觉，领字的使用并不典型；而柳永擅用领字则是学界的共识。可以说，花间词中领字少、柳词中领字多是这三个条件共同作用的结果。

关于领字使用的类型和丰富性，我们对二者使用的领字统计如下：

领字	花间词	柳永词
一字领	恨、忆、为、正、更、最	对、观、似、又、恣、当、拟、恐、愿、为、想、再、肯、敢、却、更、念、算、渐、忍、但、也、最、奈、正、忆、恨、况、且、向、任
二字领	还是、忆昔、又是、更堪、那堪、犹自、正是	有得、惟是、争如、须信、忍把、且恁、可惜、记得、自从、便恣、应是、却道、未曾、又是、岂知、争忍、准拟、争得、正是
三字领	谁料得	细思算、未消得、奈此个、便只合、算前言、更别有、算到头、甚况味、更那堪、便纵有、常只恐、甚时向

---

① 张炎语,沈雄《古今词话·词品上卷》,见唐圭章编《词话丛编》(第一册),中华书局,1986年,第836页。

从上表可以看出，花间词虽处在词体发展的初始阶段，但体式已初具规模，领字的三种形式都已具备；不过和柳永词相比，显得少而不够丰富，尤其是三字领，在花间词中极为少见。

关于花间词和柳永词语言，叶嘉莹曾有一段论述："花间令词所使用者乃是比较混乱和破碎的一种属于女性化之语言形式，也就是说是句子短而变化多的一种语言形式。……可是柳永之长调慢词，则势不得不加以铺陈的叙述，因此柳永乃以其善用'领字'，长于铺叙，为世所共称。……这种以领字来展开铺叙的语言，无疑地乃是一种属于明晰的、理性化的、有秩序的男性的语言。"①

二、词格律体式的运用

我们比较花间词和柳永词，在词格律运用上可以得出以下几点不同：

（一）换韵频度不同

花间诸词体制短小，但却换韵频繁，一韵到底的词较少；柳永词多长调慢词，但却常常一韵到底。如《花间集》中的《菩萨蛮》词，全词共八句，但却换了三次韵，每两句一韵；《更漏子》词，全词十二句，也换了三次韵，每三句一韵。柳永的《定风波》（伫立长堤）、《尉迟杯》（宠佳丽）、《慢卷䌷》（闲窗烛暗）、《一寸金》（井络天开）、《破阵子》（露花倒影）等尽管全词篇幅很长，但都是一韵到底，中间不换韵。花间词频繁换韵，形成了词参差跳跃的变化特色，这种变化，"事实上却正是造成了如陈廷焯所称美的'发之又必若隐若现，欲露不露，反复缠绵，终不许一语道破'之富于言外之意蕴的一个重

---

① 叶嘉莹《迦陵论词丛稿》，河北教育出版社，1997年，第255页。

要的因素"①。

（二）押韵疏密不同

总体上说，花间词押韵比较密而柳永词押韵比较疏。花间词中不管是一韵到底还是中间换韵，往往是句句押韵，有时隔句押韵，偶尔隔两句押韵。如魏承班《黄钟乐》下片："偏记同欢秋月低，帘外论心，花畔和醉，暗相携。何事春来君不见，梦魂长在锦江西。"一、三、六三句押韵，一三隔句押韵，三六隔两句押韵，这在花间词中算是比较疏的押韵了。柳永押疏韵的情况比较多见。如：

伫立长堤，淡荡晚风起。骤雨歇、极目萧疏，塞柳万株，掩映箭波千里。走舟车向此，人人奔名竞利。念荡子、终日驱驱，争觉相关转迢递。　　何意。绣阁轻抛，锦字难逢，等闲度岁。奈泛泛旅迹，厌厌病绪，迩来谙尽，宦游滋味。此情怀、纵写香笺，凭谁与寄。算孟光、争得知我，继日添憔悴。　　　　　　　　　　　（《定风波》）

倚危楼伫立，乍萧索，晚晴初。渐素景衰残，风砧韵响，霜树红疏。云衢。见新雁过，奈佳人自别阻音书。空遣悲秋念远，寸肠万恨萦纡。　　皇都。暗想欢游，成往事、动欷歔。念对酒当歌，低帏并枕，翻恁轻孤。归途。纵凝望处，但夕阳暮霭满平芜。赢得无言悄悄，凭栏尽日踟蹰。　　　　　　　　　　　（《木兰花慢》）

《定风波》中"堤、起、里、利、递、意、岁、迹、味、寄、悴"为韵脚，《木兰花慢》中"初、疏、衢、书、纡、都、歔、孤、途、处、芜、蹰"为韵脚。其中虽有句句押韵的情况，但总的来说，隔一句、隔两句甚至隔三句押韵的情况在柳词中更为多见。

———————————

① 叶嘉莹《迦陵论词丛稿》，河北教育出版社，1997年，第255页。

197

（三）同调词体式一致性不同

花间词和柳永词中各自有不少用同一词牌创作的词，花间词500首，用了77调，其中同调词比较多，有同一词人作的同调词，也有不同词人作的同调词。柳永"现存213首词，用了133种词调"①，可见同调词不及花间词多。柳永词中同调创作最多的是《少年游》，共10首；花间词中同调创作最多的是《浣溪沙》，共56首。我们取二者创作篇数大致相当的柳永的《少年游》和花间词的《河传》（18首），从字数、押韵、平仄三个方面进行考察。

柳永词中10首《少年游》有三种体式②：

①七。五。四四五。　七，五。四四五。（其一、其二、其四，50字）

①七。五。四四五。　七三三。四四五。（其三、其五、其六、其七、其九、其十，51字）

①七。三三。四四五，　七三三。四四五。（其八，52字）

三种体式韵脚位置大致整齐，上片的第一句、第二句（第三种在第三句）和最后一句押韵，下片，第一种体式在一、二和最后一句押韵，第二三两种体式在第三句、第六句押韵；三种体式都押平韵，且中间不换韵；每句最后一个字的平仄三种体式大致相同。

花间词中18首《河传》从总字数和每句字数看就有十六种体式：

①二，二，②三。六。七。二。五。　七，三，五，③三。三。

①袁行霈主编《中国文学史》（第三卷），高等教育出版社，1999年，第40页。
②《少年游》《河传》的体式体例："。"表示平韵，"，"表示仄韵。"①②③"表示押韵换韵的次数。

二。五。（温庭筠其一，55字）

①二，二，②三。六。七。二。五。　③七，三，五，④三。三。二。五。（温庭筠其二，55字）

①二，二，②三。六。七。二。五。　①七，三，五，③三。三。二。五。（温庭筠其三，55字）

①二，二，四，②四。四六。三。　③七，三，五，④四六。三。（韦庄三首，53字）

①四，四四，六，二，五，　七，三，五，四二，五，（张泌其一，51字）

①二，四，②四。七。二。三。　③七，三，五，④七。二。五。（张泌其二，51字）

①二二，四四，七二五，　②七，三，五，③三。三。二。五。（顾夐其一，54字）

①二，二，四四，三。三。二，五，　②七，三，五，三。三。二。五。（顾夐其二，53字）

①二，二，四四，②七。二。五。　③七，三，五，④三。三。二。五。（顾夐其三，54字）

①四，四，四，三。六，五，　②七，三，五，③三。三。二。五。（孙光宪其一，54字）

①四，四，四，六，二，五，　七，三，五，②三，三，二，五。（孙光宪其二，53字）

①二，二。四。②四七。二。五。　③七三，五，④三。三。二。五。（孙光宪其三，54字）

①二，二，四，四，四六，五，　②七，三，五，③三。三。二。五。（孙光宪其四，55字）

①二，二，②四四。七。二。五。　①七，三，五，②七。二。

五。（鹿虔扆，55字）

①二，二，四，②四。四七。五。　③七。三。五。④五五。三。
（李珣其一，56字）

①二，二，四，②四。四六。五。　③七。三，五。④四，六。
三。（李珣其二，55字）

　　从总字数看，少则51字，多则56字，差别似乎不是太大，但是从
每句的字数看各首之间相差就比较大了，18首《河传》最统一的地方
就是下片的前三句，都是7字、3字、5字，其次是上片的第三句，除
了温庭筠三首外，都是4字，再次是上片最后一句，大多为5字，少
数为3字。如果仅从字数上看，那么温庭筠三首《河传》和韦庄三首
《河传》内部的一致性都很强，但是如果加上押韵，那么温庭筠的三
首也不一致。在花间词中，只有韦庄的三首《河传》用同一体式：字
数相等（包括总字数和每句字数），韵脚位置相同，三次换韵。其他
的基本上是一首一体，有的字数相同，但平仄押韵不同，如温庭筠三
首。大多数情况是字数句式不同，平仄押韵也不同，少则押一个韵，
如张泌《河传》其一，多则押四个韵，如温庭筠其二、韦庄三首、张
泌其二、顾夐其三、孙光宪其三、李珣其一其二。押韵的方式也各不
相同，有的一韵到底，如张泌其一；有的中间换韵，如上列数首；有
的采用交韵，如温庭筠其三和鹿虔扆。

　　从上述比较分析可以看出，因为花间词产生于词的萌芽时期，自
身带有鲜明的诗歌印记，词人对齐言的形式已运用娴熟，对齐言的词
调如《浣溪沙》《杨柳枝》等情有独钟，而且这些词调的词内部的一
致性也比较强。而对于杂言形式的词句，一是因为词体产生之初，还
没有完全定型；二是因为词人在创作时还不很娴熟，花间词中的《河
传》《临江仙》等，内部就有很大的差异。而词发展到柳永，各种词

调体式已基本定型，因而柳词中的同调词内部一致性较强。另外，由于词体的发展渐趋散文化，押韵就不及诗那么密了。力求形成词体特色而又带着鲜明诗歌印记，这是从花间词中反映出来的处于发展初期的词的特色。

三、口语句式与典雅句式

花间词和柳永词都不是专供文人阅读的案头文学作品，它们的受众是听歌妓演唱的大众。相同的社会功能、同样的传播方式，使得花间词和柳永词在语言上均表现出面向大众的"俗"。但是，作为文人士大夫的花间词人和柳永，自然有别于民间词的作者，相当的文学修养又使他们不约而同地在词中表现出"雅"的成分来。那么，花间词和柳永词又是如何运用口语句式和典雅句式的呢？

（一）柳词口语句式多于花间词

柳永词中有不少诉说体、对话体的口语句式；而花间词中除了少数几首，大多是诗歌的书面语句式。如：

平生自负，风流才调。口儿里、道知张陈赵。唱新词，改难令，总知颠倒。解刷扮，能兵嗽，表里都峭。每遇着，饮席歌筵，人人尽道。可惜许老了。　阎罗大伯曾教来，道人生、但不须烦恼。遇良辰，当美景，追欢买笑。剩活取百卜年，只恁斯好。若限满、鬼使来追，待倩个、掩通著到。

（柳永《传花枝》）

词中的"口儿里""可惜许老了""阎罗大伯曾教来""只恁斯好""若限满、鬼使来追"等句子，都是口语中鲜活明白的话，直接入词，显得通俗亲切。这种自诉体形式已带有了曲的特色。柳永词中这种通俗亲切口语句式的形成，与词中大量使用口语、俚语词汇也有很大的关系，如柳永词中用"恁"58次、"争"44次、"伊"31次、"我"18次、"怎"15次、"你"7次、"自家"5次、"消得"4次、"都来"3次、"伊家"2次。花间词中则少得多，其中"伊"出现6次、"怎"7次、"恁"1次、"侬家"2次，"光矴"1次、"叵耐"1次、"争"15次①。

李珣的《渔歌子》四首，也是自抒胸臆，但从句式看，采用的是整齐工整的书面句式，其中也没有用口语俚语词语。若从诉说体的角度看，花间词中大多也是诉说的形式，是作者代人诉说，如：

> 留不得！留得也应无益。白苎春衫如雪色，扬州初去日。　　轻别离，甘抛掷，江山满帆风疾。却美彩鸳三十六，孤鸾却一只。
>
> （孙光宪《谒金门》）

只有开头两句"留不得！留得也应无益"用了口语形式，后面就好像是发表事先写好的演讲稿，显得书面语气息比较浓厚。柳永词中也有代女子言的词，如：

> 坠髻慵梳，愁娥懒画，心绪是事阑珊。觉新来憔悴，金缕衣宽。认得这疏狂意下，向人诮譬如闲。把芳容整顿，恁地轻孤，争忍心安。
> 依前述了旧约，甚当初赚我，偷剪云鬟。几时得归来，香阁深关。待伊要、尤云殢雨，缠绣衾，不与同欢。尽更深、款款问伊，今后敢更无端。
>
> （柳永《锦堂春》）

孙光宪《谒金门》开头"留不得！留得也应无益"，一个女子发自内心的怨恨奔涌而出，口语化的句子真实地反映了人物的性格心

---

① 花间词中的"争"多处不是"怎"义而是"竞相"义，后一义的"争"不能算作俚语。

态，这好像是一位泼辣的女子，但后面以书面语特色极浓的句子写出女子又归于缠绵的情感中。这位女子不是民间女子而是深阁闺秀。柳永词上片写女子埋怨、惆怅，先是低愁轻怨，情感逐渐激越，句子也由书面语逐渐转向口语，"认得"五句，多采用散句形式，特别是几个虚字的使用"把、恁、争"等，使主人公的形象逐渐清晰。下片更是酣畅淋漓，以散文句式直录口语，女子要惩治郎君，使他不敢再无端造次，民间女子泼辣直爽的性格鲜明地呈现在眼前。

花间词和柳永词中都写了不少女性，但花间词中的女性生活在"香闺、金铺、画屏"的深闺中，多为贵族女子，而柳永词中的女性则是"针线、孤馆、风尘"中的平民女子或风尘女子。两类女子在自述时自然表现出差异。贵族女子将闺怨、离恨出之以较为含蓄工整的书面语，而世俗女子则要大胆泼辣得多。花间词人和柳永都善于揣摩受众的心理，满足受众的审美趣味，尤其是柳永，表现普通世俗女子的心声之作，如《定风波》（自春来）、《慢卷紬》（闲窗烛暗）等，用口语形式表达，致使"流俗人尤喜道之"[①]。

（二）柳词中的对偶形式更为丰富

应该说，词长短不齐的句式限制了词中对偶句的运用，另外，词散文化的发展趋势也不利于词中对偶的运用。花间词中的对偶句并不多，在对偶句的使用上受句子字数的限制，相邻两句字数完全相等才有构成对偶的可能，因此，花间词中的对偶常集中出现在同一词牌的同一位置上，如《女冠子》上片最后两句和下片的一二两句："貌减潜消玉，香残尚惹襟。竹疏虚槛静，松密醮坛阴"（张泌《女冠子》）、"金磬敲清露，珠幢立翠苔。步虚声缥缈，想象思徘徊"（李

① 徐度《却扫编》，见袁行霈主编《中国文学史》，高等教育出版社，1999年，第42页。

珣《女冠子》其一）、"细雾垂珠佩，轻烟曳翠裙。对花情脉脉，望月步徐徐"（李珣《女冠子》其二）；《浣溪沙》下片的一二句，"镂玉梳斜云鬓腻，缕金衣透雪肌香"（李珣《浣溪沙》其二）、"刘阮信非仙洞客，嫦娥终是月中人"（阎选《浣溪沙》）；《南歌子》上片开头两句，"柳色遮楼暗，桐花落砌香"（张泌《南歌子》其一）、"远山愁黛碧，横波慢脸明"（毛熙震《南歌子》其一）；《巫山一段云》下片一二两句，"尘暗珠帘卷，香消翠帷垂"（李珣《巫山一段云》其一）、"云雨朝还暮，烟花春复秋"（李珣《巫山一段云》其二）等。但这些词牌的词并非每一首都在这些位置上用对偶，如韦庄《浣溪沙》五首，都不在下片一二句用对偶。关于花间词中的对偶，我们在与宫体诗的比较中已经讨论过，这里不赘述，我们着重探讨一下柳永词中的对偶。柳永的词，散文化趋势比花间词更明显，但是柳永却能突破词调、字数的限制，使得对偶句式在柳词中呈现出丰富多彩的特色来。

1.字数相等的对偶，如：

上苑柳浓时，别馆花深处。 （《黄莺儿》）

凤楼十二神仙宅，珠履三千剑鸳客。 （《玉楼春》）

秋渐老蛩声正苦，夜将阑灯花旋落。 （《尾犯》）

况绣帏人静，更山馆春寒。 （《临江仙引》）

因惊路远人还远，纵得心同寝未同。 （《鹧鸪天》）

也拟待却回征辔，又争奈已成行计。 （《忆帝京》）

2.字数不相等的对偶。一般而言，字数不相等的两个相邻的句子是不可能构成对偶句的，但是，柳永却能巧妙地利用句子里的虚字或实字使对偶在字数不相等的情况下成立。如：

已是断弦尤续，覆水难收， （《八六子》其三）

触处青蛾画舫，红粉朱楼。　　　　　　　　（《瑞鹧鸪》其二）

秦楼永昼，谢阁连宵奇遇。　　　　　　　　（《引驾行》）

槛菊萧疏，井梧零乱，惹残烟。　　　　　　（《戚氏》）

由此可见，柳永更为自觉地运用对偶。以《望海潮》为例：

东南形胜，三吴都会，钱塘自古繁华。烟柳画桥，风帘翠幕，参差十万人家。云树绕堤沙。怒涛卷霜雪，天堑无涯。市列珠玑，户盈罗绮竞豪奢。　　重湖叠巘清嘉。有三秋桂子，十里荷花。羌管弄晴，菱歌泛夜，嬉嬉钓叟莲娃。千骑拥高牙。乘醉听箫鼓，吟赏烟霞。异日图将好景，归去凤池夸。

这首词中所用的对偶有："市列珠玑，户盈罗绮竞豪奢""有三秋桂子，十里荷花"是字数不相等的对偶；"羌管弄晴，菱歌泛夜"是字数相等的对偶。

更为自觉地运用各种类型的对偶，造成柳词语言上典雅的特色。其实，典雅，除了对偶句式，在用典上也有体现。花间词和柳词都有用典，除了用典数量多少不同之外，在语言表现上也有很大的不同：花间词是在句中用一个概括典事的词语，明显易找，如"桃叶渡""黄金买赋"。柳永词在用典和引用前人作品这一"雅化"做法上显得娴熟而不留痕迹，如《雨霖铃》中的"寒蝉凄切""长亭""都门帐饮无绪""兰舟""执手相看泪眼""无语凝噎""去去""千里烟波""楚天阔""多情自古伤离别""酒醒""杨柳岸""晓风残月""良辰好景"，这些词语均有出处，但在柳词中并不能明显看出用典，作者的用意也不一定在让读者通过典来了解词意，这就与温庭筠词中"用典"不同。

通过以上比较可以看出，不论从口语还是典雅方面看，花间均不

205

及柳永，究其原因，大致有以下几个方面：一是花间词刚走过民间词的原始古朴，花间词人力图超越民间词的大胆质朴而向文人词发展，因此，词中既带有词发展初期的质朴，又带有文人词家力图达到的典雅，属于一种"雅俗共赏"的文学。词发展到柳永，词体已经相当成熟定型了，词从民间到文人手中，逐渐雅化，集中表现文人士大夫的审美情趣。柳永作为文人中的一员，并致力于词体制的开拓创新，多种手段都能运用娴熟，但他又曾沦为城市浪子，流落社会底层，在创作中迎合市民大众的审美需求而努力用通俗化的口语进行创作，实现从"雅"到"俗"的回归。因为柳永有意为"俗"，花间尽量脱"俗"，故而柳之俗过于花间之俗。花间词还不是完全的士大夫词，其"雅"的程度未达到士大夫词的水平；而柳永时，词已达到相当雅化的程度，故而花间之"雅"又不及柳之"雅"。不过，从语言上说，花间词往往一篇之中雅俗并存，柳永则是有的词雅、有的词俗。二是虽然花间词和柳永词多用于演唱，但听众的不同也对词作产生影响。花间词的听众是"绮筵公子""绣幌佳人""西园英哲""南国婵娟"，多为贵族，有相当的文学修养，故于唱词要求的"俗"外又要求尽可能"雅"。柳永词面对的是在"茶楼酒馆、勾栏瓦肆"听歌妓演唱的市民大众，故于唱词要求的"俗"外还要加上世俗因素。

总之，从语言比较看，花间词和柳永词之间有着明显的传承关系，柳词的语言特色在花间词中已露端倪，柳永则把花间词的语言特色发扬光大，所以沈祥龙说"飞卿一派，传为屯田"①。

---

① 沈祥龙《论词随笔》（唐词分二派），见唐圭章编《词话丛编》（第五册），中华书局，1986年，第4049页。

第 四 章

语言视野与花间词的词史影响

第一节　花间词的感觉语词与词的"感发"本质

《说文》云："感，动人心也。"作为中国古代审美心理最具代表性的描述词，"感"字积淀着丰富的内涵。兴发感动是中国诗歌的美学特质，但在诗词之间，人们常说"词之感人甚于诗"[①]，甚至是"有韵之文，词尤善感"[②]。于是，"词尤善感"不仅涉及一般意义上的艺术魅力，更是唐宋词艺术的自身特点。

一、词尤善感的感性语言

语言是人类思想情感的工具，也是思想情感本身，更是文化历史的一部分。某种理念往往会用较为固定的语词来表述，而一个新的尤其是以反思姿态出现的学术思想，在语词使用中，或使用旧语词但必

---

① 蒋敦复《芬陀利室词话》卷一，见唐圭璋编《词话丛编》(第四册)，中华书局，1986年，第3643页。

② 朱绶《缇锦词自序》，《知止堂词录》，清光绪二十年湖南思贤书局刊本。

将重新解释，或避免使用旧语词而用新的方式。若分析庄子语词及其"三言"方式，便能看出那种反思以儒家语词使用为代表的心理机制。"一代有一代之文学"，亦同样反映在语词的使用上。语言艺术本是一种期待感性语词使用的审美活动，但某种艺术样式的语词活动必然会受到来自政治的、道德的、历史的、文化的乃至该类艺术样式创作理念的影响而逐渐固定化、观念化，走入陈旧的、理性的表述境地。在这种情形下，一种新的感性语词的艺术样式往往就会诞生。词体的出现及沿革历程，也有此类轨迹。词体是中国诗人寻找感性的一个新的载体，词人笔下的感性语词有一定的特殊性。

第一，词人既重视感官刺激，突出外部感官描写，将感觉通过生动形象的语言表达出来，也善于以此感觉语词传递人类幽微的心绪化活动。

《花间集》中视觉语言的名物词极为丰富，描写女性容貌的如鬟、鬓、眉、眼、腮、面、靥、唇、额、领、胸、腕、臂、手、指、肌、腰等；女性衣装的如冠、钗、带、裙、袴、襦、衫、鞋等；女性居室的如扉、井、楼、殿、堂、梁、户、阁、闺阁、阶、栏、墙、房、窗等；闺阁器物的如炉、盏、盘、帷、衾、枕、屏、帐、被、帘、杯、扇、筝、簟、镜等；植物的如草、荷、竹、柳及各类花等；动物的如莺、燕、鸳鸯、凤、锦鸡、黄鹂、子规、鹤、蝉、鹧鸪、杜鹃、马、猩猩、蛩、猿等；天候的如夜、月、露、风、云、雾等，这些都不是抽象名词，也非香草美人的寄托象征语词，而是有丰富形象的直觉语词。

听觉语言或用象声词直接摹写，如韦庄《菩萨蛮》"遇酒且呵呵"及《天仙子》"惊睡觉，笑呵呵"的近于自然的笑声，韦庄《喜迁莺》"人汹汹，鼓冬冬"中的鼓声，毛文锡《喜迁莺》"传枝偎叶语关关"

及牛希济《临江仙》"娇莺独语关关"中的鸟鸣，孙光宪《渔歌子》"桨声伊轧知何向"中的桨声等；或是通过闻、听等人类感知声音的听觉行为，强化听觉捕捉自然声响的实际效果及随后的想象活动，如温庭筠《菩萨蛮》"觉来闻晓莺"、韦庄《菩萨蛮》"画船听雨眠"、毛文锡《赞成功》"坐听晨钟"、李珣《南乡子》"愁听猩猩啼瘴雨"、张泌《浣溪沙》"依稀闻道太狂生"（"太狂生"是男子听到女子说的话）……这些听觉语词尤其强调自然声响及其艺术表现心绪的能力。

在嗅觉行为的臭与香上，尤为重视香。原本香的自然是香，原本无所谓香臭的也有了香味，而原本臭的此时却是香，足见花间词的唯美倾向。于是，读花间词，或嗅杏花香、早梅香、雪梅香、雪（指落花）飘香、木兰香、百花香、香蕊、香莲、兰麝飘香、橘柚香、藕花香、菊香、香檀等各类自然花木之香，或嗅酒香、香粉、香满衣、口脂香、香汗等人工之香，或嗅香闺、香车、香灯、香茵、香袖、香阁、香画、香鞯、香殿、香睡、香奁、帘幕香、香画、香钿、香泪、香阁、香帷、香砌、香阶等诸多通感之香……不管是实写、通感移觉，还是似香非香，嗅觉感知的语词特点都表现出词体语言的直觉性质。

花间词人亦重视触觉语词的运用，如《花间集》中"软"出现12次、"暖"出现35次、"寒"出现46次、"冷"出现42次等。如此重视嗅觉和触觉语言，是词人注重感性，艺术感觉走向细腻的一个表征。诗歌等其他语言艺术也会重视直觉语词的使用，但唐宋词人更强调通过感官语词直接传递心绪的能力，在感觉的自然程度、直觉语词运用的频率及感觉审美趣味的选择上，表现出了词人的独特性，一个与诗人不同的新感性体验。

第二，人类的感性是感觉者和感觉物的共同行为。感觉者要有灵敏的感知能力，感觉物要求形象显现的特点，如此才能在心物交感的过程中，创造出豁人耳目、沁人心脾的意象来。那些颜色、形状、声音、香臭、冷暖因直接作用于人类感官，而在人的心灵中呈现。敏感的艺术家不是去认识这些颜色、形状等，而是感受它们带给他的情思波动。与诗人相比，词人尤重直觉语词，突出表现为多由女性感觉及心理出发的特点。女性的感觉原本强于男性，尤其强调感觉的艳、细、巧等。这一特点既是词人重视感性的深入表现，也是词体由语词感性色彩表现出的体性特点。王世贞《艺苑卮言》曾云"《花间》以小语致巧"，"《草堂》以'丽'字取妍"，说的便是女性心理选择感性语词的审美特点。仍以花间词为例，如在视觉、听觉形象感受中，即灌注了柔美、香软、艳丽的女性特点。这些视觉、听觉词语大多指向力量弱、体积小、形状巧、质地软的事物，女性容貌、女性衣装名词自不必说；居室建筑名词纵使有"墙、房"等名词代表体积较大之物，那也是"绣墙、兰房"；动物则多为禽类，纵使有"马、猩猩、猿"等体积较大的兽类，那也只和"嘶、啼、语"相连，而多不取"吼、叫"之词。在嗅觉形象感受中，香味的重视正是女性脂粉气的一种反映，而在触觉形象感受中，亦重软、小等，而轻视硬、大等。

再如"雨"字的使用也体现出敏感、细腻、柔美等女性特点。一是多用细微小弱的限定词或后缀状态的修饰，强化"雨"的轻灵细微的特征。如微雨、疏雨、细雨、乖雨、晚雨微微、烟雨微微、雨潇潇等。二是确实不大选择厚重拙质的语汇，但并非没有，只是词人在使用这些厚大意象时，多强调厚大景象的消失状态或危害性，习惯性地转入细小凄惨的情调。这说明词人不是对这类厚大意象作审美的认同，仍是以细腻柔弱为审美目的。如柳永《雨霖铃》云"寒蝉凄切，对长亭晚，骤雨初歇"，晏殊《采桑子》（红英一树春来早）云"无端一夜狂风雨，暗落繁枝"等。三是即便词人要表现一些阔大丰满的场景，往往也从小处着眼来衬染。如欧阳修《渔家傲》（粉蕊丹青描不得）云"夜雨染成天水碧"、《蝶恋花》（画阁归来春又晚）云"细雨满天风满院"等，同样证明词人重视细腻、柔美的感性特点。四是细微心思、灵敏感知还体现在对轻灵细巧场景的巧妙营构上，读来让人感动不已。如晏殊《浣溪沙》（小阁垂帘有燕过）云"一霎好风生翠幕，几回疏雨滴圆荷"，已经是疏雨，可是又滴在圆荷之上，动态的画面细微灵动。这些轻灵细巧的语词多半与柔性情感相联系，尤其是女性的那份特有的温顺感。晏殊《浣溪沙》（杨柳阴中驻彩旌）中的"雨条烟叶系人情"句，把这层意思说得甚是清楚。或是以"雨"拟人，或是"雨"中带情，雨条、雨声流淌着淡淡的、香香的、柔柔的、苦苦的情思。正如清代王鸣盛评王初桐《罐壑山人词集》说的："词之为道最深，以为小技者乃不知妄谈，大约只一'细'字尽之，细者非必扫尽艳与豪两派也。"①

第三，本色词的语词当遵循歌词语言的特点，重视感性语词，以悦人、移情、感人为目的。如严有翼《艺苑雌黄》云柳永词"直以言多近俗，俗子易悦故也"②，沈谦说"词不在大小浅深，贵于移情"，"读之皆若身历其境，惝恍迷离，不能自主，文之至也"③。王国维论词以境界为最上，且以五代北宋词为有境界的代表，关注的即是歌词之词。不过，他又强调词人的雅量高致及生命意识的贯注，既要"能感之"又要"能写之"。因此，更为准确地说，他更为重视那些缘情的歌词之词：从"能感之"角度说，强调词人主体的用情自觉程度；

① 谢章铤《赌棋山庄词话》续编四引。
② 胡仔《苕溪渔隐丛话·后集》卷三十九引，人民文学出版社，1981年，第319页。
③ 沈谦《填词杂说》，见唐圭璋编《词话丛编》（第一册），中华书局，1986年，第629页。

从"能写之"角度说，主张"不隔"，写景须豁人耳目，写情须沁人心脾，反对使用代字、典故及晦涩语词等。音乐呈现生命意味，亦以生命意味被人聆听、感受，并不担负逻辑地寻求"含义"的责任，这些特点影响了歌词语言的直观感性色彩。

与王氏强调的缘情的歌词之词相比，那些娱情的歌词之词则更重视悦人的层面，语词的感性直观色彩更为显豁。因为，此类词的兴发感动不是针对作者的，而是直接针对听众的，缺少王氏所说的作者能感之的层面，更与诗言志创作理念相区别，却反而突出了听众的易感性质。诗言志中的"志"是"象征心的动向"，"所以诗本来是反映你内心情意感动的走向；而词不是……它是给歌曲的曲调所填写的歌辞，它与内心是否感动没有太大的关系"[1]。男子而作闺音的填词方式正因为多"空中语"，词人回避载道、言志，甚至非缘己情，以娱情、悦人为填词目的，恰恰能大胆摆脱旧有观念的束缚，敢言思想禁区，注重选用直接作用于生理性刺激而臻至精神性联想的语词。上述诸多的词句都是证明，又如秦观《画堂春》（东风吹柳日初长）云"宝篆烟消龙凤，画屏云锁潇湘。夜寒微透薄罗裳。无限思量"，词中人的无限思量，皆由对感觉的描画中呈现，句句写景入画，言少意多，凭借感觉说话。再如词中的比喻细微灵动，传递人们的生命体验，如喜欢用久、长之类的事物比喻愁绪，以短促、易毁的事物比喻快乐，这都与人们对痛苦、快乐的体验时间有关，即痛苦的难熬与幸福的短暂。

总之，语词是情思的工具也是情思鲜活的本身，词人们乐于使用直觉语词，从传统思想上说，不仅表明词人感性的自由，也反映出他们自由的感性。读唐宋词，当不能忽视词人的感性的个性内涵以及他

---

① 叶嘉莹《古典诗词讲演集》，河北教育出版社，1998年，第367页。

们在语词使用中表现出的创作新感性的艺术精神。

二、词尤善感的时空体悟

"美之对象，非特别之物，而此物之种类之形式；又观之之我，非特别之之我，而纯粹无欲之我也。夫空间、时间既为吾人直观之形式，物之现于空间皆并立，现于时间者皆相续，故现于空间时间者，皆特别之物也。"①王国维从纯粹美的角度，指出了时空作为美的对象的独特存在形式，审美活动是无欲纯粹的我直观对象的时空形式的过程。以时空直观形式为美的对象，此时空形式也理当是分析艺术作品感发力需要注意的一个结构层面。如人们习惯于从情景关系或意象组合分析境界范畴，虽然这个方法有认识论上的依据，但情景及意象本身具有独立性，过多运用不免简单机械，且难以把握境界的深度焦点，即是"能观"的审美主体所体认到的艺术时空意识。②为了便于揭示唐宋词的时空形式特点，以下通过分析"隔"与"远"两个明显具有时空感的词语加以说明。"隔"意味遮挡、收敛、节制，"远"重视无遮挡、放纵、流动，如此便能从一个简易的角度把握"词之情文节奏，并皆有余于诗"③的感发本质。

先说"隔"。词学史有主张"不隔"的传统，如李渔说过："作词之家当以'一气如话'一语，认为四字金丹。'一气'则少隔绝之痕，'如话'则无隐晦之弊。"④刘熙载亦说："词有点有染……点、染之

---

① 王国维《叔本华之哲学及其教育学说》，《王国维遗书》(三)，上海书店出版社，1996年，第29页。

② 杨柏岭《晚清民初词学思想建构》，安徽大学出版社，2004年，第209页。

③ 况周颐《蕙风词话》卷一，见唐圭璋编《词话丛编》(第五册)，中华书局，1986年，第4406页。

④ 李渔《窥词管见》，见唐圭璋编《词话丛编》(第一册)，中华书局，1986年，第555页。

间，不得有他语相隔，隔则警句亦成死灰矣。"[1]至王国维论词则明确主张不隔才可能有境界，若隔则无境界。但是这个不隔传统主要是从"能写之"角度说的，而笔者此处讨论的是词人的一种"隔"的时空体验。《说文》曰："隔，障也。""隔"意味着有遮挡，被遮挡必有一个时空性的隐蔽物，遮挡滋生一种真实的当下体验，而遮挡的过程又是一次时空体验的历程。似露却掩，似有若无，似近却远，经历着现在、过去与未来。人们总想着那些看不到的东西或是悠久的历史，被隐蔽的部分永远具有吸引力，也会在人的感知中得到完形；艺术家们更擅长营造烟水迷离的境界，他们会通过各种含蓄手法或"不隔"手段调动人们对遮挡面的想象。

其实，"隔"对词体艺术来说有着特殊的意义。词为歌场文化的一种，而"隔帘听"正是当时奏乐听歌的一个实际场景。如葛胜仲《浣溪沙》（东道殷勤玉笋飞）词小序云"少蕴内翰同年宠速，遣妓隐帘吹笙，因成一阕"，王安中《临江仙》词便是"贺州刘师忠家隔帘听琵琶"而作：

> 凤拨鹍弦鸣夜永，直疑人在浔阳。轻云薄雾隔新妆。但闻儿女语，倏忽变轩昂。　　且看金泥花那面，指痕微印红桑。几多余暖与真香。移船犹自可，卷箔又何妨。

此阕细致地描绘了隔帘听的音乐体验及想象活动。作为音乐表演活动的一个典型场景，唐教坊曲已有《隔帘听》曲调，后用作词调，宋词现仅存有柳永《隔帘听》（咫尺凤衾鸳帐）一首。此词有隔帘听场景的直接描绘，但已不完全吻合隔帘听原意，而在纳入到士与歌妓

---

① 刘熙载《词曲概》，薛正兴点校《刘熙载文集》，江苏古籍出版社，2001年，第147页。

模式中展示的同时，延伸到两性情思体验的一般性。不过，其《凤栖梧》云：

> 帘下清歌帘外宴。虽爱新声，不见如花面。牙板数敲珠一串。梁尘暗落琉璃盏。　　桐树花深孤凤怨。渐逼遥天，不放行云散。坐上少年听未惯。玉山未倒肠先断。

在隔帘听场景下，写出了厌听喜睹的迫切心理。晏几道《清平乐》（红英落尽）云："钿筝曾醉西楼。朱弦玉指梁州。曲罢翠帘高卷，几回新月如钩。"因相思而追忆过去的隔帘听经历，"曲罢翠帘高卷"细节也传递出由听而见的愉悦感。

除了隔帘听，与歌妓制度有关的帘隔现象也是士与歌妓结合的一种普遍存在。因为"隔"，词人急于想表现帘隔者（主要是歌妓）外貌及心理活动。如温庭筠《南歌子》云"脸上金霞细，眉间翠钿深。欹枕覆鸳衾。隔帘莺百啭，感君心"，先描绘歌妓外貌，次则强调这个女子"隔帘听"的感动，黄莺百啭勾起了被隔者的惜春怀春及感念情人的深情厚意。韦庄《天仙子》云：

> 梦觉云屏依旧空。杜鹃声咽隔帘栊。玉郎薄幸去无踪。一日日，恨重重。泪界莲腮两线红。

此"隔"效果同前，但因被隔的一方性质不同（由"莺百啭"变为"杜鹃声咽"），而被隔的另一方情思体验也会有别。薛昭蕴《相见欢》（罗襦绣袂香红）下片则把被隔者在帘内的情思活动写得很具体："卷罗幕。凭妆阁。思无穷。暮雨轻烟魂断，隔帘栊。"……这一个个被隔者实是一个个审美对象，与此同时，因为"隔"，遮挡物本身也是词人着意刻画的意象，由此遮挡物，词人方能展开无尽的情思想象。如"帘"意象便是帘隔词中极有情趣的遮挡物，以至于高观国《御街行》专门"赋帘"云：

香波半窣深深院，正日上、花阴浅。青丝不勒玉钩闲，看翠额、轻笼葱蒨。莺声似隔，篆烟微度，爱横影、参差满。　　那回低挂朱阑畔，念闲损、无人卷。窥春偷倚不胜情，仿佛见、如花娇面。纤柔缓揭，瞥然飞去，不似春风燕。

此"帘"道尽帘隔现象的效果。从遮挡物带来的空间感来说，正如许昂霄感知的："莺声似隔"，帘外；"篆烟微度"，帘内；"仿佛见、如花娇面"，以上言帘垂；结处言帘卷。[1]从遮挡物所遮挡的内容来说，赋"帘"实则写人，写人又在抒情，神光离合，情思余味皆由"帘"字生出。其中，直接赋"帘"者，仅"玉钩""翠额"及"横影"三句，其余皆从侧处想象，似有若无，笔法细致。"香波"三句写"帘"的环境，"莺声"二句从虚处咏"帘"，转头描绘帘垂不卷的姿态，但笔意已在帘内之人，故下句有"仿佛见"之语，结句云帘中人纤柔缓揭，更见余思悠长。

由帘隔现象的个案分析，可知遮挡物在"隔"中扮演着重要角色。既诱惑着观赏者对被遮挡对象的想象，也因遮挡物的不同，传递词人不同的时空及生命体验，甚至可窥词的主题及词境变迁的痕迹。"诗余"状态的词，保留了由诗变词的诸多信息，遮挡物是比较丰富的，时空感也较为开阔。敦煌曲子词《破阵子》（日暖风轻佳景）云"正时越溪花捧艳，独隔千山与万津"，遮挡物是羁旅者才能体验到的山与津，仕子宦游或征夫远涉等望乡关的"隔"，于是结尾才有"鱼

---

① 许昂霄《词综偶评》，见唐圭璋编《词话丛编》（第二册），中华书局，1986年，第1560页。

笺岂易呈"的沟通欲望；《望江南》云"龙沙塞，远路隔烽波"，唐室西遣使节已近边陲，却受寇阻，幸获沙洲授纳的歌咏之作，遮挡物是烽波，于是由自然距离的远隔，表达了与沙洲张义潮"路次合通和"的政治欲望；而《菩萨蛮》（敦煌古往出神将）云"只恨隔蕃部。情恳难申吐。早晚灭狼蕃。一齐拜圣颜"，遮挡物是蕃部，表明敦煌人沟通唐王朝的政治态度。

随着词体香艳性的成熟，遮挡物也渐次限于闺襜之内，词作主题也多言两性情思。其中帘隔现象最为典型，除此还有温庭筠《菩萨蛮》（水精帘里玻璃枕）"双鬓隔香红"，此"隔"顿使两鬓簪花对称如画；毛熙震《临江仙》（幽闺欲曙闻莺啭）云"隔帏残烛，犹照绮屏筝"，因帏而隔，残烛与幽闺相映成趣；冯延巳《喜迁莺》（宿莺啼）云"人语隔屏风"，因屏风而隔，乡梦断、忆离别，香寒灯绝的孤独幽绪在屏风之内……这些词的遮挡物限于闺襜之内，被隔者多为女性，情思多绮丽，词作风格亦多浓艳。而韦庄等人却表现出新的走向，如他的《浣溪沙》其二：

欲上秋千四体慵，拟教人送又心忪。画堂帘幕月明风。　　此夜有情谁不极，隔墙梨雪又玲珑。玉容憔悴惹微红。

此词虽然也是写女子的残春伤感，但已非只是帘帏之内的独隔残灯的幽闭绮思的女子，而是一个在画堂前欲荡秋千却无力的女子。因地点的变化，故才有"隔墙梨雪又玲珑"的被隔景象。这种选择闺襜外的自然景物为遮挡物的"隔"境，实则表明词人情思体验的变化。那墙外梨花洁白玲珑，不仅显示着花繁春残，强化了"此夜有情"，而且反衬了该女子憔悴微红的面容，体现了韦庄词淡妆清丽的修饰特色及美感信息。而他的《荷叶杯》（记得那年花下）云"惆怅晓莺残月，相别，从此隔音尘。如今俱是异乡人，相见更无因"等，其中的遮挡物已完全在闺帷之外，且多为男性尤其是漂泊形象的男性拥有的，词人由此抒发了爱的情思及乡关、故国情怀。此后随着填词心态的士心复苏，"隔"的时空体验在尊重词体本色的同时，又逐渐向诗人的襟抱靠拢，遮挡物的种类也越来越丰富。

上述只是从"隔"字的使用，分析词人的遮挡时空体验。其实，有遮挡体验而无"隔"字的词作更为丰富。那么词人何以酷爱写"隔"境？一是词是抒情艺术，且以思念情怀为主，"隔"境是爱的相思心理及亲情、乡关、家国等思念心理的一种体验。爱的相思是因爱的结合或诺言未达的体验，此种体验唯有"隔"字最为贴近。正如牛希济《生查子》（新月曲如眉）词说的"两朵隔墙花，早晚成连理"，爱的双方即是两朵隔墙花，虽说有早晚成连理的祝愿，但许多迷离境界却尽在此"隔"的过程中。于是魏承班《谒金门》（长思忆）云："独坐思量愁似织。断肠烟水隔。"此"隔"可谓相思词境的代表性说法，思人因烟水距离而"隔"，而思人的断肠又可谓愁思如织，愈理愈乱，恰似烟水迷离，足见相思之深。乡关之隔，在韦庄、柳永词中多有表述，而家国之隔生发出的思念心理多见于南宋词中。如辛弃疾《菩萨蛮·书江西造口壁》词中的"长安"指汴京，词人遥望西北，"无数"之"山"隔之，喻恢复之难。或许可以说，正是词人有恢复之难的感知，故而才有无数山隔之的联想。接着，又由"青山遮不住"的江水东流，强化了词人雄心收敛、慷慨悲凉的情怀。二是"隔"境体现了词人观照生命意识的审美态度。"隔"根本上是一种心理的时空感受。因交通、信息的限制，古人对"隔"的体验，思念之中往往渗透家园意识的温馨，流动着缕缕古典式的脉脉韵味与美感。时空之隔对古人来说，虽然是一件十分痛苦的事情，却也使古人有了审视自己情感的闲暇，激发起艺术的想象。①除了大量的空间遮挡现象，也有时间之隔，如牛峤《菩萨蛮》（画屏重叠巫阳翠）说的"风流今古隔"，蔡伸《减字木兰花》（船回沙尾）说的"转首相逢又隔年"等。正因为"隔"中流露着古人深刻的生命意识，且能以审美态度观照，故而他们对"隔"的体验可谓入细入微。如孙光宪《生查子》词写春游时的恋情，上片云"暖日策花骢，垂杨陌。芳草惹烟青，落絮随风白"，写少年公子在美好春光中的潇洒惬意的悠游形象；下片云"谁家绣毂动香尘，隐映神仙客"，写他忽见车中一个犹如神仙般美丽的女子，可惜"狂杀玉鞭郎，咫尺音容隔"，这个"隔"字反而构筑公子对女子音容的审美观照，强化了他的想望之情。又如皇甫松《采莲子》云："船动湖光滟滟秋举棹。贪看年少信船流年少。无端隔水抛莲子举棹，遥被人知半日羞年少。"以"隔水"限制"抛莲子"这个爱情象征性行为，爱的情思立刻荡漾起缕缕美韵；没有"水"的遮挡，就没有下句的"羞"；而以"无端"修饰"隔水抛莲子"行为，更是强化了"隔"的趣味，把爱情心理的美感传递得惟妙惟肖。因此，此"隔"境既是自然实境，也是风俗景况，更具艺术情味。

　　"隔"字从某种意义上说体现了审美主体的直观态度，艺术家们会把那些物质的、功利的东西"隔"开。同时，"隔"意味着遮挡，遮挡又意味时空的有限，但此有限时空并非词人的原望所在，词人写"隔"的目的在强化情思的无尽、时空的无限。因此"隔"境也是一种具有感发作用的符号形式，何况因为被隔而处在一个可以静观的状态，而有了被深度挖掘的可能。可以说，在有限的时空中挖掘无限的

---

　　① 如今人们消除信息之"隔"，现代科技铲除了因距离而带来的思念情怀，但又滋生出另一种"隔"：陌生感成为人与人之间、个人身心之间的体验。

情思感慨，正是词人擅长的笔法。如黄庭坚《望江东》云"江水西头隔烟树。望不见、江东路。思量只有梦来去。更不怕、江阑住"，清晰地表述了因"隔"而引起的无限思量、相思梦。又如欧阳修《蝶恋花》（落花浮水树临池）云"隔帘风雨闭门时。此情风月知"，吴文英《浣溪沙》云"门隔花深梦旧游。夕阳无语燕归愁。玉纤香动小帘钩"……奇幻或许在门外风雨、旧游之梦，但无不是由"隔帘""门隔"生出，情思亦真亦幻，被隔者形象亦十分传神。

次说远。"远"是古代一个具有独立内涵的美学范畴，是体现艺术感发力的典型术语。"远"的艺术精神，似虚则实、似浅却深、似形有神，如望眼平川的平远，一览众山的高远，抑或是察微洞幽的深远，涵泳着古代艺术的时空体验，也印证着艺术活动的内在规律，昭示着审美主体胸次的宽广恬淡和精神的愉悦畅达。如李之仪《鹧鸪天》（收尽微风不见江）词虽在演绎陶潜诗歌的愉悦之境，但其中"心既远，味偏长"句，实则指出"远"的艺术精神本质是一种心远，心远则有"味"，如此便"须知粗布胜无裳。从今认得归田乐，何必桃源是故乡"，古人的精神家园在那颗恬淡愉悦的审美心灵之中。

作为传统艺术精神的"远"走进唐宋词人的艺术趣味，可以说与词体的题材、主题及体性等有密切关系。如同"隔"，古人对"远"亦有直接且深切的体会。黯然销魂，唯别而已，是一种充满着伦理情调的中国古人的人生体验。赠别送归、羁旅漂泊、游子思妇、远宦戍边等题材，及天涯落寞、望远思家等主题在诗歌中的大量出现就是证明。词中此类作品更为丰富，且影响了词体的体性特征。词调中就有《望远行》《思远人》等，谢章铤即说过"词多发于临远送归，故不胜其缠绵悱恻"[1]。词人在面对实际的时空之"远"的同时，又由实际的时空远感构筑一种心理距离，滋育着创作者自由想象的空间。何况词人也在时空之恋中寄寓自己的人生感悟，"算人生、悲莫悲于轻别"（柳永《倾杯乐》"离宴殷勤"）、"大都世间，最苦惟聚散"（周邦彦《荔枝香近》"夜来寒侵酒席"）等已把聚散离别上升到人生哲理的高度，生命的远思总是活跃着一种耐人咀嚼的审美意韵。伤春悲秋词也是酝酿"远"的温床，面对自然节序的次第变化，无论是时间的流失还是生命的荒芜，总会唤起词家那种想留住而又无可奈何的"时间之远"。还有词中普遍存在的相思主题，或是"渐成倚声熟套"的"摹写楼危阁迥，凝睇含愁，阑干凭暖"，或是"厥理易明"的"客羁臣逐，士耽女怀，孤愤单情，伤高望远"[2]，词人内心揣摩的往往多是相思双方当下的"时空之远"。若从词体体制角度说，或是因为要吻合抽象、无形的音乐主题，故而也会强化词人对远的艺术感知；或是因为要刻画闺阁形象的心绪，也会通过描绘那种流行的远妆远饰来传递。如欧阳修《诉衷情》（清晨帘幕卷轻霜）专赋"眉意"云"都缘自有离恨，故画作远山长"，眉黛之远妆已非简单的性感、美感的装饰，而是与离恨、相思有关的情思修饰，此"远眉"已经情感化了。

可以说，唐宋词人全身心面对了"远"，"远"凝聚着他们对生命的时空形式的审美感知与想象，在何谓"远"以及如何表现"远"上为后世提供了丰富的审美经验。"远"始终处在运动状态：或是体现为一种时间性的活动，但活动就会留下轨迹，轨迹的延续性又说明活动是在空间中完成的；或是体现为空间性的移动，但移动本身又是一个时间性的过程。同时，"远"的运动不仅指肢体的外在活动，而且

---

① 谢章铤《赌棋山庄词话》卷十，见唐圭璋编《词话丛编》（第四册），中华书局，1986年，第3461页。

② 钱锺书《管锥编》（三），中华书局，1991年，第877页。

指运动者的内心活动，经过可感知的运动走向依赖想象的心灵活动。通过淡淡的运动轨迹，抒发情思体验，感悟生命的厚度，正是词人十分擅长的身心运动。进而，对善于捕捉心灵内在生活的词人来说，"远"虽是一种延伸，但更是一种深度，因此不能只从最遥远的层面来理解词人感知的"远"，而应该从心灵深处揭示词人的"远"感。如晏殊《诉衷情》词很好地说明词人对"远"的运动规律的认识，涵盖了"远"的多重意义：

> 芙蓉金菊斗馨香。天气欲重阳。远村秋色如画，红树间疏黄。流水淡，碧天长。路茫茫。凭高目断，鸿雁来时，无限思量。

此词"远村"以下，句句皆围绕"远"字展开，由感知的目远（远村的平远、凭高目断的高远等），到无限思量的心远，潜藏在目远与心远中的则是所思念的人之远，而全词又具有感发读者想象的味远。

目远。"远"本是客观的时空存在，也先须成为主体的感知对象方能被获取。词人的嗅觉之远，如晏殊《喜迁莺》（歌敛黛）"金炉暖。龙香远"，李之仪《鹊桥仙》（宿云收尽）"玉徽声断，宝钗香远"，谢逸《点绛唇》（金气秋分）"桂子飘香远"，姜夔《玉梅令》（疏疏雪片）"有玉梅几树，背立怨东风，高花未吐，暗香已远"……嗅觉的敏锐是词人重视感性信息描绘的一大体现。词人的听觉之远，如张先《泛青苔》（绿净无痕）"响箫鼓，远破重云"，欧阳修《蝶恋花》（越女采莲秋水畔）"隐隐歌声归棹远"，舒亶《点绛唇·周园分题得湖上闻乐》"一片笙歌远"，吴亿《烛影摇红》（楼雪初消）"细听归路，璧月光中，玉箫声远"……词是需要歌唱的，音乐效果既是词艺术的体现，也是词作的一大题材，以"远"修饰声音艺术，正说明词人对听觉的重视。当然，在"远"的感知及特征的构筑中，视觉是最具力量的，故此处用"目远"来代表。

"目远"无非说的是望得远、望不尽。如张先《木兰花》（相离徒有相逢梦）说的"远目不堪空际送"，晁补之《梁州令叠韵》（田野闲来惯）说的"平芜一带烟光浅。过尽南归雁。俱远。凭栏送目空肠断"……远目、送目等术语说明人的视觉既能逼视前景，亦能远眺背景，由前景到背景的自由观看，又说明视觉适宜表现运动状态的"远"。多写临远送别的词人，既善用日常经验如长亭短亭、马、路等构筑"远"的感知，也擅长表现目远的层次性。如范仲淹《苏幕遮》（碧云天）云"山映斜阳天接水。芳草无情，更在斜阳外"，韩缜《凤箫吟》（锁离愁）云"绣帏人念远，暗垂珠泪，泣送征轮。长亭长在眼，更重重、远水孤云。但望极楼高，尽日目断王孙"等。不过，词是抒情的艺术，那些原本在时间渐进中呈现的空间层迭感，多融化为时空合一状态的浑然意识。于是，词人写目远时，常减弱"送"的过程，而通过一个个视觉感知的"远"的片段，强化注目"远"景的浑然境界。如晏殊《踏莎行》（祖席离歌）的"斜阳只送平波远"，晁补之《木兰花·遐观楼》的"小楼新创堪临远。一带寒山都入眼"，周邦彦《夜飞鹊》（河桥送人处）的"斜月远堕余辉"……还有如张炎《壶中天》（扬舲万里）的"浪挟天浮，山邀云去，银浦横空碧"，虽无"远"了，实则能写远景如画、化为身观的整体感知印象。

心远。主体认知的应目会心，艺术作品中的一切景语皆情语，是人们熟知的审美规律。从感官功能上说，人类的身观在进化中业已观念化了，生理本能与内在心灵有了贯通性，感官活动建立在身心合一的基础上，客观时空存在也须化为心灵的时空形式，方能被感知。从审美活动规律来看，身观与会心亦不可强分，不仅身观的目的是会

223

心，身观之乐后才有会心之乐，而且会心也是应目的基础，唯主体有轻松、快乐的审美心境，而后才有身观之乐。《吕氏春秋·适音》云"耳之情欲声，心不乐，五音在前弗听；目之情欲色，心弗乐，五色在前弗视"，身观偏向于本能欲望，会心之乐才是克服身观之乐的条件，也是身观之乐的归宿。何况，若能突破身观的局限，乃至"吾丧我"，心灵活动便可游于天地精神，以致无限和永恒。可以说，"远"的艺术思维正是身心贯通而又超越身观的心灵体认，是宇宙人生的自然时空之远的一种审美化、精神化的反映。况且，唐宋词的内倾性、心绪化的抒情特色，又强化了时空观念在传递生命意识时的情思符号的性质。词人们知道，人所想象的永远比感知的要多得多。

《招魂》曰"目极千里兮伤春心"，由应目到会心，由目远到心远，唐宋词人更是在心与物之间搭建了一个个情感桥梁，并用心地装饰着这个桥梁。秦观《木兰花慢》（过秦淮望断）云"对触目凄凉，红凋岸蓼，翠减汀苹"，"触目凄凉"是应目会心的意向性结构，接着就是装饰性的描绘与印证。这种"心随望远"（毛滂《蓦山溪》"东堂先晓"）的心灵活动与身观之间的密切关系，在孙光宪《浣溪沙》（蓼岸风多橘柚香）中是"目送征鸿飞杳杳，思随流水去茫茫"，在欧阳修《踏莎行》（候馆梅残）中为"离愁渐远渐无穷，迢迢不断如春水"，在许玠《菩萨蛮》（西风又转芦花雪）中是"绣衾寒不暖。愁远天无岸"……这些词中的人是凝望，是痴望，也是怅望，或是由目送而至思、忆、愁，或是把心远比做为身观之远，但都是在强调心远活动始终伴随目远而运动，典型地记录了应目会心、身心贯通的思路：眼力越突出，伸展的境界越广阔，逗引出的情思就越悠长、深幽、无穷。如果说"心随望远""思随流水"等经验还重在心远对身观之远的依赖，那么如晏殊《玉楼春》（绿杨芳草长亭路）"天涯地角有穷时，只有相思无尽处"，晏几道《清商怨》"要问相思，天涯犹自短"等词句，则是尤重心远的无限。身观之远再远也是有限的，终归有穷尽的时候，唯有如相思的心远才能真正无尽，很好地修饰了词人"无情不似多情苦，一寸还成千万缕"的春恨、相思主题。

此番体验既吻合了词体重情的特点，也暗含着古人对信息沟通艰难等方面的生命感受。如李白《菩萨蛮》（平林漠漠烟如织）云"玉阶空伫立。宿鸟归飞急。何处是归程。长亭接短亭"，盼归的心情之急与征程之艰交织一处，典型地写出了相思主题中的家园意识的特点。此词境界亦如梁元帝《荡妇秋思赋》云："登楼一望，唯见远树含烟。平原如此，不知道路几千。"距离之隔带来的种种辛苦，尽在其中。难怪况周颐感慨说，该赋可当作词来读，是至佳之词境①。在那些具有羁旅经验的词人词作中，如柳永在突出以相思无尽为主的心远主题时，便喜欢从信息媒介角度来写心远的无奈。他的《留客住》（偶登眺）云"旅情悄。远信沉沉，离魂杳杳"，于是只能"对景伤怀，度日无言谁表。惆怅旧欢何处，后约难凭，看看春又老"；他的《倾杯》（鹜落霜洲）云"为忆。芳容别后，水遥山远，何计凭鳞翼"，于是只能"想绣阁深沉，争知憔悴损、天涯行客"……无论是时间之远（忆），还是空间之远（水遥山远），都因沟通条件的不足，而无奈地转入情思的念远（想）。古人对情思悠长韵味的审美是如此温馨，与他们的生命体验又如此默契，今人读来，怎能不牛出"古雅峭拔"的感叹！

人远。"人远"虽不是"远"的逻辑层次，但确是唐宋词人"远"的时空感的关键处。因为身观之远与心知之远，大多是因人远而发，以怀念远人为目的。这是唐宋词多抒发赠别送归、羁旅漂泊、游子思

---

① 况周颐著，屈兴国辑注《蕙风词话辑注》，江西人民出版社，2000年，第45页。

妇、远宦戍边等主题性质决定的。张先《虞美人》（恩如明月家家到）词，作于熙宁七年（1074）六月陈襄即将离杭州赴知应天府时，其中云"一帆秋色共云遥。眼力不知人远、上江桥"，眼力有限，唯有心中念想方能跟随远去的友人，上桥眺之，也只是心头想念的一种徒然举动。宋祁《浪淘沙近》（少年不管）为别刘敞（原父）词，结尾云"倚阑桡，望水远、天远、人远"，显然人远才是关键。此意在他的《鹧鸪天》（画毂雕鞍狭路逢）词中说得更为直接："刘郎已恨蓬山远，更隔蓬山几万重。"结句用的是李商隐诗句，但在层叠、回旋的节奏感中，指出念远正是因怀念山那边的人。欧阳修也善于此技，他的《踏莎行》（候馆梅残）云"平芜尽处是春山，行人更在春山外"，有限的眼力看似抚慰了伤感的心灵，但无限的心思却因山那边的人而愈增悠长。多羁旅行役经验的柳永，在《鹧鸪天》上片富有总结性地说："吹破残烟入夜风。一轩明月上帘栊。因惊路远人还远，纵得心同寝未同。"以爱的结合心理为基准，在路远人还远的感叹中，指出相思无尽的必然性。

路远人还远，同时也是因人远而景（路）远，进而思更远。欧阳修《玉楼春》（春山敛黛低歌扇）云"青门柳色随人远"，韩琦《点绛唇》（病起恹恹）云"人远波空翠"，张元干《兰陵王》（绮霞散）云"念人似天远"，张仲宇《如梦令》（送过雕梁旧燕）云"人与暮云俱远"……这些词句皆在强调人远与景远的浑然性，不过从根本上说这些仍然是肠断、魂断下的"愁无际"的形象说法。除此，词人们尤为擅长的是抒发对远人的远思。如词人们经常说的念远、怀远、伤远、愁远、梦远等情思活动的远想、远恨，已把"远"当作情思传递的生命时空符号，而"远"的各类心灵活动的主导对象都是指人。同时，词中各类远思与念远者的登高远望等行为多有关联。登高远望本是士人抒发幽思的一个传统，使人惨凄伊郁，惆怅不平，兴废思虑，震荡心灵。李峤《楚望赋》序即曰："登高能赋，谓感物造端者也。夫情以物感，而心由目畅。非历览无以寄杼轴之怀，非高远无以开沉郁之绪。"唐宋词中，当然有客羁臣逐、孤愤单情的伤高望远，但更具本色的则是一种士耽女怀，对远去情人的爱情浪漫的企慕或追悔。如范仲淹《苏幕遮》说的"明月楼高休独倚，酒入愁肠，化作相思泪"，而张先《一丛花令》"伤高怀远几时穷，无物似情浓"句说得最凝练，典型地写出了登高远望，暗牵愁绪，想玉郎何处去的词体言情模式。

"远"是时空的一种延伸，更是一种心灵的深度。因此，无论是登高念远的户外活动，还是幽闭孤独者的室内远想，在展示主体心灵延伸的同时，亦更见情思幽深之美。《思远人》可谓是词人写"远"的本色词调，反映出远人在目远与心远中的关键地位。试读赵令畤《思远人》：

素玉朝来有好怀。一枝梅粉照人开。晴云欲向杯中起。春色先从脸上来。　　深院落，小楼台。玉盘香篆看徘徊。须知月色撩人恨，数夜春寒不下阶。

词中的女子活动的地点主要在楼台，亦是一种登高远望，但此是小楼台，且处在深深院落中。该女子心烦意乱，但又是一种静谧的执着的闺思，全词不写远人，因远人已在闺思的胸怀中，此情只有月色知，故而词人专写主体内心的远恨绵绵的幽深情思。这种"远恨"或许所怀对象确实在远方，或许只是"咫尺天涯"的爱的相思体验，或许又是对曾经交往，如今隔断，却仍难忘的藕断丝连的绵绵怨情……因相知而不能相见，或因相见而不能相知的远恨绵绵之感，都是由于有个"远人"的存在。因为"人"，因为远去的"人"，因为"远"而无法沟通的"人",词人"但梦随人远,心与山遥"(吕渭老《望海潮》"侧寒斜雨"),畅游在自己的心梦之中,滋生出一系列敏感的梦中寻行为,细腻妥溜地传递出词体的幽深体性。再如周邦彦《秋蕊香》:

> 乳鸭池塘水暖。风紧柳花迎面。午妆粉指印窗眼。曲里长眉翠浅。　　问知社日停针线。探新燕。宝钗落枕梦春远。帘影参差满院。

俞平伯评此词曰:盖娇慵姿悦,以"梦"字揆之;所梦伊何,以"春"括之;春梦何凭,"远"字尽之……长吟三复,庶会词心。[1]

味远。身观之远有层次,心观之远也有层次,远的层次若反映在对象的描绘上,或许表现为由刻画细密的工笔到挥斥阔略的写意,但不能根据所看所想之物的近与远来判断所描绘的文字的含蓄有无。诗家有言"状难写之景如在目前",目的在求言外之意;画家有言"远人无目,远水无波,远山无皴",目的也在描画含蓄的远景;词家在远的描绘上也不例外。不过此处的"味远",主要从词的感发性上说的一种味之不尽的远韵魅力。刘大櫆《论文偶记》说过:"文贵远,远必含蓄。或句上有句,或句下有句,或句外有句,说出者少,不说出者多,乃可谓远……远则味永,文至味永,则无以加。"与文相比,词艺术更以态浓意远、令人回味见长。晚清学者李慈铭就说过:"余于词非当家,所作者真诗余耳。然于此种颇有微悟,盖必若近若远,忽去忽来,如蛱蝶穿花,深深款款;又须于无情无绪中,令人十步九回,如佛言食蜜、中边皆甜。"[2]

因此,当我们徜徉于历代词话、词集序跋题词之中,总会不在经

---

[1] 俞平伯《读词偶得·清真词释》,人民文学出版社,2000年,第120页。

[2] 李慈铭《越缦堂读书记》卷八《文学》,上海书店,2000年,第1230页。

意之中与"远"相遇：意远、神远、闲远、淡远、清远、幽远、深远、高远、浑远、所托甚远、托兴高远、追寻已远等等。词家以"远"论词，正是对词作艺术时空结构的一种解读：是词作兴发感动艺术本质带给读者的一种无穷尽的想象，也是读者以雅意雅怀去完形词作境界的一种精神远游。于是，"远"的艺术张力便与含蓄不尽、耐人寻绎、含蓄无限意、言有尽而意无穷、象外之象等观念相互契合。对词家来说，诸如意浓、思深、思力深厚、情真景真等，是"远"得以生成的一个基本前提；比兴寄托、笔法曲折等，又是"远"之实现的重要途径。黄苏谈到以"远"字传递艺术感受时，便常与比兴寄托思想相联系。在他看来，"远"正是他论词求比兴寄托的一个直接艺术效果。李重元《忆王孙》词云："萋萋芳草忆王孙，柳外楼高空断魂。杜宇声声不忍闻。欲黄昏，雨打梨花深闭门。"黄苏评点前先征引了沈际飞的话："一句一思，因'楼高'曰'空'，因'闭门'曰'深'，俱可味。"然后加按语云："高楼远望，'空'字已凄恻，况闻杜宇乎？末句尤比兴深远，言有尽而意无穷。"面对"生平事迹皆不详"的李重元，甚至该词一题为秦观作的争议，如果说，沈际飞的"一句一思"及"俱可味"可以称为"客观"赏析，那么黄苏的"比兴深远"则明显强化了读者的创造性。与黄苏类似，晚清词家以比兴寄托说词，几乎都有这样的特点：在词作可"味"的前提下，充分调动读者用心，借助词人倾注在词作中的审美经验而顺乎自己的想象奔腾向前。这直接导致了词论中"远"字的频繁出现，以此捕捉他们对词作感染力的瞬间感受。以比兴论词的黄苏，其评点也有张惠言那样的固陋之嫌，但这类宦情、远谪之词，通过"远"字，使得家与国的紧张关系得以显现。那种路遥水远、天涯落寞之感总会唤起黄苏的遐想，张扬了他的寄托哀怨、有"爱国"思想倾向的词学旨趣。

229

作为词作艺术感发力的"远",最终指向是在读者用心中实现的"抚玩无斁,追寻已远",而就词作来说即在于那种言有尽而意无穷的结构。因此,"远"仍然在词人、词作及读者之间构筑了一条意脉不断的生命之流。写人体物时,出神理、神味,可谓"远",如周济说周邦彦《满庭芳》(凤老莺雏)上片体物入微,夹入上下文中,似褒似贬,效果是"神味最远"①。词作的结构尤其是结语,更能孕育词作的"远"韵,如黄苏说秦观《满庭芳》(碧水澄秋)"意已曲而能达",结句便有"清远"之味。词人的笔法慧心,更能激起读者细微的"远"感,如周济说柳永词虽恶滥可笑者多,但"珍重下笔,则北宋高手",或是"其铺叙委婉,言近意远,森秀幽淡之趣在骨",或是"熔情入景",故有"淡远"之妙。但最能体现词家"远"的实质的则是频繁出现的意远、旨远之类。他们认为"意"有"在句中"和"在句外"(黄苏语)之别,"意远"便是基于句中而实现于句外,是言外的超越神韵。由此"远"韵,词家悟出了词体绮艳的独特体性。读了周邦彦《木兰花》(桃溪不作从容住),周济便说"只赋天台事,态浓意远"②。读了朱彝尊的艳词,谢章铤说"即纸醉金迷,亦复令人意远"③等。极注重感官直觉层面的艳词艳语,也能令读者神观飞跃,不论其联想何事何物,激发其何种情思,但"远"之畅想足以证明词体的感发力度以及词家的词学旨趣。当然在词家的论词话语中,"远"并非具有涵盖词作艺术的全部魅力,但毕竟以它出现的频率诉说着它存在的价值。"远"以词作本身的感发性为基石,在词人和读者的雅

① 周济《宋四家词选眉批》,见唐圭璋编《词话丛编》(第二册),中华书局,1986年,第1648页。

② 周济《宋四家词选眉批》,见唐圭璋编《词话丛编》(第二册),中华书局,1986年,第1648页。

③ 谢章铤《赌棋山庄词话》卷二,见唐圭璋编《词话丛编》(第四册),中华书局,1986年,第3342页。

量深致参与下，践诺着词作艺术的超越之韵，折射出传统的艺术精神，体现着艺术精神的真趣美韵。主言能尽意者，其归趣仍在于言近旨远；主言不能尽意者，其旨趣更在于境生象外；主为文辞达而已者，此"达"总有个顺逆曲折的笔法讲究，其意趣往往还是落实在含蓄不尽之妙中。于是"远"意味着距离和难度，而能观主体的创造性正表现在迎难而上，在克难的历程中感受着艺术带给人类的精神愉悦。

第二节　花间词的"用资羽盖之欢"与词的娱情观念

在近些年关于中国古代娱情文学观讨论的文章中，学者们大多把娱情看作与言志、缘情对立的现象。他们认为，在以儒家道德建设为重的时代，人们习惯从"发乎情，止乎礼义"的角度解读文艺的价值，指出为文习艺要顺乎启迪道德理性的要求，成为修身进德的途径。而娱情毕竟以人的心情愉悦为目的，要求"发乎情，止乎快乐"，自由地对待情感本身，因此，娱情观念难以成为儒者的现实创作主张，而像诗言志、乐者德之象、赋要卒章显志、绘画要晓之鉴戒等文艺教化观，才能占据中国文学批评的主流位置。同时，老庄的"忘情之适"虽有反对伦理之情的意思，但毕竟以精神的绝对自由为目的、为过程，否定了五色、五音以及人类感知觉的意义，因此，也很难直接生发出尊重世俗情感的文学娱情观。

一、"文娱"观念的发展历程

当我们从中国情感哲学追求超越性娱情观念的特点出发，便可以看出言志、缘情等在文学娱情观的形成中所发挥的积极作用。《毛诗序》云："诗者，志之所之也，在心为志，发言为诗，情动于中而形于言。"这个"情动为志"的阶段正是儒家对情感予以教化的过程，但正如作文习艺只是修身进德的方式一样，"言志"也不是儒家教化的最终归宿，而只是走向超越性娱情的一个路径。"缘情"说因为可以生发出"志"的襟抱，故而能以"言志"说修补的姿态存在。更何况，这个起源于屈原"发愤以抒情"及司马迁"《离骚》，盖自怨生"等观念，在六朝时期成熟的"诗缘情"观念，不仅省略了"情动为志"的教化过程，而且内蕴着一定程度的任情因素，与六朝时期的娱情观原本就有着密切的关系。

由此，那种视"娱情"与言志、缘情等文学观为完全对立的观点，忽视了中国情感哲学追求"至乐"的特点。不仅如此，我们还要承认这样的事实：儒家的教化文艺观在净化娱情表层心理的同时，并没有彻底清除文艺的娱情功能，而是要求在娱心自乐中磨砺情性。这与贺拉斯说的"寓教于乐，既劝谕读者，又使他喜爱，才能符合众望"①一样，娱乐（趣味）乃是实施教化（益处）的有效形式。更何况享乐是人类的一种趋同化心理，随着生活水平的提高、政治生活的驱动或是思想的解放，总会在某个时期酝酿出较为普遍的社会享乐风气，以及以情性的自由释放为特征的社会心理。

从这个层面上说，文娱观与文学艺术活动是同步的。不过，像《诗三百》中部分作品的娱情功能在后代的接受中已逐渐被抹杀，而沾染了教化的色彩。其实，孔子所指责的以淫乱雅的郑卫之音，正是以强烈的娱情性而被时人所喜爱。同时，郑卫之音能入选《诗三百》中，已说明娱乐功能已是编者的标准之一。汉代一度出现的国富民强的享乐心理，便直接体现在汉赋的艺术特征上：题材上以狩猎、冶

---

① [古罗马]贺拉斯《诗艺》，杨周翰译，人民文学出版社，1962年，第155页。

游、宫殿、都城等为主，笔法上以构筑立体感的铺陈为主，思想上以渲染国家强盛且"卒章显志"等为主。然正如《汉书·王褒传》载汉宣帝的话曰："辞赋，大者与古诗同义，小者辩丽可喜。辟如女工绮縠，音乐有郑、卫，今世俗犹以此虞说（娱悦）耳目。辞赋比之，尚有仁义讽谕，鸟兽草木多闻之观，贤于倡优博弈远矣。"[1]尽管如此，写赋、献赋亦有"以娱宾客"之目的，赏赋者也以娱悦耳目的消遣为目的，如此我们便理解了汉赋题材上的娱乐特点，语言上的密丽风格以及接受上的享乐心态。

时至六朝，人们由忧生忧时，进而追求适意人生，甚至在恣肆放诞中袒露情怀。在此社会风气中，个体情感在心理结构中的地位日渐突出，文学艺术的情感、美感及娱乐功能得到了加强。曹植《七启》云"驰骋足用荡思，游猎可以娱情"，《晋书·郭象传》说郭象"常闲居，以文论自娱"，萧统《文选序》说文章之美"譬陶匏异器，并为入耳之娱；黼黻不同，俱为悦目之玩"，《世说新语·言语》中王羲之说"年在桑榆，自然至此，正赖丝竹陶写，恒恐儿辈觉，损欣乐之趣"……人生哀乐正赖丝竹诗文陶写，此时的人在寄兴消愁等一般性慰藉功能的基础上，强调了寻求艺术活动的欣乐之趣。可以说，"在六朝时期，无论文学观念与创作倾向都发生了很大的变化，遣兴娱情的文学由弱到强，并且影响到了一个时代的文学创作"[2]。

盛唐时期展现的是一种开放的、自由的、激情的富贵气象，多元的文化为人们提供了价值实现的多种可能。时人为人间的现实欢欣、为生命的浪漫跃动，为盛世感动甚至亢奋。在儒者心中，一统天下即在眼前；在道家看来，至德之世即在心中；在佛徒心中，佛国即在当

---

① 班固《汉书》，中华书局，1982年，第2829页。

② 詹福瑞、赵树功《从志思蓄愤到遣兴娱情——论六朝时期的文学娱情观》，《文艺研究》2006年第1期。

233

世。进而，"有唐中叶，为风气转变之会"①，社会心理逐渐走向了追求日常化的享乐生活，激情安闲下来，自由世俗化了，日趋繁华、安闲和享乐。②于是，白居易既有"唯歌生民病，愿得天子知"的讽喻诗，也有知足葆和、吟咏情性的闲适诗；韩愈文学志向既在于"学古道而欲兼通其辞"（《题欧阳生哀辞后》），也在于"文章自娱戏，金石日击撞"（《病中赠张十八》）。由此，我们既看到了体现社会立场的功利主义、教化主义、现实诉求、淑世精神，也看到了体现个人立场的享乐主义、表现主义、自我娱情、审美追求等，中国文学固有的深刻紧张关系在中唐时期更加凸现出来。③

这种社会关怀与自我娱情的紧张关系在晚唐五代直至两宋时期仍然存在，并构成了宋代人格、学术及文化上的显豁特征，但是根源于享乐心理的"玩心"已化为此时期人们普遍的心态，成为他们世俗生活方式的依据。此时不光"国朝诸王弟多嗜富贵"④，一般性文人也有"当圣君贪才，天下右文之时，是不容不富贵者"的心理。于是，尽管此时在文学观上，不乏以"义命为大戒，士当后穷达先所守"⑤的自律主张，但像词艺术这种体现人间性、世俗化享乐情怀的娱情创作及主张已经成为一代文学的代表。

不过，词人的娱情由放荡，经放诞，到放达，并不合乎中国情感哲学规定的快乐原则的逻辑，也缺乏新的理论依据。词人们多是凭借感性的自由，享受着这个娱情创作逻辑的存在。此后，明代中后期人文思想的启蒙者们接续了这个话题，并掀起了以"文娱"观念为主的

---

① 吕思勉《隋唐五代史》，上海古籍出版社，1984年，第1330页。
② 李泽厚《美学三书》，天津社会科学院出版社，2003年，第134页。
③ 杨国安《试论中唐两大诗派创作中的共同趋向》，《文学遗产》2007年第4期。
④ 蔡絛《铁围山丛谈》，中华书局，1983年，第5页。
⑤ 陈造《题夏文庄》，《江湖长翁集》卷三十一，明万历本。

文学时代思潮。他们在"人必有私"基石上，肯定童心，解放性灵，以"大自在""大快活""大解脱"的"真乐"①演绎王守仁"乐是心之本体"的命题。以此理论支撑，他们重构了士大夫"生可无愧，死可不朽"的价值观，认为"真乐有五，不可不知"②，把人的自然性情之乐推尊到最高处。而本着童心的文学活动便是他们获得"真乐"的突出方式，以文娱情之乐自然就是他们的明确主张。像郑元勋在《媚幽阁文娱》初集《自序》中便说："吾以为：文不足供人爱玩，则六经之外俱可烧。""文者奇葩，文翼之，怡人耳目，悦人性情也。""但念昔人放浪之际，每著文章自娱"，而他自己"愧不能著，聊借是以收其放废，则亦宜以娱名"③……诸如此类，从文学创作标准、文学史批评准则等方面，正面提出了"文娱"观念。

以上，我们分析了中国古代娱情思想的复杂性，缕述了中国古代文娱观念史上几个关键性阶段，目的就是说明文学娱情观不仅是载道、言志、缘情等中国文学功能说的有力补充，而且具有一以贯之的连续性以及文学创作观念上的独立性。以下所分析的词艺术的娱情特点，就是这个想法的证明。

二、唐宋娱情填词观念

与部分学者刻意强调六朝时期的文学娱情观不同，对于唐宋词的娱情性质，似乎已是学界的共识而无须讨论了。不过，人们对此话题的研究，多是从词体功能论的角度加以评析的。尽管物体的功用可决定它的本质，但那种只承认娱情是词的功能而不是创作心态的做法，

---

① 李贽《焚书·续焚书》，中华书局，1975 年，第 4 页。
② 袁宏道《与龚惟长先生》，钱伯诚《袁宏道集笺校》，上海古籍出版社，1981 年，第 205 页。
③ 郑元勋《媚幽阁文娱》，上海杂志公司，1936 年，第 1 页。

事实上抹杀了词的创作实际。同时，娱情并非词人填词的唯一心态，但纵览中国古代各种艺术样式，惟有"以余力游戏为词"影响了词的体性特点。若只从缘情、言志角度诠释词艺术，势必会出现种种穿凿附会的现象。因此，正面指出唐宋词的娱情观念，是我们必须要拓展的话题。

词体兴起时，娱情色彩已有表现，《夜半乐》《虞美人》等教坊曲名即是证明；词体定型时，娱情已是填词的特色心态，欧阳炯《花间词叙》说花间词即在"用资羽盖之欢"；词体转型时，无论是传统词风延续者还是变革者，大都不会否认以娱情填词是词体的本色心态。只是"宋人有词宋人自小之"，尽管词人们经常说"以余力游戏为词"之类的话，但出发点大多是"玩心于歌舞，则凡可以娱情志、悦耳目者，必备致而后慊，则渐流于侈肆而不自觉矣"①，总有一种戒备或自责的心理。不过，与后来依据传统诗学观尊词的言论比较，唐宋人那些关于当时填词实况的记录，虽多闪烁其词，但真实了许多。

第一，"谑浪游戏"说。《汉书·司马相如传》有"娱游往来"句，颜师古注曰"娱，戏也"，游戏是娱情心态之一。艺术与游戏之间存在一定的关联，华夏民族理性成熟较早，先期也有"游于艺""逍遥游"的说法，但可以说是有"游"无"戏"，且此"游"已非游戏之意，而是合乎理性又超越理性的自由、快乐。不过，词人们可以直接以游戏心态参与填词活动，兑现当下的享乐意识。胡寅《向子諲〈酒边集〉后序》说词曲为古乐府的末造，"文章豪放之士鲜不寄意于此者，随亦自扫其迹，曰谑浪游戏而已也"②。以游戏为词的说法，尽管存在贬抑词体的语气，但又传递了词场中人对"情"的娱乐态

---

① 方苞《礼记析疑》卷二十七"乐之失奢"一则，清文渊阁四库全书本。
② 向子諲《酒边集》卷首，《百家词》本，天津古籍书店，1992年影印本，第595页。

度，以致颇具创作责任感的苏轼在《南歌子》（师唱谁家曲）中亦调侃而言："我也逢场作戏。"以此来说明参与词的活动时的心态。

第二，"娱宾遣兴"说。陈世修《阳春集序》说冯延巳"以金陵盛时，内外无事，朋僚亲旧，或当燕集，多运藻思为乐府新词，俾歌者倚丝竹而歌之，所以娱宾而遣兴也"。娱宾重在娱他人，遣兴则重在娱己，二者有指向之别但无截然分割的可能，皆以娱情游戏为目的。北宋舒亶《菩萨蛮》说"樽前休话人生事。人生只合樽前醉"，确有颓废行乐的情绪，但此种主题实为宴会歌场词的本色话题，目的是助酒谈兴，活跃宴会氛围。缘情、言志的创作，由感性臻至理性，由情至理，由有限而追求合乎文化规范的无限；而娱情的创作，樽前一笑，率然抒一时情致，重在无需理性约束的感官满足与当下兴奋。唐宋词人歌惑酒醉不假，但正如陈世修《阳春集序》说的既娱宾又遣兴，既"清商自娱"又"吟咏情性"，正是个体追逐快乐意义的一个表现。

第三，"聊佐清欢"说。"清欢"是歌词娱情的另一种情形，属于士大夫雅玩的一种。这种雅玩，也多有歌妓活动，但已不是幽帘相欢的浓艳，而多是清风明月、曲水临流的清艳；不是以观歌妓色艺为目的，而多是以赏自然美景为归宿；不是在士与歌妓关系中寻求欢娱，而多在人与自然中会意欢欣。但即便如此，与词有关的艺术活动的娱情性仍是词人"欢然会意"的主流。欧阳修在《西湖念语》中便记录了"清欢"的审美经验。如"清风明月，幸属于闲人"的娴雅心境所带来的解赏心态；如"偶来常胜于特来"的解赏心态所带来的自由洒脱；如"欢然而会意"的自足快乐所焕发的"敢陈薄伎，聊佐清欢"的填词欲望。毕竟是清欢的娱情，故而他填《采桑子》组词时，便强化了西湖风光好与词人身心快适之间的同构效应，并暗含着对"俗欢"的反思。如第四首云：

> 群芳过后西湖好，狼籍残红。飞絮。垂柳阑干尽日风。　　笙歌散尽游人去，始觉春空。垂下帘栊。双燕归来细雨中。

此词借暮春景物表现词人的胸怀恬适之趣，笔法上独写静境，构思巧妙，意味深长："作者此词，皆从世俗繁华生活之中渗透一层着眼。盖世俗之人多在群芳正盛之时游观西湖；作者却于飞花、飞絮之外得出寂静之境。世俗之游人皆随笙歌散去；作者却于人散、春空之后，领略自然之趣。"[1]欧阳修的词"带有遣玩的意兴，他不是对那些个肤浅的欢乐的追逐，因为他是透过悲慨来写欢乐。这里有一个遣字，是透过对于悲慨、对于忧伤的一种排遣，而转为欣赏的"[2]。这是词人使自己从忧患苦难中挣扎出来的处理方法，也是词体娱情在雅玩中的一个变化。

第四，"乐然后笑"说。晏几道《小山词自序》说填写花间樽前即兴酬唱词，只是"持酒听之，为一笑乐"而已；王明清《左誉筠翁长短句后序》说左誉词"调高韵胜，好事者尤所争先快睹，豪右左戚，尊席一笑，增气忘倦"（王明清《玉照新志》卷四）；郭应祥有词集《笑笑词》，而詹傅《笑笑词序》有云：

> 傅窃闻之，下士闻道大笑之，不笑不足以为道。乐，然后笑，人不厌其笑，则知笑之为辞，盖一名而二义也。遁斋先生以宏博之学，发为经纬之文，形于言语议论，著于发策决科，高妙天下，模楷后学，以其绪余，寓于长短句。岂惟足以接张于湖、吴敬斋之源流而已。窃窥其措辞命意，若连冈平陇，忽断而后续，其下语造句，若奇葩丽草，

---

[1] 刘永济《唐五代两宋词简析》，上海古籍出版社，1981年，第40页。
[2] 叶嘉莹《唐宋词十七讲》，河北教育出版社，1997年，第174页。

自然而敷荣。虽参诸欧、苏、柳、晏，曾无间然，而先生自谓诗不甚工，棋不甚高，常以自娱。人或从而笑之，岂非类下士之闻道也欤？先生亦有时而笑之，岂非得乐然后笑之笑也欤？①

　　詹傅此序紧扣"笑笑"二字来写，但思路从老子之言。《老子》四十一章云："上士闻道，勤而行之；中士闻道，若存若亡；下士闻道，大笑之。不笑，不足以为道。"此处，"大笑"之"笑"是下士闻道时的当下行为，而"不笑，不足以为道"中的"笑"，则是老子为道的哲学态度。詹傅说的"笑之为辞，盖一名而二义"："乐，然后笑"与"人不厌其笑"，既是对老子之言的说明，也是在扣住"笑笑词"中的二"笑"。不过，历来老子注本多释"笑"为"嘲笑"，但詹傅却以"乐"释之。这个变化与其说是对老子言"笑"的新解，不如说是对填词"自娱"态度的肯定。詹傅说，词人郭应祥有经天纬地之才，尤善于策论之文，为后学楷模，他只是"以其绪余，寓于长短句"，当然也不是想在词史上留名，而只是"常以自娱"而已。对此，"人或从而笑之"，如同下士闻道之笑。针对他人对自己自娱行为之笑，郭应祥亦有时而笑之，可谓"得乐然后笑之笑也"，更是由自娱到自适。由此，詹傅以老子为道之论比喻"笑笑"，实则已把"乐，而后笑"的自娱，看成填词的"道"。"不笑，不足以为道"，足见自娱的快乐在填词态度中的突出地位。

　　可见，从词人填词体验来说，无论是游戏为词、娱宾遣兴、聊佐清欢，还是乐而后笑，终归于一种自适情怀。歌词娱情有娱人与自娱的双重性，若从词体娱情的历史来看，有一个由重娱人到重自娱的变化规律。与此同步的，则是由重娱人的俗唱向重自娱的雅唱的歌词唱法的变化，以及由多代言到多自述情怀的填词方式等方面的转变。而

---

　　① 张惠民《宋代词学资料汇编》，汕头大学出版社，1993年，第232页。

词人由娱人到自娱的适情体验的变化，实则也反映出词体娱情向传统"适情"艺术精神的回归特点。适情，本是华夏文化快乐原则的一种心理形式，故苏轼《哨遍》（睡起画堂）也说"醉乡路稳不妨行，但人生、要适情耳"。不过，词人们在传达适情体验时，更强调娱情的方式。晏几道《小山词自序》在分析自己早期填词心态时，便说："作五、七字语，期以自娱，不独叙其所怀，兼写一时杯酒间闻见，所同游者意中事。"在"叙其所怀"的言志、缘情基础上，拓展为自娱的娱情目的。

三、词体娱情的场环境

词人典型的有情之娱与贪恋欢娱、玩心十足的时代心理有关，但是若仅仅看到这一点，就略显笼统。我们在此基础上，重点分析燕集歌场环境、歌者传唱方式等对词人娱情态度生成的作用。由此便会明白，为何在众多艺术样式中，只有娱情才真正成为词体的本色特点。

第一，词的活动场所是"娱"的生成场。

在唐宋时期，本色的词艺术是用来歌唱、表演的。与朝廷、家庭等环境不同，词的活动空间是一个娱乐的场所，固有一种"燕寓欢情"（林正大《风雅遗音序》）的性质。从存在主义观点来说，社会中的人是一个扮演者，当顺应存在的空间而扮演这个空间的自由人。进入词的活动空间，就当扮演一个"娱"（自娱和娱人）者。从这个意义上说，道德文章者在词的活动场中的恣肆、放诞的表现，以及词的自由、解放、娱乐的体性特点，都与词体活动场的娱乐性质有关。正如墙壁之于绘画，音乐厅之于音乐……这一个个"场"不仅是客观存在的某种氛围，而且给进场者提供了深层的心理暗示：犹如一条界线，分隔出一个个期待扮演的空间；也如一个个中介，引导着种种扮演的方式，影响人们的审美活动。如果离开词的宴集歌场环境，就无法真正理解歌词重"娱"的创作及欣赏特点。如冯延巳《金错刀》云：

> 双玉斗，百琼壶。佳人欢饮笑喧呼。麒麟欲画时难偶，鸥鹭何猜兴不孤。　　歌宛转，醉模糊。高烧银烛卧流苏。只销几觉懵腾睡，身外功名任有无。

初读此词，感觉词中男性人物形象确实不是现实中的冯延巳了。若忽视了娱乐场的作用，而只从知人论世角度出发，必然会指摘冯延巳："本功名之士，而故为此放任旷荡之言。本多猜忌，而曰'鸥鹭何猜'；本于国政无所措施，而曰'麒麟欲画时难偶'；本贪禄位，而曰'身外功名任有无'。如只读其词，必为所欺。"① 其实，词人冯延巳以娱情态度刻画了娱乐场中的词人形象，因此说冯延巳故意为此放任旷荡的诡诈巧言，则是基于缘情、言志创作原则批评的结果。歌场中的话（歌词）无须负责任，因为大家知道这是逢场作戏；歌场中的歌词多抒发违背传统价值观念的主题，因为进入歌场原本即是本着娱乐的心态。于是，当批评家们以人文合一的道德理念要求词人，而不考虑词的活动空间的性质，必将得出一系列的错误意见。如何正确批评歌词，或许应当接受林正大的话："不惟可以燕寓欢情，亦足以想象昔贤之高致。"（《风雅遗音序》）

第二，词的活动场是"情"的催化场。

娱字从女，《楚辞·九歌·东君》曰"羌声色兮娱人，观者兮忘归"，唐宋歌词传唱又"尤重女音"，故宴会歌场的快乐多与歌妓的声色活动有关。于是，在词的活动场的娱乐氛围中，尤其在士与歌妓模

---

① 刘永济《唐五代两宋词简析》，上海古籍出版社，1981年，第28页。

式的催化下，两性情思便成为唐宋词流行的主题，且得到了词人们大胆、自由、奔放甚至放诞的表现。因为词人是以娱情心态表现受到道德观念约束的两性情思，这绝非传统的言志、缘情理论所能解决得了的。因为这不仅要释放"玩心"，变"玩物丧志"为"不耽玩为耻"，而且要在道德观念之外给"情欲"以自由的空间。那种主张以礼约情、以理灭情，或无情、节情等观念的人们，是无法体验到"情"本身带来的愉悦感的。而世俗享乐心理下的词人"休闲"，却能摆脱诸多束缚，以人之常情视之。

于是，以普遍的享乐心理为基础，在本为娱乐场的小空间，词人不停地咏叹"正是破瓜年纪，含情惯得人饶"（和凝《何满子》）、"年少宴游，人之常情"（无名氏《玉泉子》）等情感主题。这些词句所论，表面上是某些词人狎妓行径的反映，实际上是当时对"情"的争论的一种反映。当然，娱情之"情"外延广泛，但为"少年行乐之情"解脱，无疑具有一种爆发力。比较而言，主张性本情末者，即便是由情求性，也是"发乎情，止乎礼义"的言志；主张去情养性者，即便是适意人生，也是无情之适的得意忘言……但词人"贪恋欢娱"的娱情，可以娱乐心情、游戏心情。言志、缘情者很难容纳娱情主题，但娱情中可以遣兴、缘情、言志。这或许就是情的解放焕发的自由态势。

第三，词的活动方式强化了"娱情"的心态。

词的创作过程有两个主体，即词的作者与传唱者，二者相互依存而后才有完美的整体效果。传唱者（主要是歌妓）的职业性质决定了她们以娱人心态参与词的活动，她们的表演主要就是品清讴娱客，娱乐于人。而此时的词作者在词的娱乐场及传唱方式的作用下，也改变了立言甚至是缘情的心态，既要考虑适合歌妓传播口吻的问题，也要处理观众到歌场寻求快乐的需求。从这个意义上说，早期小词典型地体现杜夫海纳关于审美对象的判断：

> 审美对象双重地与主观性相联系。一是与观众的主观性相联系：它要求观众去知觉它的鲜明形象；二是与创作者的主观性相联系：它要求创作者为创作它而活动，而创作者则借以表现自己。①

唐宋词的生成及其发展实际上就是围绕这两个主观性（创作者的主观性又包括词的作者和传唱者）变化而变化的。一个简单的事实是：歌场的歌词，观众的主观性强于创作者的主观性，表现为先娱他而后自娱的娱乐方式；案头的歌词，词人的主观性强于读者的主观性，体现为先自娱而后娱他的适意方式。二者的变化或许可以这么理解：前者是动的、表演的、娱乐的，后者是静的、缘情的、言志的。可见，"娱情"更适宜于合乐可歌词的创作心态。早期歌词的代言方式、"空中语"的自我认识，说明词作者填词始终有一个需要表演的前提。因此，他不会像写作案头文章那样，把文章看作自身价值实现的一个实证，而是以娱人心态填词，甚至不会把歌词看成他的作品，因为他知道进入歌场的作品是属于传唱者和听众的。歌词期待传唱者和听众的认可，甚至高于作为一个文字作家的首创精神。若从审美角度说，作为"娱"者的词人及听众的身份使他知道，审美对象不是他的歌词（与言志、缘情作品不同），而是能唤起听众娱乐感受的表演，是歌场环境在听众心目中呈现的东西。

由此，早期词人是在一种虽由已出但却是代人抒情、为人抒情的心态中创作的，他可以跳出人文合一、文由情生等观念之外，融入歌

---

① [法]米盖尔·杜夫海纳《美学与哲学》，孙非译，中国社会科学出版社，1985年，第57页。

场的娱乐环境，以娱乐的心态填词创作。即便绘己形、叙己事、抒己情，也可以在"空中语"的歌词接受观念中，心存逃脱被指摘的可能念想，而能大胆、自由地坦露潜在的欲念。

四、娱情词的艺术特色

与诗歌言志、寄托创作传统比较，"美人香草，古来多寓意之文，而减字偷声，达者作逢场之戏"①，与陆机《文赋》说的"诗缘情而绮靡"比较，那么本色的歌词就是"娱情而婉丽"，以娱情填词，题材、主题、风格等艺术特色必然产生变化。尽管唐宋时期，词人的填词心态总体上在向缘情、言志转变，但以娱情填词仍是多数人在品味词体时所认可的本色心态。其中的矛盾心态，正如晚清刘熙载所说："齐梁小赋，唐末小诗，五代小词，虽小却好，虽好却小，盖所谓'儿女情多，风云气少'也。"②概括而言，有这么几种情况：

（一）道德禁区的突破与优秀传统的淡化

词娱情的出现并非孤立现象，所传递是一个时代性的心理。中唐以后，诸多传统观念发生了裂变。如迫于纷乱的时代氛围，当时士大夫普遍丧失仁义忠信之心，"皆恬然以苟生为得"③，颠倒了传统的荣辱观；商业经济的畸形发展又滋养了一种浇薄风气，士大夫追求"歌、酒、女人"，私奔失节者衣锦还乡却以"此际叨尘，亦不相辱"④自诩，颠倒了传统的夫妻伦理观；生活在这种社会风气中，士

---

① 叶申芗《本事词自序》，见唐圭璋编《词话丛编》（第三册），中华书局，1986年，第2295页。

② 刘熙载《词曲概》，薛正兴点校《刘熙载文集》，江苏古籍出版社，2001年，第150页。

③ 欧阳修《新五代史》卷三十三《死事传》序，中华书局，2000年，第235页。

④ 孙光宪，贾二强点校《北梦琐言》卷四，中华书局，2002年，第91页。

行杂尘，不修边幅，喜弦吹之音，为侧艳之词，淡化了求仁义谋进取的人生态度，颠覆了"三立"人生价值观……[①]与社会心理变化吻合的是文艺审美趣味上的变化，由言志为咏性、缘情，甚至娱情。因言志等教化观念的制约，为传统道德设防的题材及主题，像娱乐情绪、两性情思等，在词体之前的文学门类中，始终难以得到真实客观的表现。而娱情态度下的词的创作，消除了道德观念的束缚，自由地呈现着人的自然性情，高唱"无物似情浓"的主题，由早期文学显意识下的创作走向了人类潜意识的挖掘。不过与道德禁区的突破相对应的，则是文学史上一些优秀传统如充满责任感的忧患意识、以人文合一为准的文生于情等，被娱情词人所淡化。娱情词的悲美已不是那种厚重的渗透历史感的忧患之美，而多是以享乐意识为基础的富贵担忧情绪；娱情词中的词人生命意识的抒发，已缺少作者身心主动坦露的力度，而多是在娱乐中的遣兴行为。

（二）题材的狭窄与主题的幽深

王国维说："词之为体，要眇宜修。能言诗之所不能言，而不能尽言诗之所能言。诗之境阔，词之言长。"[②]因为欢娱场的局限，娱情词的题材是狭窄的，主要以流连光景、拨弄风月、伤春伤别、儿女情长等题材为主，但是由于跳出道德观念的束缚，词人在自由表现中，可以细腻地、深刻地揭示此类题材的幽深主题，词体亦具有动态揭示心灵幽微处的内倾性艺术效果。词体狭长、径窄却又情深、幽微，既是其短处也是其长处。词体的情深，可谓中国传统哲学及文化情感性的反映，而词体的深幽，又可谓中国人内向性格及审美心理内向性的

---

① 龙建国《唐宋词与传播》，百花州文艺出版社，2004年，第2—10页。

② 王国维《人间词话删稿》，见唐圭璋编《词话丛编》（第五册），中华书局，1986年，第4258页。

一次深化。因为自古以来的生存空间的相对封闭，传统农耕生产方式使人的心理结构趋于内向紧缩。处在游戏状态的小词，在想象力展开的方式上也表现出显著的内倾性特色。尤须说明的是，内倾性更是宋型文化的标志，不仅表现在宋朝的精英文化上，如注重"内在的道德建设和情性涵养"的"士大夫文化"，反映在理学文化的"内圣"路线，而且在大众文化上如宋词，也有显著的内倾性品格。①由此，与音乐体制有关的内倾性的词因具有宋型文化的典型性，故成为宋代文学的代表。

（三）感性的自由与设色的婉丽

由于享乐心理及宴集歌场的作用，词人很注重当下的感性把玩。爱情主题上谋求结合，结合唯有当下，海誓山盟也亟待交代当下的相思心情，由此才是最为真实的见证和表白。富贵闲适主题上，把玩现在亦是典型的呈现方式：或许富贵不再，此时及时行乐；或许富贵即将逝去，唯有今朝。伤春悲秋主题上，节序的感怀、时间的体悟，也唯有当下……词人习惯于当下的把玩，从中品味着感性的自由愉悦。与此一致的便是娱情词的婉丽风格。"《花间》绮琢处，于诗为靡。而于词则如古锦纹理，自有黯然异色"②，词人的艺术感觉以柔性、敏感、细腻、湿润为本色，既注重对象的外在风貌及环境的雕饰，又强化了对内心活动的精心修饰。这种装饰意识与在词的娱乐场中滋生的娱情态度（尤其是"性"的眼光）关系密切，"词须宛转绵丽，浅至儇俏，挟春月烟花于闺内奏之，一语之艳，令人魂绝，一字之工，

---

① 邓乔彬《古代文艺的文化观照》，上海教育出版社，2003年，第473页。

② 邹祇谟《远志斋词衷》，见唐圭璋编《词话丛编》（第一册），中华书局，1986年，第651页。

令人色飞，乃为贵耳"①。与自然界诸多异性寻伴不同，在人类社会中多是通过男性的追逐与女性自我的装饰（显现）来构筑两性的愉悦关系。词中占主导的女性形象——歌妓是一个重要的表演者，是作为一个"他者"被男性欣赏的，色艺的包装是她们的职业性质；更何况"女为悦己者容"，装饰（显现）自己的美是她们的内在需要。尽管这种装饰或许遭到了道德的非议，娱情的词体观念确实具有幽窗雅座中的小摆设特点，但从某种意义上说，词体突出的感觉性、装饰性，又唤起了中国古人似乎麻木的艺术感觉，通过刺激、满足、改造听众及读者的审美效果，确立了在中国艺术史上的特殊地位。

---

① 王世贞《艺苑卮言》，见唐圭璋编《词话丛编》（第一册），中华书局，1986年，第385页。

后　记

　　1994年7月，我大学毕业留校，被安排在汉语组教"现代汉语"，后来在职攻读硕士研究生学位，读的是古代文学专业唐宋方向。"古代文学"和"现代汉语"是我大学本科时最喜欢的两门课程，硕士论文的选题"花间集语言研究"就将这两门学科结合了起来。十多年前的暑假，我每天把自己关在书房里撰写硕士毕业论文，那种潜心写作、日思夜想的艰苦而又喜悦的状态至今仍记忆犹新。研究生毕业后，我一直从事教学和科研工作，这些年里，从硕士论文中先后析出多篇论文发表在《词学》《东方丛刊》《古代文学理论研究》《中国诗学研究》等刊物上。在硕士论文的基础上完成一本著作是我一直以来的心愿，但因教学任务繁重、家庭琐事繁多，再加上懒惰懈怠，这个心愿一直没能完成。2015年，我申请的安徽省高校人文社会科学重点研究基地招标项目获批，在课题的资助下，终于完成了《花间词艺术的语言学阐释》的初稿。又经过几年的修改增删，我的书稿终于即将付印。

　　此书包括绪论和四章内容，一至三章由我撰写，绪论和第四章内容关于词史问题，由课题组成员杨柏岭撰写。

感谢我的导师余恕诚先生，余先生精彩绝伦的课让人听得如痴如醉，是余先生为我打开了瑰丽的唐宋文学的大门，当年听课的笔记上有先生的亲笔题字，其中有先生对我的夸奖，更多的是对我的勉励，我一直视若珍品；跟着先生读研后，学到了许多为人为学的道理。可惜，天不假年，余先生已经离我们而去，不能再得到余先生的耳提面命，就用此书来表达我对余先生的敬意吧。

感谢我的导师胡传志先生，胡先生是我的硕士生导师，同时还是我本科毕业论文的指导老师。因为写论文认识胡先生，因为写论文而折服于先生的儒雅博学、谦和宽容。胡先生在百忙中为本书作序，这是对学生最大的鞭策和鼓励，衷心感谢胡先生。

安徽师范大学文学院一直以来秉持鼓励科研创新的优良传统，大力支持教职工的学术成长，本书的顺利出版离不开文学院的出版经费支持，谨向安徽师范大学文学院表示衷心感谢。

汪红艳

2024 年 6 月于芜湖